用文字摆平好汉

插图 王世会

耿立 著

内蒙古出版集团
内蒙古文化出版社

图书在版编目（CIP）数据

用文字摆平好汉：耿立如此读水浒 / 耿立著. ——
呼伦贝尔：内蒙古文化出版社，2012.5
ISBN 978-7-5521-0043-3

Ⅰ. ①用… Ⅱ. ①耿… Ⅲ. ①《水浒》研究 Ⅳ.
① I207.412

中国版本图书馆 CIP 数据核字（2012）第 085755 号

用文字摆平好汉
YONG WENZI BAIPING HAOHAN
耿 立 著

责任编辑	丁永才　包文明
封面设计	大象设计
出版发行	内蒙古文化出版社
地　　址	呼伦贝尔市海拉尔区河东新春街4-3号
直销热线	0470-8241422　　邮编　021008
排版制作	鸿儒文轩
印刷装订	三河市华东印刷有限公司
开　　本	710×1000毫米　1/16
字　　数	188千
印　　张	17
版　　次	2012年6月第1版
印　　次	2024年1月第2次印刷
书　　号	ISBN 978-7-5521-0043-3
定　　价	48.00元

版权所有　侵权必究
如出现印装质量问题，请与我社联系。联系电话：0470-8241422

目 录

001　姓名、雅号与绰号
007　GUCHU 皮——说武大郎
012　板刀面与馄饨——说船火儿张横
016　悲悯的佛性——说花和尚鲁智深
024　背靠大树好乘凉——说铁扇子宋清
028　别玷污了太保——说神行太保戴宗
033　刺青时代——九纹龙史进
039　高衙内算啥级别？——说花花太岁
043　功狗的运命——说黑旋风李逵
051　好汉不好色？——说小霸王周通
056　后娘养的孩子没奶吃——说摸着天杜迁、
　　　云里金刚宋万
062　胡子与义气——说美髯公朱仝
069　黄泥岗上的原生态歌手——说白日鼠白胜
075　惊弓之鸟——说小李广花荣
080　宽容的边界会不会老——说病关索杨雄
087　浪里有白条——说浪里白条张顺
093　满目葱绿菜园子——说张青
097　母老虎与雌狮子——说母大虫顾大嫂
102　男儿脸刻黄金印——说豹子头林冲

110	匹夫无罪，怀璧其罪——说金枪手徐宁
115	蛇的腰有多长？——说白花蛇杨春
120	是谁塑造了知识分子的毛病？——说白衣秀士王伦
124	谁动了领导的奶酪？——说插翅虎雷横
130	说的比唱的好听——铁叫子乐和
136	宋朝月光下的王四——说赛伯当庄客王四
140	跳涧的过去时——说跳涧虎陈达
144	跳蚤，哈哈哈——说鼓上蚤时迁
149	瓦上霜与床上事——说拼命三郎石秀
158	妩媚的摽兔——说猎户摽兔李吉
163	想说爱你不容易——说金莲
170	小聪明与大智慧——说神机军师朱武
175	小人物吝啬的理由——说打虎将李忠
180	小乙哥——说浪子燕青
188	英雄离泼皮无赖只一步——说没遮拦、小遮拦穆弘、穆春兄弟
194	英雄失路，托足无门——说青面兽杨志
202	英雄天下尽归吾——说董超、薛霸
207	井掉在筲里——说阎婆惜
216	知识的双刃剑——说智多星吴用
224	包子什么馅？——说母夜叉孙二娘
232	鸳鸯拐，踢球踢出的帮忙——说高俅
236	在路上——说行者武松
243	怎样笼络江湖——说及时雨宋江
251	这也是一个物种——说没毛大虫牛二
258	装点门面大架子卢俊义——说玉麒麟
264	做官的捷径先做贼——说混江龙与滚海蛟

姓名、雅号与绰号

一

孔子说："必也正名乎？"孔子又说："名不正，则言不顺。"这两句话指的是做事要师出有名，或者把歪曲的东西翻过来。但这两句话实在是深入了国人的心。干事之前，我们要搞个名堂，做个概念，其实就是起个冠冕堂皇的名字。比如酒，虽然是乡村野醪，一喝满嘴的马尿味道，但冠个名：道光33，身价就打着跟头的往上翻。原本的小家碧玉，一下子成了T型台一步一款，仪态万方，勾人心魄和口水的妖精。

更要命的是历史上的一些心怀叵测的鸟人，把小老百姓驱谴如猪狗，美其名"革命"或者"替天行道"，或者打扮成上帝的儿子，手里拿着上帝给老百姓的信，承诺明日天堂的美景。但往往革命还八字没有一撇，就躺在后宫里开始腐化。比如洪秀全，把自己打扮成救世的模样，让男女革命青年为革命流血出力，实行禁欲主义，男的编成一营，女的编成一营，而自己在秦淮河畔，日日管笛，夜夜笙箫，整天在女人的丰乳肥臀上盖章，把文件和报纸拿到牙床上阅读。最后，革命名字与女人的呻吟同列，太平战士和骗子的谎言共殉。

名字的功能确实也就大了。你要是一个起义领袖，在草莽时候，可能是小名"歪脖"，或者"满囤"，但拉起杆子，要换个名字，比如"天鼎"，或者绰号"活曹操"。在明末农民大起义的时候，就有"活曹操"、"赛诸葛"的名号。对平头百姓，名字也有个觉悟的问题。在大跃进的时候，革命的脑袋发热，饿着肚皮喊口号，给自己的孩子起名"超英"、"超美"的何其多哉！我有一个小学的同学，当时童年时候在一个小镇生活，他的父亲参加过抗美援朝，本是安徽芜湖的人士，转业复员到我们那里，娶了一个我们镇上的女子，年龄相差二十岁，但生殖功能并没猥琐，一连生了2个儿子，3个闺女，把革命耽误的时间都找了回来。2个男孩，记录烽火的岁月，一个叫"抗美"，一个叫"援朝"。抗美是我的同学，但30年过去，童年同学天各一方，要是同学有思想的话，他一定会放弃这个名字。几十万中华儿子在冰天雪地里维持的竟是金家父子封建的统治，北朝鲜饿殍遍野，啼饥号寒。但同学何辜？名字何辜？必也正名乎，把名字正过来，象我们民族的习惯，起个吉利的话，也无妨，历史上叫"去病"、"弃疾"的多了，也可景慕古人和先贤，叫"希圣"、"崇文"或者姓张的叫"学良"，把张良的伟业发扬之，也可与时俱进，叫"宏发""电子"。

名字随着时代而变迁。麟凤龟龙本是吉祥的称谓，有叫"兆麟"、"凤至""成龙"的，但"李龟年"这样的从唐代以后，人们再也看不到"龟"的影子，人们对"龟"产生了恐惧。男的名字上有龟，本来是红色的帽子，颜色说不定从大红到浅红，从浅红到浅绿、深绿，最后"春风绿遍帽檐"，红色沦陷，"一片降幡出石头"了。

姓名本是记号。古代的姓可能是职业的名称，或者纪念意义，或者图腾，比如"西门"，祖宗可能是守卫西门的职员。比如熊姓，就可能是族人的图腾。中国古代有改姓的，皇帝赐姓。菏泽著名的老乡，帮助李世民打天下的瓦岗寨的军师徐茂公徐世绩，最后画像在"凌烟阁"上，李世民赐他姓为"李"，陪葬昭陵。有的家族出了事，满门抄斩，象成武、曹县的宋姓，本是姓赵，但宋朝灭亡，皇家子弟流落民家，以国为姓了。

中国人同姓的极多，象"七刘十八张"、"张王李赵刘，走遍天下稠"，而外国人同名的多，象约翰，玛丽，亨利等，一个社区里有很多。中国人重名字，孩子没有出生，在女人的肚子里蠢蠢欲动的时候，就找人命名，花大价钱。现在,测字起名成了一个产业。而我们的祖先起名是比较随便的,象汉武帝时代的名臣,濮州(鄄城)的汲黯,就是从外表说的,长的黑。晋成公贵为国君,名字叫黑臀,而大家熟悉的《古文观止》上有一篇"郑伯克段于鄢",写郑庄公的母亲姜氏喜欢弟弟公叔段,而厌恶郑庄公,厌恶的原因呢"庄公寤生,惊姜氏,故名曰寤生。"庄公是在他母亲睡着的时候生的,可能事前没有征兆,也没有肚子疼,醒来一看,身子下面有个猫一样的孩子,有的把"寤生"解释为胎儿出生时脚先出来,是难产,但我取的是王力先生的解释,是睡着时生的,所以庄公的名字叫"寤生"。这是名字的记事功能。著名诗人食指,他的母亲是菏泽的单县人,他是母亲在行军路上生的,所以名字叫"涡路生"。现在还有,火车上的产妇突然羊水破裂,产了孩子叫"火车"的大有人在。而荒诞的是文革疯癫的年代,中国兴起改名狂潮,"要武,卫东、卫彪、卫红"漫天飞,一些名字"建国、建军"也是人头涌动。在城市里,一扳砖下去或者一个橘子皮下去,能砸着三个叫"卫东"的。在大街上喊一声"建国",很多人会转向,造成交通事故。

名字是一种文化,一方面人们拜名,一方面也心怀恐惧。以我老家为例,农家子弟多取"狗剩"、"黑牛"、"孬孩"之类的名字,那是害怕阎王早早把户口迁走,而以名贱而使阎王不妒不忌,这其实是一种恐惧心理的体现。而小说《红楼梦》中的人名,象贾雨村(假语村言)、甄士隐(真事隐去);有贾宝玉,又有甄宝玉,相映成趣;有元春、迎春、探春、惜春,取元迎探惜谐"原应叹息";有"花气袭人昼知暖"的花袭人……还有什么单聘仁(善骗人)、卜固修(不顾羞)……等等更是名字趣味多多,使人读了,更添一分怀想。

二

古代中国的男子,姓名之外,还有字。《白虎通·姓名》中有"人必有名,何? 所以吐情、自纪、尊事人者也——名者,幼小卑贱之称。"字,就例外了，男人二十之后，表示成人，要根据本名的含义另立别名，这就是字。一般的仕宦人家都有字，朋辈之间以字称呼，如要喊名，则是无理，年长者、上级领导对下面的可以直呼名，而用字称呼则表示高看一眼。大家熟知的《三国演义》，那里面的人物都有字，如曹操孟德，刘备玄德，张飞翼德。我非常喜欢袁世海先生在《华容道》扮演的曹操。那种英雄末路的悲凉，他在求情让义士关羽让道的时候，一口一个"云长"。那种哀凉使人动容，但英雄的质地并没有在人生的低谷而改变。有一件趣事，说袁世海先生扮演曹操，本该是反面角色在关羽的"正义"的照耀下，规规矩距，一口一个"云长"的求情。但扮演关羽的一个演员先是半闭着眼唱倒板"耳边厢又听得曹操来到"，然后突睁二目，威猛有光。观众无不暗暗叫好，都觉关羽着实是气度不凡。谁料，当他把眼光投向舞台的另一侧（那里是刚刚战败的曹操的位置），料想中用这等威猛的眼光一扫，对方就该是落花流水不堪一击的了。然而也奇，那曹操虽然衣冠狼藉，形容枯槁，可一双眼睛却笑中藏诈，不怒而威！对视之下，关公着意体现"威猛"的眼睛却显露出畏怯，只能慌乱移开目光看起天花板，拘谨地接唱回龙："皱蚕眉睁凤眼仔细观瞧……"关羽走进侧幕，对迎面一位老导演问道："奇怪，今天刚上台时还挺有信心，可跟曹操一对眼光我就哆嗦不停，差点把后面的词儿给忘了！"老导演笑着回答："一点不怪，谁让那曹操是袁世海演的呢？"袁世海一口一个"云长"，也没有使高看的关羽长起精神。我想在历史上，关羽本不是曹公的对手。虽然把关羽抬高到吓人的地步，在庙宇里享受冷猪头，到了人们向他的牌位叩头，"两股颤颤汗不敢出"的地步，他还是在曹孟德的眼睛的余光下抖缩如鼠，这才使真实的"孟德"啊。

中国人的名、字受家族辈分的限制，字数一般固定，于是人们开始有了别号（雅号、诨号）。象陶渊明号"五柳先生"，他自己解释"宅边有五柳树，因以为号焉"。欧阳修晚年号"六一居士"，"吾家藏书一万卷，集金石遗文一千卷，有琴一张，布棋一局，而常置酒一壶，以吾一老翁，于此五物之间，是岂不为'六一'乎？"而江南第一才子唐伯虎（寅）号"六如居士"取自《金刚经》说人生"如梦幻泡影，如露也如电"，说的是无常。

晚清怪杰辜鸿铭别号"东西南北人",谓"婚于东洋(妻子为日本人),生于南洋(马来半岛),学于西洋(留学英国),居官于北洋(北京)"。

李白生长于四川江油青莲乡,自号"青莲居士";苏轼在黄州的东坡耕地自食,便叫"东坡居士";扬州八怪之一的郑板桥,十分崇拜明代凡高式的画家徐渭,徐渭的别号为"青藤道士",郑板桥就以"青藤门下走狗"为号表示倾慕;齐白石更以"青藤门下牛马走"为号,任青藤驱使;而书法家谢孔宾先生的雅号是"明心斋主",可能是一生与墨砚为伴,非人磨墨墨磨人,在黑白艺术里明心见性吧。

雅号是文人雅士的名头,但很多热中于官场的人,却是命自己为"居士"。这一风气在宋之后,愈演愈列,最后成为一个箩筐,污七八糟的东西也都放进去,臭气满天,真假莫辩。我们熟知的"稼轩居士"和"易安居士"似应该剔除在外的。中国人重名,我们从雅号里可以读出历史,"飞将军"李广,人感到马上将军的迅疾与匈奴人脸色的煞白;从"卧龙"(诸葛亮)和"凤雏"(庞统)里看到人中之杰的品藻,得一而安天下的期待。

而江湖好汉呢,他们往往有名有姓,没有字。《水浒传》的众好汉,只有宋江字公明,其余的则是"白板"。但是江湖豪杰都有绰号,这些绰号是他们身份、特长、品格、生理的标记。古龙说过,一个人的名字也许并不说明什么,而人物的绰号则多少有些意思,比如鲁迅《故乡》里的"豆腐西施",这是一个性的暗示,既是指卖豆腐的美人,也含着把女人的乳房和生殖器叫做豆腐的暗语,现在也把挑逗吃女人的豆腐作为一种性的表达。

而我国的绰号,在《后汉书·朱隽列传》就有记载。《三国》时代有"虎痴"许褚。许褚,身材高大,腰围粗壮,力大曾倒拽两头牛。继典韦成为曹操侍卫队长,并常担任先锋突击队,任劳任怨,不顾危险光着膀子上阵,虽被鲁迅讽刺,但这种赤子心态也多有可爱处,许褚军中有"虎痴"之誉。个性谨慎少言,对曹操甚为忠诚。曹操去世时,许褚大声哭号以至于呕血,闻者无不伤心。曹操曾嘉许他"吾之樊哙也。"但真正集绰号古今大成,含金量最高的仍非《水浒传》莫属。这些绰号富有神韵,江湖上一听绰号，马上想见其为人。"智多星"的计谋，"及时雨"对人的扶危解困，一见此人如大寒甘霖，而"鼓上蚤"的身轻如烟种，在鼓上弹跳如簧。但仔细阅读《水浒传》众好汉的绰号的命名乃有规律，并被后世的武狭小说继承，就象方程式，可以代换。

　　武器符号加人名式：大刀关胜，双鞭呼延灼，金枪手徐宁、双枪将董平；动物符号加人名式：豹子头林冲、金钱豹子汤隆、双头蛇解珍、双尾蝎解宝；古代英雄加人名式：小李广花荣、小温侯吕方、赛仁贵郭盛；地名符号加人名式：菜园子张青、镇三山黄信；神怪符号加人名式：母夜叉孙二娘、赤发鬼刘唐、活阎罗阮小七；职业符号加人名式：神医安道全、圣手书生箫让；身体特征加人名式：一丈青扈三娘、摸着天杜千等。

　　绰号是一种文化，是江湖文化绿林好汉的身份的代码，它有着很深的社会、人生和精神的烙印。它是我们民族的特殊的民族心理和审美情趣，这是一种民间文化的积淀。在政治上和文学界，也有很多的模仿水浒人物绰号，叫做"点将录"，把政治高手或诗坛高手分成"三十六天罡"和"七十二地煞"，那又是另一道美的风景了。

GUCHU 皮

——说武大郎

武大郎

出身籍贯：山东清河县，贫农。

职业：个体户，卖炊饼。

基本经历：武大郎在历史上真有此人，原名武植，清河县武家那村人。生的身材高大，相貌不俗。妻子潘氏大家闺秀，两人却在小说中被丑化，所以，历史是任人打扮的小姑娘是实说实话。有武大郎碑文如下：

"武公讳植字田岭，童时谓大郎，暮年尊曰四老。公之夫人潘氏，名门淑媛。公先祖居晋阳郡，系殷武丁裔胄，后徙清河县孔宋庄（现名武家那）定居。公幼年殁父，与母相依，衣食难济。少时聪敏，崇文尚武尤喜诗书。中年举进士，官拜七品，兴利除弊，清廉公明，乡民聚万民伞敬之。然悠悠岁月，历历沧桑，名节无端诋毁，古墓横遭数劫，令良士贤妇饮恨九泉，痛惜斯哉。今修葺墓室，清源正名，告慰武公，以示后人。是为铭记焉。"

身高：宋代不足5尺，换算成现在1.3米左右侏儒。

相貌：丑陋、猥琐、憨厚

星座：不详

性格：粘液质、内向型，懦弱窝囊。

爱好：劳动

社会关系：弟弟武松

基本评价：武大郎和潘金莲走到一起是偶然，一个弱势者拥有一个没能力保护的东西，最后的结局悲剧是必然的。武大郎错在把张大户送的羊肉潘金莲当成自然，就必然惹上杀身之祸，潘金莲错在她是女人，是一个没有选择权利的女人，我们只有叹息命运妈妈的，何其不公也！

浓缩的都是精华，这说的是拿破仑，这话和武大郎不沾边。方成先生有水墨漫画"武大郎开店"是借题发挥，讽刺嫉贤妒能之辈。自《水浒传》刊世以来，人们津津乐道的水浒人物，首先是武松，再就是不是英雄而被人记挂在口头的武大郎。但说起一奶同胞的两个人，那语气是完全相反，武二郎打虎，武大郎卖饼。前一个语带崇敬，加上好汉二字；后一个语带嘲讽：三寸钉谷树皮，说他矮丑，帽子是绿色环保的，说啥人玩啥鸟，你这癞蛤蟆吃天鹅肉，噎死活该。

我想，在中国民间隐语里，关于武大郎的歇后语应该是最多的，且都带贬义，什么武大郎开店——专拣小个的要；什么武大郎卖豆腐——人熊货也囊；什么武大郎攀杠子——够不着；什么武大郎玩夜猫子——啥人玩啥鸟。我用统计学的方法，粗粗一算，连带武大郎的歇后语达 30 条之多，比诸葛亮的还多。

其生何辜，其死何哀，而被人编排又何其痛也。不错，武大郎矮，但这不是他的错。这是基因变异，你看他的弟弟，又是喝酒又是滋事，拳头痒痒还打老虎。武大郎是老实八角地自食其力地卖炊饼，起早贪黑，披星戴月，紧紧把把过日子。他没有能耐和胆量去偷去抢，"你有我有全都有"。他不识字，没有登科的基础，他只是本分"身不满五尺，面目丑陋，头脑可笑。"他在寒风中和面，在寒风中生火，再凛冽的北风和封门的大雪也不能阻止他到街头的吆喝；他在骄阳的炙烤下，在漫天的尘土中，在汗水中捞钱，汗珠子是浑浊的。他只是凭借一双手，这手很小，但结实，这手上没有沾染污浊的血。赵官家的城管来了，他点头哈腰；牛二这样的街痞来了，他躲不及可能会被把炊饼的摊子砸了。他向谁都说好话，在人前连个响屁也不敢放。其实就是这样的人构成了我们的历史最真实的图景。读水浒传，我们不要忘了这些本分的所谓的底层。其实在我们的身边，我们的父老，有几个不是武大郎这样的劳作者。在黄昏的街头，我们看到过无数的这样本分人忙碌的身影，他们卖菜，他们收破烂。我曾看过一张照片：冬天的风雪，城管砸了一个菜贩子的秤，中年男子无奈委屈地哭泣。当时我的鼻头酸了。在读水浒的时候，我想到了武大郎。一切的歌颂的文字和武大郎们是不沾边的。酸腐的文字给了宋徽宗、高俅、蔡京、童贯们，他们一边挥霍着财富，花天酒地，他们不劳作，他们出身显贵，他们有三妻四妾，他们可以爬灰，可以养小叔子，他们提起裤子道貌岸然；谁也不敢欺负武松李逵，他们可以杀人越货，他们敢写下杀人者某某，他们杀了人，可以去梁山，招安了还可以作官。武大郎的出路呢，只有劳作，劳作是他们的本能。武大郎不是经商，他不会像西门庆可以开个"生药铺"，"与人放刁把滥，说事过钱，排陷官吏"（第二十四回）也能做个阳谷县的青皮，养几房小老婆。武大郎不奸猾，他发不了家，他致不了富，有时还会折本，有时连自己的老婆都守不住。聂绀弩先生在他《论武大郎》一文中说："世界上最可贵的是这种人，最多的也是这种人，不声不响，忍辱含垢，克勤克俭，用劳力养活自己，养活家人，同时也养活全世界。"是的，是这样的人在推着历史的车辘轳，也许很多的时候，他们被车辘轳碾得粉碎。但历史是他们创造的，历史不是乘车的人创造的。

不错，武大郎没本事。一个社会要是总是本分的人吃亏，这样的社会不要也罢。车辘轳没有了，不翻车才怪。

武大郎们不是枭雄，不会杀人子夺人妻，这样的人没有风流韵事，他们的老婆和女儿就是专门被别人偷的，这些卖炊饼的，掌鞋的，配钥匙的，剃头匠，厨子，这些武大郎的同伴们，一般来说他们的老婆是不好看，腰粗腿短，不会描眉涂胭脂，稍有姿色，就被别人觊觎。

你见过几次大户人家的太太小姐偷下人的，几个和厨子、门房相好的。《雷雨》写得很清楚，公馆内的爸爸的小老婆偷儿子，而四凤母女作为下人都是被两代少爷享用的"补品"。这些穷人家的女儿们攀了高枝，做了那些大户人家的外宅、二奶，白秀英，阎婆惜都是。

武大郎是侏儒，他猥琐但守着自己善良的本分，不多吃多沾，不想邪财。在兄弟不在身边的时候，像皮球一样被人嘲笑着在脚下踢来踢去，"清河县人，不怯气都来相欺负，没人做主；……在那里安不得身，只得搬来这里（阳谷县）赁房居住。"（第二十四回）老实的在自己的家乡都待不住了，他向谁诉苦？向潘金莲吗？好像武大郎一切的不幸，都因为娶了潘金莲，都是美貌惹的。按所谓的郎才女貌，武大郎要么是有钱要么有一副好皮囊，这些他都不具备，却偏偏懒汉子沾花枝。在一般人眼里，武大郎只能是打光棍的命。从此点来说，潘金莲何辜？潘金莲也可怜，那大户要报复她的不顺从，倒贴钱，白嫁给武大郎。嫁给武大郎这样的侏儒，潘金莲心不甘情不愿，这是小学的算术题。是的，他们没有爱情，再说穷人有几个讲究爱情。穷人就是过日子，就是一日三餐，就是晚上没有别的娱乐项目，自娱自乐玩造人。许多人为潘金莲鸣不平，这也正常，换了你嫁了这么一个丈夫，也觉得窝囊，一朵鲜花插在牛粪上，但这样的牛粪是没营养的。但是，鲜花插在营养钵里就一定幸福？怕不见得吧。在《金瓶梅》里，春梅，宋惠莲，王六儿，贲四嫂，如意儿，李娇儿，郑爱月这些女子有几个好下场好结局？这些出身寒微的美人们，从古到今，不是西门大官人之流的"房下"，就是外室，再不就变成妓女，女伶，交际花，舞女，女招待，女擦背，女向导，伺候大官人们，这如一条铁律，很少能打破。

丑男不能娶美女，这是哪家的王法？在《巴黎圣母院》里，比武大郎相貌更丑陋的夸西莫多，以他高尚品格在文学史成为不朽的典型。在《巴黎圣母院》结尾，夸西莫多来到艾斯美拉达的墓室，躺在她的身边，安详地合上了眼睛，当人们打开墓室的时候，他们一同化为尘土。我们为这样的结局所感动，丝毫没有觉得有什么别扭，我们甚至希望他们生前就能够在一起，因为我们被夸西莫多的善良震撼了。我们不奢求潘金莲如艾斯美拉达，但武大郎就该在我们民族代代相延的文化里，一直作为别人嘲笑的王八的典型？

也许，潘金莲有她追求爱的自由，但武大郎也有被尊重不被剥夺生命活下去的权利，即使这是一个蝼蚁一样的生命。

武大郎的绰号：三寸钉谷树皮，这是带侮辱的说法。三寸钉是指男根，在崇祯本《金瓶梅》第二回有眉批"三寸入肉，强胜骨肉。"元杂剧《百花亭》里有"单则三寸东西不易降，专在花柳丛中作战场。"《绣榻野史》里把"短、小、软、弯、尖"作为男根五忌，《金瓶梅》写潘金莲与西门庆初会之后有文字曰"都说这夫人自从与张大户勾搭，这老儿是软如鼻涕脓如酱的一件东西，几时得个爽利！就是嫁了武大，看官试想，三寸钉的物事，能有多少力量？"；三寸钉又指钉棺材用的钉子，俗称长命钉，有三寸多长，因为棺材木比较厚，意思是说武大郎身材矮小，有侮辱性。谷树皮应该是榖树皮，榖树又称构树，其树皮又黑又皱。榖树的榖与稻谷的谷的繁体字只差一笔，当把文字转化为简体字后，就把榖树皮误写成谷树皮了，这离生活的实际岂以道理计？

再就是在阳谷和郓城一代鲁西南，"gu（二声）chu（四声）"这两个字是找不到对应的汉字的。表示类似"皱巴、萎缩"的意思。如说人满脸guchu皮？你怎样想像这状态？如果你想像得到，你就还原出武大郎的原生态了。读了此文，你不妨到阳谷郓城走一遭，兴许还能看到那些底层的武大郎们。但现在的时兴的"武大郎炊饼"，我真的不感冒，把武大郎作为幌子，悲悯和人道主义的关怀还在缺失。我们是否驻足停下，这炊饼是否能咽得下？

板刀面与馄饨
——说船火儿张横

张横

出身籍贯：浔阳（今江西省九江北）

职业：船伙计、梢公

基本经历：张横，《水浒传》中号称天平星船火儿，排梁山好汉第二十八位，是梁山水军八寨第二头领。张横本是浔阳江上的好汉，专干船上劫财的勾当。宋江被发配江州，浔阳江上因被穆弘兄弟所追，逃上张横的船，没想到误上贼船，险些被张横害死，幸亏混江龙李俊相救，张横认识了宋江等一批好汉，与弟弟张顺投靠了梁山，随梁山义军四方征战，在水中大显英雄本色。后同弟弟张顺一起，驻守梁山西南水寨。征讨方腊时在途中病故。

身高：七尺

相貌：三角眼，黄髯赤发红眼。

星座：天平星

性格：盗亦有道，依本分。

爱好：赌博

社会关系：张顺之兄

基本评价：水性一流，驾船技术一流，武力三流。

板刀面、馄饨在字面上是吃食,这是杀人越货的黑话,再嘴馋的人千万别吃,如果吃了这样的面食,那以后就只能喝阎王爷的迷魂汤了,而宋江就差一点吃了板刀面和混沌。

宋江在揭阳岭碰到恶霸穆弘穆春兄弟,好像新鞋踏到了臭狗屎,惹不起,就躲,他们一行遇到了船火儿张横。

张横这小子确实横,精力旺盛,天不怕地不怕,与天斗与地斗与人斗其乐无穷,看他戏弄穆弘穆春的口气,真是强中更有强中手,穆春穆弘赶到滩头,有十余个火把,各挺着一条朴刀约从有二十余人,各执棒。口里叫道:"你那梢公快摇船拢来"。宋江和两个公人做一块儿伏在船舱里,说道:"梢公!却是不要拢船!我们自多谢你些银子!"那梢公点头,只不应岸上的人,把船望上水咿咿哑哑的摇将去。那岸上这夥人大喝道:"你那梢公不摇拢船来,教你都死!"那梢公冷笑几声,也不应。岸上那夥人又叫道:"你是那梢公,直恁大胆不摇拢来?"那梢公冷笑应道:"老爷叫做张梢公!你不要咬我鸟!"岸上火把丛中那个长汉说道:"原来是张大哥!你见我弟兄两个么?"那梢公应道:"我又不瞎,做甚么不见你!"那长汉道:"你既见我时,且摇拢来和你说话。"那梢公道:"有话明朝来说,趁船的要去得紧。"那长汉道:"我弟兄两个正要捉这趁船的三个人!"那梢公道:"趁船的三个都是我家亲眷,衣食父母。请他归去碗'板刀面'了来!"那长汉道:"你且摇拢来,和你商量"。那梢公道:"我的衣饭,倒拢来把与你,倒乐意。"那长汉道:"张大哥!不是这般说!我弟兄只要捉这囚徒!你且拢来!"那梢公一头摇橹,一面说道:"我自好几日接得这个主顾,却是不摇拢来,倒你接了去!你两个只休怪,改日相见!"宋江呆了,不听得话里藏机,在船舱里悄悄的和两个公人说:"也难得这个梢公!救了我们三个性命,又与他分说!不要忘了他恩德!却不是幸得这只船来渡了我们!"

慌不择路的宋江以为遇到了好鸟,但一听那歌声,怕心里会有点感觉吧,在水浒里,很多人都喜欢喊两嗓子,比如白日鼠白胜和阮氏兄弟,这张横的歌声更嘹亮,"老爷生长在江边,不爱交游只爱钱。昨夜华光来趁我,临行夺下一金砖。"

听到这歌声，就想到小时候看电影《洪湖赤卫队》，那里的歌声：老子本姓天，住在洪湖边；要想捉住我，神仙也叫难。枪口对枪口，刀尖对刀尖；有我就无你，你死我见天。

但张横的歌声更豪放，昨夜华光来趁我，临行夺下一金砖，那里的趁字是追赶之意，华光大帝昨夜追赶我时，我也夺了他一块金砖。华光大帝又称灵官马元帅、三眼灵光、华光天王、马天君等，系道教护法四圣之一。相传他姓马名灵耀，因生有三只眼，故民间又称"马王爷三只眼。"这贼也做到家了，连神仙的钱也要，何况宋江，于是张横将船行至江心，便要笑宋江等人说"却是要吃板刀面？确是要吃混沌？……"

宋江作为一个旱鸭子，见水就发毛，而在水上吃板刀面和馄饨，也知道着顿饭不好吃，宋江道："家长，休要取笑。怎地唤做'板刀面？'怎地是'馄饨？'"那梢公睁着眼，道："老爷和你要甚鸟！若还要'板刀面'时，俺有一把泼风也似快刀在这板底下。我不消三刀五刀，我只一刀一个，都剁你三个人下水去！你若要'馄饨'时，你三个快脱了衣裳，都赤条条地跳下江里自死！"宋江听罢，扯定两个公人，说道："却是苦也！正是：'福无双至，祸不单行！'"那梢公喝道："你三倨好好商量，快回我话！"宋江答道："梢公不知，我们也是没奈何，犯下了罪迭配甘州的人。你如何可怜见，饶了我三个！"那梢公喝道："你说甚么闲话！饶你三个？我半个也不饶你！—老爷唤作有名的狗脸张爷爷！来也不认得爷，也去不认得娘！你便都闭了鸟嘴，快下水里去！"宋江又求告道："我们都把包里内金银财帛衣服等项，尽数与你。只饶了我三人性！"那梢公便去板底下摸出那把明晃晃板刀来，大喝道："你三个要怎地！"宋江仰天叹道："为因我不敬天地，不孝父母，犯下罪责，连累了你两个！"那两个公人也扯着宋江，道："押司！罢！罢！我们三个一处死休！"那梢公又喝道："你三个乎好快脱了衣裳，跳下江去！跳便跳！

"不跳时，老爷便剁下水里去！"宋江和那两个公人抱做一块，望着江里。

这里还要人选择死法，但这规则是张横定下的，过程好像很公平，但结局却不好，不允许提出异议，是单方面的协定。

张横的名字里的横字，确是是横，耍横，是江湖人的拿手好戏，是流氓手腕，耍横，就是暴力最强者说了算。

张横，初看这个绰号，很浪漫的，船火，也是渔火，繁星点点，渔火点点，渔歌唱晚，其实，火是伙的通假字，伙一般意义是伙伴，但是又不是简单的伙伴，船火儿，是一群弄船人的头领，有一个左证可以是：人说梁山36大伙，72小伙，当然不是说只有108人，而是36个大头领，72个小头领的意思。

悲悯的佛性

——说花和尚鲁智深

鲁智深

出身籍贯：关西渭州,（今属甘肃平凉）。

职业：和尚

基本经历：鲁达本在渭州小种经略相公（种师中）手下当差，任经略府提辖。因为见郑屠欺侮金翠莲父女，三拳打死了镇关西。被官府追捕，逃到五台山文殊院落削发为僧，智真长老说偈赐名曰："灵光一点，价值千金。佛法广大，赐名智深。"鲁智深忍受不住佛门清规，醉打山门，毁坏金身，被长老派往东京相国寺，临别赠四句偈言："遇林而起，遇山而富。遇水而兴，遇江而止。"在东京相国寺看守菜园，因将偷菜的泼皮踢进了粪池，倒拔垂杨柳，威名远扬。鲁智深在野猪林救了林冲，高俅派人捉拿鲁智深，鲁智深在二龙山落草。后投奔水泊梁山，做了步兵头领。宋江攻打方腊，鲁智深一杖打翻并活捉方腊。回军途中，闻塘江潮信，圆寂于六和寺。

身高：身长八尺、1.88米

相貌：腰阔十围、面圆耳大、鼻直口方，腮边一部络腮胡须。

星座：天孤星

性格：遇事不怕事，怕事不管事，敢作敢当，对好人是菩萨，对坏人是恶霸。总之一片热血直喷出来。

爱好：打抱不平

社会关系：

基本评价：和尚和尚以和为尚，但在鲁智深那里，拳头和禅杖是和的先觉，他的拳头，让我们知道了世间大英雄的模样，脾气，拳头砸碎不义委屈不平，拳头开出新天地，我们看到拳头下的阳光，水和空气。

懂武松易，懂鲁智深难。懂鲁智深要有阅历，在宝钗生日的时候，宝钗点了《虎囊弹—山门》一个折子。《红楼梦》说是鲁智深醉闹五台山，也符合意思。《山门》一折，写鲁智深避祸而出家五台，不守清规，酒后大闹山门，终被其师救离五台。这里面的一曲《寄生草》使宝玉激赏不已，而后悟及"赤条条来去无牵挂。"的人生空幻，最后出家了事。如此看来师傅鲁智深是有功于宝玉，成了先进文化的领路人。词"漫搵英雄泪，相离处士家。谢慈悲剃度在莲台下。没缘法转眼分离乍。赤条条来去无牵挂。哪里讨烟蓑雨笠卷单行，一任俺芒鞋破钵随缘化。"这只曲子真是慷慨悲凉，大英雄的那种不惜在地狱修身的悲悯和从容真是温暖我等。每读《红楼梦》到此处，我必徘徊窗下，潸泪欲滴。（我本固执，也总是按自己的意思接触红楼。年稍小时，怕把红楼读成黄色的情色糟蹋了名著，初中没读高中没读，大学没读。年过三十，有了沧桑有了感慨才读，就象我理解鲁智深一样，有了感慨沧桑，感觉出了鲁智深对中国文化的慈悲情怀。）读到《寄生草》我总无端想起《千忠戮》中最有名的一折《惨睹》，写建文帝剃度为僧，逃窜在外。一路上看到被杀群臣，传首四方，以及被牵连的乡亲臣子和宦门妇女，押解进京，种种惨状，不忍目睹，因而悲愤万分。全出由八支曲子组成，每曲都以"阳"字结束，故又名"八阳"。长期以来，传唱不衰。所谓"家家收拾起"，即指第一支曲首句"收拾起大地山河一担装"而言，那是俞振飞饰演的建文君。"收拾起大地山河一担装，四大皆空相，历尽了渺渺程途，漠漠平林，垒垒高山，滚滚长江，但见那寒云惨雾和愁织，受不尽苦雨凄风带怨长。雄城壮，看江山无恙，谁识我一瓢一笠到襄阳。"

说道鲁智深的绰号，和尚的法号前有个花字，按世间通用的说法应不是个绝妙好词，是淫僧老骚胡搞破鞋的主之类。女子的花枝招展是招摇是性感是春光外泻，花是女子性器的符号，无论外表还是象征。而把鲁智深的绰号写成花和尚，是因为他的脊背上也有花绣刺青，但书中没有记述，不知是翩迁的蝴蝶，抑或凶暴的恶煞，但我却觉得花与胖大和尚的浪漫来柔软来，犹如情感没有皱折的腹部，可以让弱小者安眠。花和尚本来是宋官家在编的干部，先在老种经略处任职，做到五路廉访使；后调职在渭州小种经略府做提辖，是小种经略相公倚重的的军分区的司令员和公安处长之类。但是冥冥中他要命犯"桃花"吗？因为碰到了一个做奴隶而不得的弱女子金翠莲。这女子本与提辖爷并不相识，鲁达只是与朋友在酒肆斗酒，忽听到隔壁阁子有人啼哭，搅了酒兴，大怒，摔蝶碎碗，喝令酒保唤金翠莲来相见，这时我们看出了他粗鲁中的柔软来。而所谓的趣人李逵呢？他处在同一屋檐下，是用粗手在弱女子宋玉莲的额头一点，点去一块油皮，致使弱女猝然倒地，昏死过去。流落异乡的弱女子金翠莲碰到了恶霸郑屠，强媒硬保，写下三千贯文书，却是虚钱实契，要金翠莲做妾，未及三月，金翠莲被大娘子赶了出来，并着落店主追要"原典身钱"三千贯。金老父女软弱，争辩不得，暮年的老人领着女儿赶座卖唱，将得来的大半钱还"帐"。面对被侮辱和被损害的灵魂，鲁达象是自己受到了损伤，受到了侮辱，其实这是王朝末世时恶行对公正的挑战。生命不是蝼蚁，生命是应该有尊严的，鲁达站了出来，他不允许罪恶在大宋朝的太阳下横行。他去制止，他不是出于私心，也非报复，只是一个虽还没有出家却抱有佛的情怀的人间的大爱者。

水浒，在这个地方为我们塑造了一个没有个人目的和政治经济诉求的，激于义愤和公正抱打不平的仁者和勇者的形象。鲁达不仅慷慨资助银两，给金家父女回家盘缠，而且担心郑屠接信后百般阻挠，于是天不亮就赶到客店亲送金家父女上路。阻挠金老汉回家的郑屠帮凶店小二，就被鲁达一掌一拳打掉了两颗门牙。鲁达怕自己走了以后，店小二再去向郑屠通风报信，于是就从边上搬来一个条凳，拦在门前，象一个孩子那样执拗，"杀人要见血,救人要救活"。我们平时等公共汽车约会等情人总是火急得似火,不知鲁智深呆坐两个时辰四个小时的耐心如何?是东张西望,还是看着晚报。李卓吾李和尚在此处则直批一个"佛"字!

花和尚鲁智深的女人观在水浒里是十分令人感佩的,不管他对林冲娘子,还是路过桃花山。鲁智深从一个有社会地位的市军分区司令到削发为僧,后来连和尚也做不成,这中间是颇牵扯了几个女人的事情,弄的他丢掉了饭碗和工作。鲁智深绰号里有个"花"字,这也许是一种因缘,但似应该称为"护花和尚"、"浇花和尚"才允当。

因金翠莲的事情丢掉工作,又因金翠莲的做了二奶丈夫的举荐,鲁达在五台山做了在编的和尚。但和尚的日子平常得口中能淡出鸟来,于是吃狗肉饮烧酒,有一份酒力,就有一分勇力;有十分酒力,就有十分勇力。但因醉酒被方丈礼送下山。方成有一幅画画的是花和尚鲁智深大闹五台山,脚踢庙门,题的是:"原来是将才,被逼上五台,佛门关不住,一脚踢开来。"真是妙得紧。

鲁智深拿着智真长老的介绍信从五台山转赴东京大相国寺的路上,夜宿刘太公家。得知主人刘太公的女儿,被附近桃花山的土匪强人看中了。这土匪竟是好面子的主,非得吹吹打打的明媒正娶,好日子就在当天晚间。鲁智深这胖大的汉子,撸得光光的屁股跳上床去假装新娘子,没有灯烛的房间,黑乌乌的象鬼的脸,待那大王摸来摸去摸到鲁智深的肚皮,不是凝脂也非柔情,却招来了一计勾拳,大王叫道:"这娘们忒霸道,象新社会的女人,敢打老公?"

鲁智深喝道："教你认得你老婆"，又把新郎拖到床头，上下其手，打得小霸王周通没有一点性欲，只有求生欲。

鲁智深是尖锐的。在他身上，纤细比粗壮更令人感动，阴柔使骁勇更加放大。在他近乎任性使气的不羁中，我们感到了温暖。鲁智深对待林冲的妻子是那样的腼腆。他听说林冲妻子受调戏，提着禅仗奔来，被林冲劝止。那时鲁智深有点醉了，他对林冲娘子的话骂高衙内的话是那样的利钝分别，骂高衙内"俺若撞见那撮鸟时，且教他吃洒家三百禅杖了去。"而对林家娘子是"阿嫂休怪，莫要笑话。阿哥，明日再会。"而当鲁智深上了梁山，他见到分别多年，满脸沧桑的林冲，依然是那样的温暖，他问林冲："洒家自与教头别后，无日不念阿嫂，近来有信息否？"对女人的态度是最能显现一个男人品味和质地的不二法门。在战争饥荒和争斗中，女人是最容易伤害的一群，她们是被征服和糟蹋的对象，她们的肉体带上了很多的隐喻和象征。林冲是爱妻子的，鲁智深是爱护友谊呵护友情而理解女人的。而作为一个和尚，把女人带在口上，是应该有心理障碍和突破老师教导的恐慌。在道学盛行的宋代，鲁智深说的是面不红，心不跳，真是"多情即佛心"的最好的代表。

异端的思想家李贽在在容与堂本《水浒传》评论鲁智深的时候说他是"仁人、智人、勇人、圣人、神人、菩萨、罗汉、佛"。在智深师傅醉打山门时李贽的评价是："此回文字分明是个成佛作祖图。若是那般闭眼合掌的和尚，绝无成佛之理，外面尽好看，佛性反无一些，如鲁智深吃酒打人，无所不为，无所不做，佛性反是完全的，所以到底成了正果。"是的，鲁智深虽然不读经书，但他是悟道的，就象六祖惠能是一个砍柴的汉子，佛性无处不在，"万类之中，个个是佛"，"青青翠竹，尽是法身，郁郁黄花，无非般若。"他要的是你的领悟。我的家乡在唐代出了两位高僧，一是临济义玄，一是赵州从谂。现在佛门弟子，十之七八，都是临济宗，义玄认为"佛教无用功处，只是平常无事，屙屎送尿，著衣吃饭，困来即卧。……你且随处作主,立处皆真"主张人与道之间没有间隔，道不远人，自然相契。我看鲁智深的做派最象临济义玄的弟子。鲁智深打的是众和尚同学，而临济义玄连老师也敢揍。其实求道学佛，向外面寻觅是不可能有收获的；如果一个人求佛，便失去了佛；求道，便失去了道；求祖，便失去了祖。如果想正成大道，就决不要受任何人的迷惑！所以临济义玄说"向里向外，逢著便杀。逢佛杀佛，逢祖杀祖，逢罗汉杀罗汉，逢父母杀父母，逢亲眷杀亲眷，才能脱，"这是不被外物拘束，自由自在。当偶像、权威成为开悟的障碍时，就要毫不容情地将它破除，这是禅者透脱自在、绝对自由的内在生命的表现。临济三度问法，三度被打，及至开悟后，向老师黄檗脸上飞掌而捆，雄奇磊落如威武将军。从这个方面看花和尚鲁智深我们就可理解了他的那些举动，这和尚除了不嫖妓之外，佛门的规章制度一概不遵守。你看他在五台山，又是喝高度酒，又是吃狗腿，没有卫生习惯，在庙后边大小便，一点文明礼貌都不懂，但是他表现的是最大的佛性，不迷信，不盲从，急公好义，他没有杀过无辜的人。我们可以追问：不喝酒不吃狗腿是否就算修证佛法了？不吃辣椒葱蒜就是走在修证佛法的路上？不跟老婆上床睡觉不搞破鞋就算得道？为了早日成佛，见了那些地皮流氓就故做清高，不与小人一般见识，对弱小者的哭泣闭眼不视，胡说今天天气哈哈，这怎能算做悟道做佛，这是空的虚的把戏！是连佛法的门框也没有摸着，更别说登堂入室了。明朝末年，张献忠"屠戮生民，所过郡县，靡有子遗。"有一天，他的部下李定国见到破山和尚，破山和尚为民请命，要求别再屠城。李定国叫人堆出羊肉、猪肉、狗肉，对破山说："你和尚吃这些，我就封刀！"破山说："老僧为百万生灵，何惜如来一戒！"就立刻吃给他看，李定国盗亦有道，只好封刀。破山和尚是破戒了，但是与佛门戒律比起来，到底是人的生命的价值重些，还是那几条破戒律在佛法的天平上重？我想只要大家的脑袋如果没有进水，是不难判定的。这个故事是李敖喜欢的，他在《上山、上山、爱》和《北京法源寺》等中多次例举这个故事，把它讲给我们这些愚夫愚妇们，跪在正襟危坐的佛前道貌岸然也不一定是真参修。李敖《论和尚吃肉》说："梁武帝以后，中国和尚尽管在大脑里小乘，但在小嘴里却大乘了——中国和尚不吃肉了。……两相对比起来，匹夫匹妇为'功利'不吃肉；高人高僧却为'功德'大开其荤，真是你丢我捡了！"独行侠李敖何尝不是现代版的鲁智深？他不是佛教徒，但他为老兵李师科喊话，为老师严侨在苦难时落井下石的那些所谓的亲情在20年后讨回公道，把钱拿给师母所说的话我们看到了佛性（李敖回忆录片段回放：我在11月19日，请来了已经十多年不见的严师母，当面送了十万元即期支票给她。我告诉严师母："这个钱你可以拿，这就是三十年前对你闭门不见那人的钱，今天我总算给你出这口恶气。"严师母哭了，她收下了钱、收下了温情与旧情，也收下了人间绝无仅有的李敖式的正义。）成佛的路是行愿啊，不是那些戒律和木鱼，地藏王菩萨的誓愿是："众生渡尽，方证菩提；地狱未空，誓不成佛！"这才是佛家的本色当行，地藏王的手掌也曾处死过恶棍。处死恶棍的时候，地藏王菩萨说的是："惩恶即是扬善！"戒律是让人更好地修行，但戒律不是得道的枷杠更不是教条。为戒律而戒律，佛反在天边。一个尼姑曾问我的唐朝老乡赵州从谂："什么是佛法大意？"赵州随手掐了她一把。女尼问："和尚还有这般举动？"赵州答到："只因你还有这个身体在"。赵州从谂是物我两忘，而女尼却心中有男女分别在，有清规戒律在，这也象鲁智深为何会问嫂嫂的消息而不知戒律的存在的佛性了。鲁智深不是在人间恶行面前闭眼的冷漠的和尚，他不避酒肉，更不避人间的不义，他用自己的禅仗打杀灭绝那些恶行和不义。所以金圣叹这样表扬鲁智深："写鲁达为人处，一片热血直喷出来，令人读之深愧虚生世上，不曾为人出力。"

台湾学者乐衡军在《梁山泊的缔造与幻灭》有一段谈论到了鲁智深，可谓正中我心。"鲁智深原来是一百零八人里唯一真正带给我们光明和温暖的人物。从他一出场不幸打杀郑屠，直到大闹野猪林，他一路散发着奋身忘我的热情。……他正义的赫怒，往往狙灭了罪恶（例如郑屠之死，瓦官寺之焚），在他慷慨胸襟中，我们时感一己小利的局促（如李忠之卖药和送行）和丑陋（如小霸王周通的抢亲），在他磊落的行止下，使我们对人性生出真纯的信赖（如对智真长老总坦认过失，如和金翠莲可以相对久处而无避忌，如梁山上见着林冲便动问'阿嫂信息'，这是如武松者所不肯，如李逵者所不能的），而超出一切之上的，水浒赋给梁山人物的唯一的殊荣，是鲁智深那种最充分的人心。在渭州为了等候金老父女安全远去，鲁智深寻思着坐守了两个时辰；在桃花村痛打了小霸王周通后，他劝周通不要坏了刘太公养老送终、承继香火的事，'教他老人家失所'；在瓦官寺，面对一群褴褛而自私可厌的老和尚，虽然饥肠如焚，但在听说他们三天未食，就即刻撇下一锅热粥，再不吃它——这对人类苦难情状真诚入微的体悟，是《水浒》中真正用感觉来写的句子。这些琐细的动作，象是一阵和煦的微风熨贴地吹拂过受苦者的灼痛，这种幽微的用心，象毫光一样映照着鲁智深巨大身影，让我们看见他额上广慈的縠皱。这一种救世的怜悯，原本是缔造梁山泊的初始的动机，较之后来宋江大慈善家式的'仗义疏财'，鲁智深这种隐而不显的举动，才更触动了人心。水浒其实已经把最珍惜的笔单独保留给鲁智深了，每当他'大踏步'而来时，就有一种大无畏的信心，人间保姆的呵护，笼罩着我们。……"

鲁智深是人间的保姆，更是金翠莲和刘太公等小百姓的菩萨。他给寒冷的人盖上被褥，给饥饿的人面包和矿泉水。后来人间保姆鲁智深坐化成佛了，残废的武松这时也开始觉悟，最后就在杭州六合塔模仿鲁智深出家。临坐化前，鲁智深留下了几句话，算是自己的遗言和对组织的交代："平生不修善果，只爱杀人放火。忽地顿开金绳，这里扯断玉锁。咦！钱塘江上潮信来，今日方知我是我。"

放下屠刀，立地成佛，鲁智深是最好的标本，其实鲁智深是拿着屠刀的佛。他的大刀砍向的是那些狰狞的不法的恶人的狗脑壳。鲁智深不喜欢那些只念经不普度众生的"秃驴"。在五台山吃醉酒后，鲁智深曾对那些同门的和尚同学道："俺不看长老面，洒家直打死你那几个秃驴！"但我想当时要是有个师弟小声说"你的脑袋也没有毛啊？"不知鲁智深如何作答，我想鲁智深一定说你骂我秃可，骂我驴不可！但我要修正的是赵州从谂说狗子也有佛性，那么驴子也一定潜藏着佛性等待鲁智深开发呢。花和尚，是的，他应该是一个在胸脯前佩带红花的和尚，那红花映绿了他的象驴一样的秃脑门……

背靠大树好乘凉

——说铁扇子宋清

宋清

出身籍贯：郓城

职业：抓钱粮

基本经历：宋江弟弟。梁山聚义排名76位，绰号铁扇子，星号地俊星。宋江在江州被救，怕官府捉拿父亲和弟弟，便连夜下山去宋家村搬家，却被县里差遣的都头赵得、赵能追拿，途中又至九天玄女庙中，亏了九天玄女才得以解脱。幸亏被吴用派去的李逵、刘唐、石勇、李立等人相救。梁山众多好汉，搬请宋江父亲宋太公和弟弟宋清上了梁山。宋清掌管梁山排设筵席之事。受招安后，宋清被封为武奕郎。

身高：不详

相貌：不详

星座：地俊星

性格：不详

爱好：不详

社会关系：兄长是宋江

基本评价：天塌砸宋江，一切有哥哥扛着。

宋清，在《水浒传》里露脸的机会不多，金圣叹说他和宋江："以无数说话描写大宋机械变诈，几于食少事烦；却只以一句话描写小宋百无一能，只图口腹。如此结构，先是锦心绣口。"水浒传里写了很多的亲兄弟，如武大郎和武松的兄弟情深，如解珍解宝的不离不弃，如阮氏三雄：兄弟齐心，其力断金，如穆弘穆春兄弟，有事大哥罩着小弟，还有面对李固的收买，蔡福一时糊涂心动，关键时刻蔡庆一语惊醒梦中人，使得哥哥免遭杀身之祸。还有为了兄弟，前程、命都可以不要了，孙立孙新兄弟；再是童威童猛兄弟：作了化外官职，逍遥海滨。这是亲情，是浓得化不开的亲情，国人讲：打虎亲弟兄，上场父子兵，于是在日常中，用人的原则便是胳膊肘子不能往外拐，所谓的外不避仇，内不避亲，主要是把这话作为盖脸的布子，用以遮羞而已，除掉生殖器官链接的七大姞子八大姨，这些血缘裙带，退后的就是以自己的家和窝为圆心，以同乡、同学、战友为半径画圆，在圈子里的就用，即使是一坨牛粪，也要糊在墙上，晚清时节，曾有好事者面折李鸿章，说他一力提拔合肥人，老是喜欢用一些熟面孔熟脸蛋。李鸿章颇不以为然，以唇相讥：我不用人唯亲，难道你让我用人唯疏乎？

在梁山大寨，宋江的用人原则也是按照亲疏的半径来定夺。其实用自己弟兄，只要物尽其用，那也可，但宋江和宋清能力反差太大，上面引用的金圣叹的话里明白，小宋只是一个吃才，但作为大哥的宋江当然照顾，坐了梁山的头把交椅，宋江的用人原则也逃不脱中国历史的怪圈，任人唯亲，鲁西南有谚语，勺子没有把，单拣近的挖，不用宋清用谁？用奴才，用兄弟加奴才，这样的人像用骨头喂熟的狗，比如宋江和李逵，表面上像一娘同胞，一个奶头长大的，但其实是主子与奴才的关系，是宋江喂熟练的一条咬人的疯狗而已，宋江初见李逵时，又送银子，又请客喝酒，对他那鲁莽的行事一味微笑着任从。你说需要银子还债，便给你银子还债；你说小盏吃酒不过瘾，便吩咐小二给你换大碗；看你吃鱼吃不饱，又专为你要了两斤肉，临别还送了五十两一锭大银。上了梁山后，李逵无数次藐视梁山的规矩，扯碎过圣旨，砍倒过大旗，破坏过招安，宋江都没有予以处罚。在宋江眼里，性情耿直的李逵对自己忠心耿耿，从某种意义上来讲，具有十足的奴才价值。在东京拜会李师师时，宋江曾介绍李逵："这是家生的孩儿小李。""家生的孩儿"是最好的主子和奴才注脚，家生的孩儿不可能放在林冲、武松、鲁智深身上的。

李逵是宋江的干兄弟，是拜把子磕头烧香的兄弟，宋江的权威深入到了李逵的骨里梦里，李逵因事犯罪，宋江要杀他，李逵说："我梦里也不敢骂他，他要杀我时，便由他杀了吧。"这是兄弟加奴才的最好的自白状，而宋江的弟弟宋清呢？他没有李逵的那两板斧，只是摇一把铁扇子，如一个四不像，文人乎武人乎？不文不武乎？在家农耕，也不是好庄稼把式，只能是在地头站站，鞋子上也沾不了露水。

看遍水浒，宋清，既没有出众的技艺，又没有为梁山立过寸功，对梁山的贡献无法和时迁、白胜比，但他居然排到了地煞星第四十位，负责"排设筵宴"，说白了，就是司务长，有民谣：一天一钱，饿不着炊事员，一天一两饿不着司务长，明摆着的理，宋清的职位是肥缺。

再说他的绰号铁扇子，扇子是中国古代男人身边的道具，大家熟悉的诸葛亮，草船接箭或者唱空城计，如果没有了羽毛扇，那诸葛亮的手往哪放，真是一个令人头疼的事。有人说铁扇子是没用的，夏季谁拿铁扇子，我想这只是一种象征，张恨水《水浒人物论赞》指出："扇子扇风，必须轻巧可携，以铁制之，何堪使用？于其绰号，以窥其人，可知矣！而梁山诸寇，每次分配工作之时，必以宋清司庖厨之事，殆故意使与饭桶为伍乎？"他认为铁扇子宋清"实不一可取"，小说作者安排他专司庖厨之事，"殆故意使与饭桶为伍乎"？但王利器以为："铁扇子是有庇护作用的，他引《三朝北盟会编》为证，金兵进攻濠州时，知州王进"出入以铁扇为蔽，呵喝如常，人皆寒心悚惧。'"，但铁扇子放在宋清的手里没见它发挥过什么作用。他不像铁扇公主的扇子，把火焰山的灼人的大火扑灭。水浒里，人物绰号，带"铁"字符号的不少，铁笛仙、铁叫子、铁面孔目、铁臂膊，这里面的铁字，无疑是褒扬，但宋清的铁扇子的铁，是说他吃大哥宋江的饭，是铁定吃了的？

吃饭不是小事，这在饥荒年代遍布中国的时候，为了吃，曾出现多少

悲剧戏剧闹剧，无论革命还是绣花，都得吃饭，革命不是请客吃饭，但请客吃饭为了革命的事情多了，宋江让自己垫付弟弟为山寨的弟兄宰牛宰羊烹小鲜，为的是更好的服务梁山，更好的革命，抓住男人的胃袋，就大半抓住了男人的脑袋。

在大树下乘凉的宋清，是哥哥宋江安插的一步好棋，君子远庖厨，但为革命的大业计，宋清在庖厨里能更好地发挥哥哥的意图。

只是铁扇子不要把革命炉膛里的熊熊烈火扇灭，而要扇得更加熊熊，把早晨的云彩烧成彩霞，把落日的云彩烧成云锦，那离梁山的哥哥的大业成功的地带就不远了。

别玷污了太保

——说神行太保戴宗

在水浒里，戴宗是个下三烂的货色，张恨水先生在《水浒人物论赞》中说"神行太保戴宗，庸才也，亦陋人也。"

陋人，就是下三烂，宋江拿了吴用的信到了江州，说有一个至爱相交，仗义疏财的朋友，名叫戴宗的，做着江州两院押牢节级，宋江此去，可以有个照应。

但我们看戴宗的见面礼，先是先声夺人，气势上唬人，给新人下马威，在点视厅上戴宗见面就骂宋江道："你这黑矮杀才，倚仗谁的势，要不送常例钱来与我？"

宋江仗着手里吴用的介绍信，慢应道："'人情人情，在人情愿。'你如何逼取人财？好小哉相！"

这样说话确实让两边看的人倒捏两把汗。

戴宗大怒，喝骂："贼配军！安敢如此无礼，颠倒说我小哉！那兜驮的，与我背起来。且打这厮一百讯棍。"戴宗拿起讯棒来打宋江。

宋江说道："节级你要打我，我得何罪？"

戴宗大喝道："你这贼配军，是我手里行货！轻咳嗽便是罪过。"

宋江道："你便寻我过失，也不到得该死。"

戴宗怒道："你说不该死。我要结果你也不难，只似打杀一个苍蝇。"

宋江冷笑道："我因不送得常例钱便该死时，结识梁山泊吴学究的，却该怎地？"戴宗听了这话，慌忙丢了手中讯棍，便问道："你说甚么？"宋江道："自说那结识军师吴学究的，你问我怎的？"戴宗慌了手脚，拖住宋江问道："你正是谁？那里得这话来？"宋江笑道："小可便是山东郓城县宋江。"戴宗听了，大惊，连忙作揖说道："原来兄长正是及时雨宋公明。"

两个人的对话动作就像宋代的小品，活化出了戴宗的狗脸儿，但在牢头的眼里，弄死个犯人就像弄死一个苍蝇一样，他们是苍蝇拍，可以一下拍死你，也可以三下五下消遣你。

从勒索犯人钱财的所谓常例，大家都心知肚明，牢头动用国家资源为自己谋福利，这样的潜规则，已经变成拿到台面上的规则，是监狱润滑的费用，我们想到桐城派方苞的散文《狱中杂记》，方苞因为给好友的书写序，身陷文字狱，被押进刑部大牢。方苞说，监狱里关押的人越多，狱吏越是有利可图。与案件稍微牵连，就想办法弄进来，戴上脚镣手铐，让他们痛苦不堪。然后狱吏就劝导他们找保人。搞来钱，官和小吏就瓜分了。有钱人出几十两银子，就可以去掉脚镣手铐，并住进好房子。贫穷无依的犯人，戴上刑具关押，作为标本，警告其余的犯人。结果，罪轻的、无罪的遭受枷锁之苦，重犯反到住在外面。所以，在牢里得病死去的都是罪轻的人或者证人，大盗们往往精气旺盛。方苞问：狱吏跟犯人没有什么仇恨，不过希望得点财物。如果确实没有，就宽容宽容他们，这不是善行吗？回答说：这是立下的规矩，不然人人都会有侥幸心理。又有人问：犯人贫富不一样，何必按出钱多少，分别对待呢？回答是：没有差别，哪个肯多出钱呢！

在监狱里，如果狱吏可怜某个没钱的犯人而放过他，那其他人怎么肯拿出钱来孝敬狱吏呢？所以，他们一定是严格执法，没有法外开恩。前些日子沸沸扬扬的"躲猫猫"事件，是新时代的戴宗和手下李逵们的常例，敲打敲打一下新犯人的筋骨，让他们懂得一些规矩。

所谓的"躲猫猫"，其实就是牢房里的牢头狱霸发明的一套折磨新犯人的办法，就是蒙住眼睛暴打一顿，要给新进来的人一个下马威，好让他们懂得要随时孝敬。不要天真的以为去向狱警举报会有用，这种牢头狱霸本来就和狱警方面有千丝万缕的关系，是狱警所依靠的"积极分子"。据公开报道，律师黎朝阳羁押在广西兴安县看守所忽然死亡，就是看守所所长授意有关警察指使同监舍其他在押人员实施虐杀的。看守所所长需要这个人马上死，但他不必亲自动手，也不需要手下的警察动手，免得到时麻烦，就得依靠这类牢头狱霸。然后说他心脏病突发死亡,即使被查出有伤痕,到时也都可以推给同监人员，警方一点责任也没有。

戴宗的绰号神行太保，先说神行，就是他把两个甲马拴在两只腿上，作起"神行法"来，一日能行五百里；把四个甲马拴在腿上，便一日能行八百里。第五十二回《戴宗二取公孙胜,李逵斧劈罗真人》中写道：李逵"只听耳朵边风雨之声，两边房屋树木，一似连排价倒了的，底下如云催雾趱。李逵怕将起来，几遍待要住脚，两条腿那里收拾得住，似有人在下面推的相似，脚不点地，只管的走去了。……看见走到红日平西，肚里又饥又渴，越不能够住脚，惊得一身臭汗，气喘做一团"。戴宗即便绑上甲马，神行者的脚也要不停地迈动，所谓的甲马就是神马，戴宗取烧金纸，实际上是请鬼神协助。

太保一词早就有之，是古三公之一，位次太傅。亦指太子太保，为辅导太子之官。西周始置。监护与辅弼国君之官。武王去世，成王年少，召公任太保，以长老身份监护。周公东征胜利，建东都成周（今河南洛阳），成王到成周开始亲理政务，召公为此作长篇教导，即《尚书·召诰》。后以陕（今河南三门陕）为分界，"自陕以西，召公主之，自陕而东，周公主之。"（《史记·燕世家》。后召公子孙以太保为氏。太保与太师、太傅合称"三公"。而宋、元时对庙祝、巫师也称为太保，我们现在多取对绿林好汉和跟班的尊称，我们知道蒋介石有十三太保，冯玉祥也有十三太保，历史上最著名的提到十三太保，最著名的莫过与晋王李克用的义儿——李存孝了。

李存孝是晋王李克用麾下的一员骁将，也是李克用众多的"义儿"中的一个，因排行十三，故称为"十三太保"，而且也是十三太保中最出名的一个，其中数李存孝最厉害，勇冠三军，百战百胜，因功被封为飞虎将军。有句话说：王不过霸王，武不过存孝。

谈及李存孝这个人，正史着墨不多，但在演义小说和民间传说中却非常有名，撇开这些传说单从历史的角度，依然能看到他的骁勇善战。

《旧五代史·唐书列传五·李存孝传》中记载："本姓安，名敬思。少于俘囚中得隶纪纲，给事帐中。及壮，便骑射，骁勇冠绝，常将骑为先锋，未尝挫败；从武皇救陈、许，逐黄寇，及遇难上源，每战无不克捷……存孝每临大敌，被重铠橐弓坐槊，仆人以二骑从，阵中易骑，轻捷如飞，独舞铁楇，挺身陷阵，万人辟易，盖古张辽、甘宁之比也。"

《新五代史·义儿传》"存孝，代州飞狐人也。本姓安，名敬思。太祖掠地代北得之，给事帐中，赐姓名，以为子，常从为骑将……存孝猿臂善射，身被重铠，橐弓坐槊，手舞铁楇，出入阵中，以两骑自从，战酣易骑，上下如飞。"

两书中都提到李存孝的勇猛果敢，他经常带领骑兵做李克用的先锋，所向无敌，他身披沉重铁甲，腰挎弓箭长矛，独自挥舞铁楇冲锋陷阵，成

千上万的人在他面前都丧胆逃退。最令人称奇的是他常常带着两匹马作战，骑着的马稍微疲乏，他就在阵地上改骑另一匹马，上下如飞，其矫健神勇之极。

由于李克用军营中的将领都比不过他，后来同样是"义儿"的李存信出于嫉妒的挑唆而使他背叛了李克用，但以他一勇之夫，不是老谋深算的李克用的对手，结果被李克用稍施小计在幽州捉住，押解回太原后，用五马分尸（或五牛分尸）的酷刑结束了他短暂的生命。对此，《新五代史·义儿传》记曰："缚载后车，至太原，车裂之以徇。"

尽管如此，李存孝死后，李克用每次和诸将赌博，谈到李存孝都流泪不止。乾宁元年十月，昭义节度使康君立前赴晋阳拜见李克用。已未（三十日），李克用会聚属下各位将领尽情饮酒，喝到兴头上，李克用谈起李存孝，泪水不停地往下流。

其实太保是个褒义词。但后来带有贬义的色彩，我们一提到纳粹的"盖世太保"。浑身就起小米，盖世太保是德国纳粹党的法西斯恐怖组织。在纳粹德国时期，成千上万的犹太人、共产党人、左派人士、抵抗战士等都未经法律程序被盖世太保投入集中营。第二次世界大战期间，盖世太保参加特别行动队，随正规部队进驻波兰和苏联，残酷杀害纳粹占领区人民和战俘，是纳粹党对被占领国家人民进行特务恐怖统治的工具。

提到盖世太保，我总会想起德国牧师马丁·尼莫拉在波士顿树起的那块纪念碑上的文字："起初他们追杀共产主义者，我不是共产主义者，我不说话；接着他们追杀犹太人，我不是犹太人，我不说话；后来他们追杀工会成员，我不是工会成员，我继续不说话；此后他们追杀天主教徒，我不是天主教徒，我还是不说话；最后，他们奔向我来，再也没有人站起来为我说话了。"

是啊，太保，想说爱你不容易，不管是对戴宗还是对秘密警察。

刺青时代

——九纹龙史进

史进

出身籍贯：陕西华阴县。

职业：地主少爷

基本经历：史进是个背黑锅的人，因他的花拳绣腿，但他是梁山好汉头一出场的。先师从打虎将李忠，被逃难至史家庄的王进打败，拜其为师。后打败少华山二当家跳涧虎陈达，敬佩神机军师朱武、白花蛇杨春义气放了陈达，并与三人结拜。被猎户李吉告发官府，逃难至渭州遇鲁达。后回少华山与朱武落草后上梁山；史进义气，史进的死，把水浒所谓的义气的灯笼戳破，史进随宋江南征方腊，一直到睦州昱岭关。先是史进中了庞万春一箭，水浒里写道：又见山顶上一声锣响，左右两边松树林里，一齐放箭。五员将顾不得史进的安危，各人逃命而走。史进带的五人当中，与病大虫薛勇交情我们不知；和石秀的交情我们不知；但陈达杨春是一个山头拜把子的，李忠更是领进门的师傅。如此三人对待史大朗，实在让人骂娘！其实史进身陷华山县的时候，陈达、杨春也是没去救他的，梁山好汉，只是好看，让人流汗。

身高：适中

相貌：银盘也似一个面皮，形象诱人眼球。帅哥一个。

星座：天微星

性格：侠义满怀，任性。

爱好：拜老师

社会关系：母亲气死，父亲一名。

基本评价：前面光辉灿烂，如邻家男孩，有点吊儿郎当，后来上进，但总也长不大，后来却跌进妓女的圈套，令人有吃苍蝇的感觉，呕吐，由爱武装到爱红妆。有人说，盖因史进寓意"历史在前进"之意，我看是瞎掰，不靠谱，即使是金圣叹说的也白搭。

韩国有部电影《我的老婆是大佬》，里面惊艳的地方是恩珍沐浴出来，她光滑纤瘦的背脊是奇崛诡异的刺青：一条青龙。不是杨家女子从华清池出来，"侍儿扶起娇无力"，那样的一块白肉被公公李隆基的口水泡着，而是一种性感的冷艳。那时对文身和刺青的偏见一扫而净。总以为刺青分子多是黑道人物，但转念一想，人是应该有权利处置自己的身体的。记得李银河也这样说过成年人有权处置自己的身体，她认为应该把卖淫当道德问题处理，但她也不赞成合法化，比较赞赏的是"非罪化"。"卖淫非罪化"就是说把它作为一个道德问题来处理，是两个成年人之间自愿的一种交易行为，不管有没有钱参加进来，我们不认它为罪。但是我们从道德的角度要谴责，"身体发肤受之父母"，中国人对身体发肤看护得往往小心过头。比如女孩子的一片私处的薄膜，浸透了多少的血泪。自己女人的裸体只能关上门在家里欣赏，被画成模特，就伤风败俗。开放的唐代也盛行刺青文身，当时叫做扎青，段成式《酉阳杂俎》有薛元赏打击扎青的故事，很可一读：

"上都市肆恶少，率髡而肤扎，备众物形状。恃诸军，张拳强劫，至有以蛇售酒，捉羊甲击人者。京兆尹薛元赏，上三日，令里长潜捕，约三十余人，悉杖杀，尸于市。市人有点青者，皆炙灭之。时大宁坊力者张干，扎左膊曰"生不怕京兆尹"，右膊曰"死不怕阎罗王。"又有王力奴，以钱五千召劀工，可胸腹为山亭院、池榭、草木、鸟兽，无不悉具，细若设色。公悉杖杀之。又贼赵武建，扎一百六处番印、盘鹊等，右膊刺言：

"野鸡滩头宿，朝朝被鹈捎。忽惊飞入水，留命到今朝。"又高陵县捉得镂身者宋元素，扎七十一处，刺左臂曰："昔日已前家未贫，千金不惜结交亲。及至恓惶觅知己，行尽关山无一人。"右膊上扎瓠芦，上扎出人首，如傀儡戏有郭公者。县吏不解，问之，言胡芦精也。"

冯梦龙把这段故事放在《古今笑史》里，但是薛元赏有点运动的味道，一些唐代的刺青爱好者见此，纷纷把刺青涂抹。这使我想起当代有些人在从军时候，咬牙咧嘴地把刺在手腕和肚脐的一些动物及文字抹去的现代版了，真是太阳底下无鲜事，现在又重复过去的岁月。但我想起在陕西黄碟案的时候，警察就说了："我们国家没规定不许看淫秽品，但是我们国家也没规定许看啊。"这就有点搞笑的黑色幽默力量。国家不是保姆，没必要管那么多，虽然我们国家没规定公民不许吃饭，但是也没规定公民许吃饭。李银河评价：所有的感官的快乐和需要的满足都是天赋人权。比如说有人想到木子美那儿去看一看她怎么描写性行为，一会儿又有人想去看看汤加丽啦，又有人想去看看九丹的小说啦，这都无可厚非，这都是很自然的。作为一个人，他们有满足自己的眼耳鼻舌身的感官需要的权利，对他们这种行为也不要多做道德评判。

史进是由着自己的性子处置自己的身体的。水浒中，史进的老父见到八十万禁军教头王进这样介绍自己的宝贝儿子："老汉的儿子从小不务农业，只爱刺枪使棒；母亲说他不得，一气死了。老汉只得随他性子，不知使了多少钱财投师父教他；又请高手匠人与他刺了这身花绣，肩胸膛，总有九条龙。满县人口顺，都叫他做九纹龙史进。"

史进是水浒中第一个出场的梁山好汉，排梁山英雄第二十三位，马军八虎骑兼先锋使第七名。小时，看水浒连环画最羡慕的就是史进身上的花绣，一直琢磨是怎么弄上的。有同学就用针烧红在手腕上刺成手表模样，然后涂上蓝盈盈的钢笔水。我虽然想要一块手表，但没有用烧红的针扎的勇气。所以，我的手表是在我踏进大学时，父亲为了儿子在城里免遭白眼，卖掉几百斤麦子换了一块"钟山"牌子的30元钱的表。第一次戴上，总是想起童年伙伴倾慕九纹龙史进那烧红的针，也总是在人多的时候，把手腕抬起来，一副农家子弟的可怜的自尊样。

刺青在宋代是一种个人的权利。比如岳飞的母亲，在儿子宽阔的背上刻下"精忠报国"的母训，我们想到的是白发母亲的大义。张俊部队的年轻力壮者从臀部以下到脚踝文刺，称为花腿。水浒写刺青的好汉有九纹龙史进，花项虎龚旺，短命二郎阮小五，提辖鲁达，病关索杨雄和浪子燕青。浪子燕青的一身刺青，如"凤凰踏碎玉玲珑，孔雀斜穿花错落"，当他与人相扑时，脱了衣服，露出文身，一班看客立即"迭头价喝彩"。燕青的刺青不但男人喜欢，连皇帝徽宗的情人二奶李师师也爱不释手。李师师风尘女子，见浪子燕青可人意处多多，也不管自己是皇帝的情人和婊子，就公开挑逗燕青，水浒中写到：

"数杯之後，李师师笑道：'闻知哥哥好身纹绣，愿求一观如何？'燕青笑道：'小人贱体,虽有些花绣,怎敢在娘子跟前揎衣裸体？'李师师说道：'锦体社家子弟，那里去问揎衣裸体！'三回五次，定要讨看。燕青只得脱膊下来，李师师看了，十分大喜，把尖尖玉手，便摸他身上。"当时燕青头脑清晰，心中还装着梁山的革命事业，于是忍痛割爱温柔乡，转换话题和李师师拜起了姐弟。

文身在江湖上，是一种勇力和强悍，对于皮肤的疼痛不当成一回事，不呻吟，不吓尿，象关羽刮骨疗毒，尽显的是勇者侠者的本色。而九纹龙史进的刺青一开始就进入我们的阅读视野，表现的是好汉不守法度的边缘社会的情景，这确有深意在焉。

龙有九子，这和史进的花绣是相配的。我们知道这个怪兽的生育能力是强大的，但儿子的名字，人们一直争议，有一份明代的清单，这是李东阳回答皇帝问话的，水分不会太多：囚牛，是龙生九子中的老大，平生爱好音乐，它常常蹲在琴头上欣赏弹拨弦拉的音乐，因此琴头上便刻上它的遗像。睚眦，是老二，平生好斗喜杀，刀环、刀柄、龙吞口便是它的遗像。嘲风，形似兽，是老三，平生好险又好望，殿台角上的走兽是它的遗像。蒲牢，形似盘曲的龙，排行第四，平生好鸣好吼，洪钟上的龙形兽钮是它的遗像。狻猊，形似狮子，排行第五，平生喜静不喜动，好坐，又喜欢烟火，因此佛座上和香炉上的脚部装饰就是它的遗像。霸下，又名赑屃，形似龟，是老六，平生好负重，力大无穷，碑座下的龟趺是其遗像。我国一些显赫石碑的基座都由霸下驮着，在碑林和一些古迹胜地中都可以看到。狴犴，又名宪章，形似虎，是老七。它平生好讼，却又有威力，狱门上部那虎头形的装饰便是其遗像。负屃，似龙形，排行老八，平生好文，石碑两旁的文龙是其遗像。螭吻，又名鸱尾、鸱吻，龙形的吞脊兽，是老九，口阔噪粗，平生好吞，殿脊两端的卷尾龙头是其遗像。

南宋龚圣与《宋江三十六赞》这样说史进"龙数肖九，汝有九纹，盍从东皇，驾五色云。"史进确实是大胆的，也可看出当一个朝代的末世，早已王纲解纽，法度松弛，史进身上刺龙也就睁一眼闭一眼，中国的游民和那些强人都有"皇帝轮流坐，明年到俺家"的想法，而陈胜吴广的"王侯将相宁有种乎？"也只是史家的生花妙笔，原始的话可能是"操他奶奶，皇帝的椅子不能一直叫你坐。"于是呼啸山林的起义的背后，一些阴谋者往往怀有鬼胎，让那些一起革命起事的兄弟的头颅垫了椅子腿。

而现在呢，刺青成了一种时尚。我为这些举止感到理解，也感到社会的宽容，然而有个女子为了爱，把那男人的名字刺在了自己全部的性感地方：肚脐，乳房和私处的旁边。其实爱是宿命的，一旦爱到了绝处，那个女孩子又该怎样演绎下一段

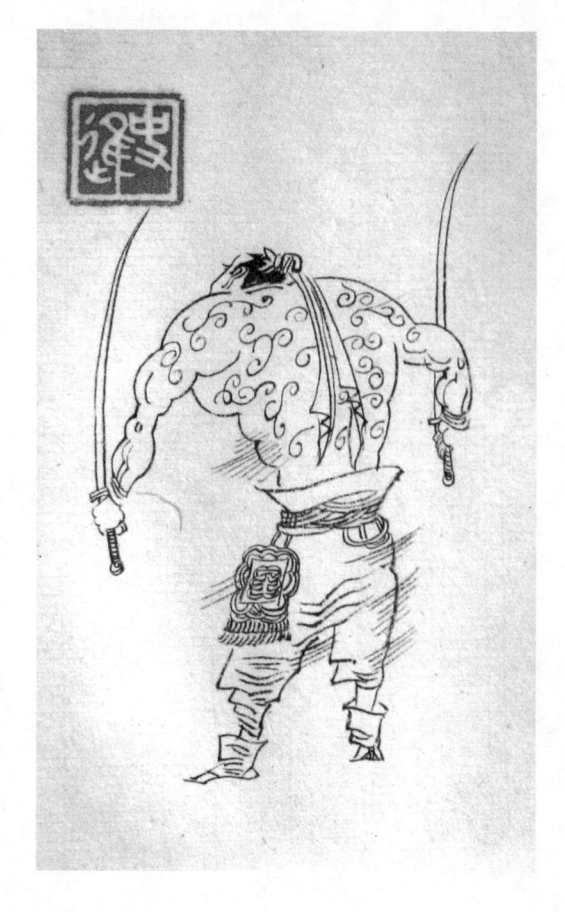

文身？当爱用肉体做标记的时候，这里面有勇气和决绝，也有潮水淡定后的苦痛，当爱到来的时候，人们啊，不可不慎……好莱坞性感美女安吉丽娜·茱丽的身上也有刺青，但她发誓，无论心和肝和肉多痛，不管银子代价花费几何，一定要把前夫的刺青名字从手臂上剔除，否则，噩梦难醒。

刺青是一种身体语言，人们可以在耳朵上打洞，可以把黑发染红染绿，这是放松时代的标志。古代中国千年流行的"黥刑"，在脸上雕墨刺字，这种侮辱人犯人格的东西，也是刺青的一种，象西方通奸女人的"十"字一样，男儿脸带黄金印，其痛何如？我想起一个幽默，不妨抄录如下：有一个太太找人帮她刺青，她要刺青的人帮她在大腿左内侧刺感恩节，右内侧刺圣诞节。刺青的人问她原因。她说：我先生抱怨说在感恩节和圣诞节之间没啥好吃的！

高衙内算啥级别?

—— 说花花太岁

高衙内

出身籍贯：开封汴梁

职业：做干儿子

基本经历：不详

身高：不详

皮肤：

星座：

性格：

爱好：追逐女性

社会关系：义父是高俅

基本评价：水浒传里的高衙内按现在的眼光看并不那么可憎，无太大的恶行。未抢权，不经商，不走私，只是傻玩，没有脑子，多半是由于陆谦等从中糊弄。出了事，按照：我爸是李刚的逻辑就是喊：我爸是高俅，宋代人不像现在的很多人：恨铁不成刚，没人愿意恨铁不成俅。

高衙内是历史上各朝各代都生殖繁衍的正常现象。但这种人坏得还不紧，不独水浒中的宋朝。宋徽宗不也是把后宫里的饭吃够了，带头到妓院里找小吃，象猫吃腥一样？人们说：皇帝胡搞是游龙戏凤，太尉胡搞是深入群众，府尹胡搞是娱乐活动，知县胡搞是体育运动，小吏胡搞是胡乱打洞，草民胡搞是流氓行动。

从水浒的描写看，高衙内是胡乱打洞，目标选错了对象。林冲是正人君子，是水浒中唯一体贴女人爱护女人的具有人道主义情怀的大英雄。如果是不堪的屑小之徒，可能为了自己的乌纱和顶带，把自己的娘们送上也说不准呢。历史上多些把自己的老婆女儿送出的主儿，翻一下史书，这样的事迹是前赴后继，代有传人。

衙内原本是个职务。五代及宋初，藩镇的贴身警卫官称"衙内都指挥使"和"衙内都虞侯"；由于衙内贴近藩镇，藩镇的小命攥在警卫团长手里，于是警卫团长这一职位多由藩镇的子弟充任。于是人们便概括地称呼官员子弟为"衙内"了。

但高衙内和高俅的辈分本是一样的，是叔伯兄弟，但为了丑化高俅，说他乱伦，坏了纲常。"原来高俅新发迹，不曾有亲儿，借人帮助，因此过房这阿叔高三郎儿子，在房内为子。本是叔伯弟兄，却与他做干儿子，因此，高太尉爱惜他。那厮在东京倚势豪强，专一爱淫垢人家妻女。京师人怕他权势，谁敢与他争口？叫他做'花花太岁'。"我国的文化很多的是拿不出手的，象唐高宗李治要父亲李世民的小老婆武则天，唐玄宗扒灰自己的儿媳妇杨玉环，肥水不流外人田，肥马轻裘老子与儿子共。再如石敬塘，《五代史·晋家人传》说"重允，高祖（石敬塘）弟，高祖爱之，养以为子"文化的酱缸，在这里面难保有不被污染的蛆。我想起目不识丁的父亲在生前说的一句话"井里蛤蟆，酱里蛆。"烂掉了的大宋朝，难保有一块好肉。

衙内们往往倚着父兄的势力和家庭背景四处喧腾，仗恃欺人，欺男霸女，成了令人怕又令人憎的符号。衙内的成分也不纯，其一是和领导生殖器发生某种关联的人，即有血亲和姻亲的人，这种亲近是天然的，近水楼台；其二是和领导生殖器没什么关联，主要是伺候领导或者是与领导社会关系"虚拟血亲化"的人，书童、轿夫、家将、或者"干女儿"、"干儿子"之类。这些人虽无儿女之实，却有儿女之名，可以称之为"虚拟血亲"，即用血亲的名义来强化这种依附关系。水浒中的高衙内并非高俅亲生儿子，隋唐演义中杨林手下"十三太保"都是干儿子，明末的魏忠贤不过是一个被阉割的地痞，可是从中央大员到地方文武百官几乎全部拜在他的脚下当干儿子、干孙子、干重孙子，这些干儿子飞扬跋扈一点不比亲儿子逊色。而水浒中的高衙内，此人是"专一爱垢人家妻女"的"花花太岁"，虽然有这个爱好，但没有涉足政坛，也没有包办诉讼批条子，比起另一个"秦衙内"来，只不过是一个乡下的土鳖子，根本没有曾经沧海的本事。

秦衙内名熺，本来姓王，是权奸秦桧大舅子的儿子，过继给老秦家。秦桧深受高宗的宠信，两度参与枢机，父荣子贵，鸡狗升天秦衙内也官居枢密使（相当于现在国防部长五星上将），被称为"小相"，父子狼狈为奸，权势熏天。殷鉴未远，从北宋到南宋，从高衙内到"秦衙内"，本事是越来越大，符合从猴子到人的社会达尔文进化理论。

绍兴二十四年（公元1155）春，秦衙内到茅山拜祭祖先坟墓，前呼后拥，趾高气扬。事毕，在华阳观题诗一首：家山福地古云魁，一日三峰秀气回。会散宝珠何处去，碧岩南洞白云堆。

诗的水平只是宋代诗歌爱好者文学青年的水平，但作陪的金陵太守却大肆吹捧，还要工匠马上将它刻于木板，挂在华阳观主殿的大梁上。到晚上，秦衙内到殿上观赏自己的大作，发现诗旁有字，嘱人爬上梯子一看，原来是一首和诗：

富贵而骄是祸魁，朱颜绿鬓几时回。荣华富贵三春梦，颜色馨香土一堆。

看到这首诗，陪同的金陵市长和华阳观道长因害怕秦氏父子责罪而魂飞魄散，当年冬天先后在惊惶中死去。不久，秦桧病死，秦衙内随即被罢官。回到水浒的高衙内，高衙内象没有成人的家伙，整日价带着几个帮闲拿着弹弓，吹筒，粘竿追女人。并且《水浒》写到高衙内调戏林冲妻子时有这样几句话"原来高衙内不晓得他是林冲的娘子;若还晓得时，也没这场事。"可见这家伙还有点分寸。李贽评论到："衙内不知事"确实是看到了骨子里，随后李贽又道"独恨高俅害人、陆谦卖友，都差鲁智深打他三百禅杖。"，比起高俅和陆谦，高衙内是上不了台面的，他的级别还嫩得很！

寡人有疾，寡人好色，这是一句大家常引用的话。我们可以还原一下宋代的高衙内见到林冲娘子的场面：其时林娘子正在朝拜观音菩萨，高俅的干儿子高衙内恰好也是五一长假来拜神，正好和林冲娘子打了个照面，于是高衙内的眼一下子被拉直了。也许那时候林太正是二十出头风华绝代的年纪。少妇风情，乳房是乳房，臀部是臀部。但我不是黄色笔墨，只是我的心里并不阴暗，美女就是美女，反正林太的长相一下子就把高衙内给俘虏了。高衙内的心跳加速，到手的肥羊肉不能跑了。于是一递眼色，手下的闲汉把林太包围起来，开始语言挑逗。这时，女人的路有两条：如果不是潘金莲，就是一个大耳刮子甩过去了。林太也不吝啬，伸手就赏了个。高衙内受了赏，一张脸就象腮上红叶。正想采取进一步行动的时候，林冲来了。

按正常的逻辑，林冲一进门就一把拽过高衙内，一拳头送过去，就象鲁达拳打镇关西，也让高衙内开个酱油店，但就在拳头行将扁到高衙内脸上的瞬间，林冲停住了，好象拳头被套上了笼头，"调戏良人妻子当得何罪！"恰待下拳打时，认得是高太尉螟蛉之高衙内，顿时先自软了。想那林冲何等英雄，为何有不敢打的时候？林冲道："原本要痛打那厮一顿，太尉面上须不好看。权且让他这一次。"那太尉是林冲的上级，"不怕官只怕管。"原来，这拳头也是认得人、识时务的，不是打得赢就能随便打。并且，高衙内也只是性骚扰，并没有别的举动。但是后来呢，高衙内整天捂着被林太耳刮子贴过的半边脸，思想林冲娘子，其实要不是林冲的朋友陆谦的卖友投靠，事情说不定就结束了。但高衙内的对女人的追逐，只是使林冲一家哭。历史上，一路哭的悲剧也多了去了。如果给坏人打分，去掉一个最高分，去掉一个最低分，高衙内得分也不是最坏的，你说是不？！

功狗的运命

——说黑旋风李逵

李逵

出身籍贯：沂水县百丈村

职业：江州小牢头

基本经历：李逵，小名铁牛，宋江发配江州时候，李逵这时正是戴宗手下做看守的一名小兵，就和宋江认识。戴宗传梁山假书被识破，和宋江两人被押赴刑场杀头，李逵率先挥动一双板斧打去，逢人便杀。上梁山后，思母心切，就回沂州接老母，翻越沂岭时老母被老虎吃了，李逵生气杀了四虎。招安时，李逵不愿受招安，大闹东京城，扯了皇帝诏书，要杀钦差，还砍倒梁山泊杏黄旗，要反攻到东京，为宋江夺皇帝位子。

李逵受招安后被封为镇江润州都统制。宋江饮高俅送来的毒酒中毒后，便让李逵也喝了毒酒一块儿被毒死了。

身高：缺

相貌：一身横肉，长相黝黑粗鲁。

星座：天杀星

性格：率真、豪爽、敢作敢为，但奴性十足，有无赖相，是一不省油的灯。

爱好：快活

社会关系：母亲，被老虎吃掉，哥哥李达。

基本评价：与张飞、牛皋、焦赞、孟良、程咬金一类，无理性，爱冲动好宣泄，只长年龄不长脑子。是一种依靠本性的野蛮，少束缚，这也是人们爱好黑牛的原因，因为在这个人世间，人们多的是压抑的人心，很少像黑牛这样任意恣行。

在现在梁山山顶要道黑风口，矗有一尊雕塑，是李逵，手执板斧，黑凛凛地戳在那里，让游人毛骨悚然。说不定什么时候，这黑家伙阴魂不死跳将下来，手起斧落，不是砍断腿，就是砍掉胳膊，掉胳膊掉腿这在现代社会还好说，医疗具备，接上缝上伤筋动骨100天就可，如果从脖子那里砍掉，把头颅当做足球，在高俅的足下滚来滚去，那却是麻烦。有个朋友说，李逵站在这里，替梁山守家护院，如狗耳。

我闻后，大喜。说白了，李逵就是宋江的家奴，或者说是宋江喂熟的一条狗，让咬谁就咬谁。宋江带着李逵去走李师师的后门，在东京拜会李师师时，宋江曾介绍李逵："这是家生的孩儿小李。""家生的孩儿"是最能深刻地表明了李逵与宋江的关系的，而这时李师师幽了一默，立马接口说："我倒不打紧，辱没了太白学士。"三个姓李的并列，不知道李白是做如何感慨，不意李家还有如此儿郎，真乃家门不幸。

李逵的星号为天杀星，绰号黑旋风。他一出场，就是一个不良的社会分子，行凶杀人流落在外，如丧家狗被戴宗收留。当时宋江与戴宗在江州的酒楼上喝酒，李逵来了，戴宗向宋江介绍说："这个是小弟身边牢里一个小牢子，姓李，名逵，祖贯是沂州沂水县百丈村人氏。本身一个异名，唤做黑旋风李逵。他乡中都叫他做李铁牛。因为打死了人，逃走出来，虽遇赦宥，流落在此江州，不曾还乡。为他酒性不好，多人惧他。能使两把板斧，及会拳棍，现今在此牢里勾当。"

李逵先前人们多以为其善良，我期期以为不可。李逵浑身散发的是流氓气无赖气，多吃多沾，吃拿卡要，一句不合就来粗的。当宋江给了李逵十两银子，李逵拿了去赌，结果输了个精光就要起无赖，硬要取回又引得一场打架；李逵为了报答宋江，去江边讨鱼，但他不是好好的要，而是大声喝道："你们船上活鱼，把两尾与我。"渔民们告诉他，得等到渔牙主人来了才可以，但是李逵便自己去抢，结果胡七八搞，把他们的鱼全给放跑了，双方因此打起架来，这时张顺（即渔牙主人）赶来，两人又打起来。最后，李逵经不起激将，被张顺诱到水里喝了一肚子水。打完架以后，他们接着喝酒，这时卖唱的宋玉莲来卖唱，李逵因被搅了豪情，"李逵怒从心起，跳起身来，把两个指头去那女娘子额上一点，那女子大叫一声，蓦然倒地。"对一个小女子动粗，不是好汉作派，更没意思的是李逵还欺辱老人。《水浒传》第五十三回，李逵和戴宗在饭店里吃饭，李逵拍桌子把一个老人的面条打翻，老人揪住他说理，李逵就要打他，幸好被戴宗劝住，否则，说不定那老人又要被李逵打死。第六十七回，李逵想立功，暗中出走，路经韩伯龙的饭店，吃了饭不给钱，被韩伯龙揪住，李逵索性将他一斧砍了。

梁山郓城有句话评价不良分子、地皮流氓：敲个寡妇门，挖个绝户坟，打个老头欺负个小孩，这不是真汉子，但这些李逵大都具备，有一二缺项，也和被杨志一刀劈死的牛二差不多。其实李逵身上还有无赖抵赖的习惯，当戴宗批评教育他因为抢鱼而跟别人打架，李逵却说："你怕我连累你，我自打死了一个，我自去承当。"这好像是豪言壮语，男子汉敢作敢当，当年细细分析这句话靠不住，是谎言，当年在家乡打死了人，为何又要撒鸭子逃跑？《水浒传》第五十二回，李逵为柴进打死殷天锡，李逵说："我便走了，须连累你。"柴进告他自己有办法，于是李逵也就顺水推舟，打死人有主家抗着，孩子哭了给他娘，一推六二五，让别人擦腚。

李逵的杀杀杀，只由性子。李逵为救宋江在江州劫法场，书中写道："只见他第一个出力，杀人最多。"晁盖喊他他也不听，"那汉哪里肯应，火杂杂地抡着大斧，只顾砍人。""当下去十字街口，不问官军百姓，杀得尸横遍野，血流成渠，推倒倾翻的，不计其数。"后来，晁盖阻止李逵别滥杀百姓，可是，"那汉（即李逵）那里来听叫唤，一斧一个，排头儿砍将去。"也许，你说中国多的是无聊的看客，但这些人也到不了罪不可赦的地步。这里多的是无辜百姓，李逵身上流淌的是嗜血成性，如狗儿见了骨头。

在梁山好汉第三次打祝家庄时，李逵的斧子更是派上了用场。后来李逵到宋江面前请功："祝龙是兄弟杀了,祝彪也是兄弟砍了,扈成那厮走了,扈太公一家,都杀得干干净净,兄弟特来请功。"他又说："我砍得手顺,望扈家庄赶去,……他家庄上,被我杀得一个也没了。"宋江嫌恶他杀戮过分,问他抓了几个活的,李逵说："谁鸟耐烦,见着活的便砍了。"宋江因此而抹去了他的功劳,可是,"黑旋风笑道:'虽然没了功劳,也吃我杀得快活。'"杀人只是杀人,不问青红皂白,不问功劳苦劳,就一味杀,即使连宋朝的花朵,李逵也不放过,而且李逵杀人的变态心理令人吃惊,他杀四岁儿童是从孩子的头被劈成两半;杀了李鬼后,割他腿肉下饭;捉奸时将两个人杀死,砍做十来段;宋江捉了黄文炳,要将他凌迟处死,是李逵自告奋勇动的手,书中写道:"李逵拿起尖刀,看着黄文炳笑道:'你这厮在蔡九知府后堂,且会说黄道黑,拨置害人,无中生有撺掇他。今日你要快死,老爷却要你慢死。'便把尖刀先从腿上割起,拣好的,就当面炭火上炙来下酒。割一块,炙一块,无片时,割了黄文炳,李逵方才把刀割开胸膛,取出心肝,把来与众头领做醒酒汤。"

鲁迅说在史书里歪歪斜斜看到的是吃人。李逵们的所作所为正是游民里的暴民的天性,对生命全无怜悯,杀得快乐,杀出了游戏性,就如南京大屠杀,两个日本军官比赛每人谁先杀掉100中国人谁取胜一样,在嗜血里有快感。但有时这些举动连宋江也看不过,就喊李逵为"黑禽兽"。要说李逵的没心没肺莫如他力杀四虎后,当时母亲刚被老虎吃掉,李逵在荒山野岭的大哭却也撼动我们的心。但后来就在众人的簇拥下,喝的酩酊大醉,这又让我们感到老娘不如一杯酒,李逵是怎么快乐怎么来,不管是杀人还是喝酒。

人们常说李逵天真烂漫,我觉得这是施耐庵用漫画和反讽的笔法,为我们这个世界塑造一个乐子,里面不乏戏弄的成分。如第七十四回寿张乔坐衙、闹学堂诸事,充满喜剧色彩,但李卓吾所说就有点过,也许这和他王学左派不要束缚,鼓吹的"童心说"相近:"李大哥做知县,闹学堂,都是逢场作戏,真个神通自在,未至不迎,既去不恋,活佛!活佛!"书中写到:李逵起身,把绿袍抓扎起,槐简揣在腰里,掣出大斧,直看著柳了那个原告人，号令在县门前，方才大踏步去了，也不脱那衣靴。县门前看的百姓，那里忍得住笑。正在寿张县前走过东，走过西，忽听得一处学堂读书之声，李逵揭起帘子，走将入去，吓得那先生跳窗走了，众学生们哭的哭，叫的叫，跑的跑，躲的躲，李逵大笑。

但有过童年读书经验的我们读到此处，心里是如何嘀咕？怕没有一个愿意李逵到我们的教室吧。看到孩子如此模样，李逵大笑，而家长知此，准得大骂。其实李逵的天真，是在损害别人，无论生命还是财产，他没有理性，不拿脑子思考，只是从快乐自己出发。他在寿张县做县令，李逵让人扮成打官司的，然后自己来断案，他是怎么断案的呢，他说："这个打了人的是好汉，先放了他去。这个不长进的，怎地吃人打了？与我枷号在衙门前示众！"这里有什么公理可言，一切从李老爷的好恶出发，这样的县令不要最好；李逵在四柳村捉鬼时，发现主人的女儿与人偷情，便将两人都杀死，致使主人悲恸欲绝，李逵居然还要人家谢他！如此地颠倒世界，如此地连做人的基本道德水准都不遵循的人，对人间来说是恶魔。孔子说：勇而无礼则乱。李逵这样的孔武是非常不可爱的。鲁迅是厌恶李逵的一员，在《〈集外集〉序》中说道："我却又憎恶张翼德型不问青红皂白、抡起板斧来排头砍去的李逵，我因此喜欢张顺的将他诱进水中去，淹得他两眼翻白。"

李逵在这个世界上，只认宋江，这点也是鲁迅说得对的，终于是奴才。

对宋江的驯顺、忠心与依赖正可看作狗与主子的关系。宋江是枭雄，他看李逵可造就，就舍得在李逵身上投资，既花银子，也花时间和感情。李逵初见宋江，宋江又是送银子，又是带李逵喝酒，对他那卤莽的行事一味微笑着任从。你说需要银子还债，便给你银子还债；你说小盏吃酒不过瘾，便吩咐酒保专给你换大碗；看你吃鱼吃不饱，又专为你要两斤肉，临别还送了五十两一锭大银。宋江这样的感情投资就如驯熟一条狗，养狗还要骨头，还要耐心，等养熟了，那狗就忠心在骨。宋江因题反诗入狱，戴宗因受知府差遣进京需离开一段时日，李逵怕贪酒误了宋江饭食便"真个不吃酒，早晚只在牢里伏侍，寸步不离"，这样的形态与忠实的狗子何其相似乃尔。狗是主人的宠物，主人与狗难免也产生感情，宋江说"他与我身上情分最重"而狗呢，主人是有生杀大权的，于是李逵说"我梦里也不敢骂他，他要杀我时，便由他杀了吧。"我们回到文章的开头，宋江带数人元夜上东京时，曾对李师师戏称李逵是"家生的孩儿小李"，难道这种戏称可移用到武松、鲁智深身上乎？李逵在宋江眼里不是家奴不是狗子又是什么？

李逵绰号：黑旋风，文革中有文章妙解：李逵，叫黑旋风。风，有好坏之分。旋风，从来就被封建统治者视为邪风、恶风、鬼风，李逵最敢造反，要"杀去东京，夺了鸟位"，对地主阶级有如凌厉的旋风。再加上一个"黑"字，就成了要"撼地摇天"的恶煞风了。因此，作者便把他的造反精神诬蔑为野性不改，惹事生非，莽撞、愚蠢，极尽了诋毁、丑化之能事。

风这里也有了阶级性。黑，在中国人心里的本意并没有贬义：黑在中国本来不是坏意！黑包公，黑钟馗！但是他们都是正义的化身，在时装界，黑是高贵！在丧礼上，黑是敬重！其实李逵黑旋风绰号里的"旋风"是一种火炮。李逵面黑如铁，性烈如火，"黑旋风"名副其实，有如现代人的绰号"大炮筒子"，直来直去。当然黑旋风也可理解为龙卷风，风来是昏天黑地，墙倾楫摧，一片瓦砾。

对李逵，人们认为他身上有反抗的一面。不错，但他反抗的是赵官家，他想得是自己的哥哥去做皇帝，他所讲的是私义。他身上也是小圈子，他所谓的淳朴含有很大的奴性，他是最强烈地呐喊"哥哥做皇帝，教卢员外做丞相，我们都做大官，杀去东京（指北宋首都开封），夺了鸟位"的。但革命成功后的李逵，是否还有强烈的造反性，那是值得怀疑的，我想他会乖乖的伏地山呼：吾皇万岁万岁万万岁。他就会从对赵官家撕咬腾扑的宋江的功狗，变成一个为宋江大哥看家护院的狗。

记得汉高祖论功行赏的时候，曾有功狗功人论：上（汉高祖）以何功最盛，先封为酂侯，食邑八千户。功臣皆曰："臣等被坚执兵，多者百余战，少者数十合，攻城略地，大小各有差。今萧何未有汗马之劳，徒持文墨议论，不战，顾居臣等上，何也？"上曰："诸君知猎乎？"曰："知之。""知猎狗乎？"曰："知之。"上曰："夫猎，追杀兽者狗也，而发纵指示兽处者人也。今诸君徒能走得兽耳，功狗也；至如萧何，发纵指示，功人也。"

其实，李逵之类只能是功狗耳。恩格斯说："狗认为它的主人是它的上帝，尽管这个主人可能是最大的无赖。"记得江青就曾放言：我是毛主席的一条狗，让我咬谁就咬谁。

在刘邦、朱元璋眼里，在黄巢宋江眼里，狗始终是狗，再丰厚赏赐与爱宠，不过视为奴才使唤。狗命好时得遇明主，或能凌烟阁上绘像留名，但十之八九都是遭遇狡兔死、走狗烹的无良主子，百般奴役凌辱之后，仍

免不了当头一刀。

  李逵的最后结局是这最好的注脚。宋江让他三更三点活,他就活不过四更天,所以宋江最后喝了毒酒快要死的时候,怕李逵在他死后造反,坏了名声,就捎带着把李逵也毒死,李逵毫无怨言。他临死前说:"罢,罢,罢!生时伏侍哥哥,死了也只是哥哥部下一个小鬼!"从这点来说宋江是赵官家的一条狗,是狗的队长和班头,李逵是这狗队里的一条健壮的功狗,但终究脱不了被宰的命运。

  至死也不悟,这样的功狗命运悲也夫!

好汉不好色？
——说小霸王周通

周通
出身籍贯：青州人
职业：
基本经历：早先在桃花山落草为王。因外表酷似项羽，人称"小霸王"，使一杆走水绿沉枪。周通下山剪径时遇到了江湖汉子打虎将李忠，抵敌不过，就留李忠做了桃花山的大头领。周通看上了桃花庄刘太公的女儿，要强娶她上山作压寨夫人。迎亲的时候，恰巧花和尚鲁智深投宿庄上，被其假扮新娘痛打了一顿。在征方腊是周通将生死置之度外，上山探路，被敌将杀死。
身高：
相貌：
星座：地空星
性格：横行霸道蛮不讲理
爱好：好色
社会关系：
基本评价：佛说"色即是空，空即是色"，周通两次栽在花和尚手里，也算是跟佛有缘。

英雄不好色，便是一截呆木头；美女而不荡，便是死美人，少了风情，也就少了韵致。即使关羽，《三国志》的记载他背离曹操也是因为娘们没有倒手。"冲发一怒为红颜"，并非激于有臭气异味的春秋大义，和哥哥刘备共创蜀国的有限责任公司。《三国志》《魏书》《明帝纪》："……（秦）朗父名宜禄，为吕布使诣袁术，术妻以汉宗室女。其前妻杜氏留下邳。布之被围，关羽屡请于太祖，求以杜氏为妻，太祖疑其有色，及城陷，太祖见之，乃自纳之。"在两军对垒的战场上，关羽对一个大腹便便的美貌孕妇念念不忘，屡屡在曹操面前提起城破之后要将杜氏居为己有。曹操的多疑被关羽勾了起来，怀疑那杜氏是个绝色佳人。于是在破城后，曹操先将杜氏带来自己看看，一看之下，果然是个绝代佳人，便立时居为己有。横刀夺爱才是关羽离开曹公的原因。曹公非常大度，杜氏在曹操处诞下一子，并不是曹公的春种秋收，而是没有播种而掂镰收割，遂姓秦名朗，曹操对他很是喜欢的曾说："世有人爱假子如孤者乎？"

但梁山好汉不象西方骑士，看见年轻貌美的女子舍命追求，而象被改刀的公鸡一样，性荷尔蒙严重匮乏，对那些妖艳的草鸡目不斜视，或者对女性只有杀戮。水浒中杀女人的场面在古典小说中特别刺眼，如武松所杀潘金莲，石秀所杀潘巧云，宋江所杀阎婆惜，大名府中的卢俊义的太太贾氏，秦淮河中的妓女李香兰也都是给抹掉脖子了事。水浒中的好汉人物其实多数是变态的，他们只是杀人的英雄，而这样的英雄好像都是被骗了的"英雄"，大块分金银，大碗吃酒肉。至于女人，浑身没有这根神经。

但小霸王周通例外。好象是霸王项羽的血脉流在周通的身上，项羽在血与火的杀伐中有虞姬，而同样号称小霸王的三国的孙策则有大乔环绕左右，所以周通的好色也象找到了历史的渊源。《水浒传》的作者是用漫画的手腕刻画好色兼好笑的周通娶亲的。

周通本是占山为王的强人，抢个压寨夫人解决一下性问题，这是常态。但他却象普通居民办亲事那样，戴花穿红，骑着白马到了桃花庄。依照规矩，新郎来到女家，女方要派人迎接，致欢迎词，但谁敢招惹一个霸王呢？

于是刘太公的亲戚都是踪迹全无。周通的滑稽出来了，他是不甘寂寞之徒，那些手下的喽啰便扮演起迎接娇客的新娘的亲属向新郎贺喜。小霸王的喜事果然办得不同凡响，很有气派。迎亲那天，只见前遮后拥，明晃晃的都是刀剑戈矛。黑压压的迎亲队伍，敲锣打鼓，唢呐震天把个桃花村的屋瓦都震飞了不少。

小喽啰们头巾胡乱插着野花，齐声贺道："帽儿光光，今夜做个新郎；衣衫窄窄，今夜做个娇客。"小霸王周通胸佩红花，骑着那匹高头卷毛大白马，绕村一周，向小喽啰们频频招手。就差没有问"小子们辛苦了，"说不定喽啰会说"为大王服务"！但反常的事在施耐庵笔下多着呢，做女婿的周通非但不下马向岳父行礼，竟是老泰山向女婿下跪，上前去敬"下马杯"。

到了小霸王周通到洞房探视新娘，但新娘早已是狸猫换太子。鲁达做新娘真是全身心地投入，不但脱得精光，而且坐在床上，把帐子拉下，吹灭灯烛。水浒里的这段文字真是绝妙的漫画，黄永玉先生在画周通趴在马上惊魂万状时写的是"别想不开，新郎倌挨打是常有的事"我们不妨重温一下珠玑的文字：

那大王推开房门，见里面黑洞洞地。大王道："你看我那丈人，是个做家的人，房里也不点碗灯，由我那夫人黑地里坐地。明日叫小喽啰山寨里扛一桶好油来与他点。"鲁智深坐在帐子里都听得，忍住笑，不做一声。那大王摸进房中，叫道："娘子，你如何不出来接我？你休要怕羞，我明日要你做压寨夫人。"一头叫娘子，一头摸来摸去。一摸摸着销金帐子，便揭起来，探一只手入去摸时，摸着鲁智深的肚皮，被鲁智深就势劈头巾带角儿揪住，一按按将下床来。那大王却待挣扎，鲁智深把右手捏起拳头，骂一声："直娘贼！"连耳根带脖子只一拳，那大王叫一声："做甚么便打老公？"鲁智深喝道："教你认的老婆！"拖倒在床边，拳头脚尖一齐上，打得大王叫救人。刘太公惊得呆了，只道这早晚正说因缘劝那大王，却听的里面叫救人。太公慌忙把着灯烛，引了小喽啰，一齐抢将入来。众人灯下打一看时，只见一个胖大和尚，赤条条不着一丝，骑翻大王在床面前打。

鲁达连比基尼似的巴掌大的布丝都没有,这样的新娘也够开放的。但这新娘如日本相扑队员,一屁股坐在新郎的兴头上。这新婚之夜,这第一次也确实难忘!一顿老拳把小霸王揍醒了不少,放在小霸王周通面前的是性命比性欲更重要。于是在"叮叮当当"的打闹里,那大王爬出房门,奔到门前,摸着空马,树上折枝柳条,托地跳在马背上,把柳条便打那马,那马却"肖然不动",象用电焊焊在了大地上。大道:"苦也!这马也来欺负我。"再看时,原来小霸王周通求生心慌,不曾解得缰绳,连忙扯断了,骑着马飞走。出得庄门,大骂:"刘太公老驴休慌,不怕你飞了。"把马打上两柳条，拨喇喇地驮了大王上山去了。这够滑稽的，对打不过的新娘周通拼命喊救命，即使把新娘的称呼换为"老娘"，周通也干。但周通是个拣软柿子捏的主，对自己的岳父留下的告别词是"老驴休慌，不怕你飞了。"

小霸王毕竟是小霸王，他没有项羽的硬气也没有项羽的英气。《水浒传》嘲笑周通，其实说穿了还是对禁欲主义的赞扬。你想让某些部位出裆，对不起，马上就有一胖大和尚等着你呢。

水浒里的好汉多是光棍。这样的阴阳失调，注定公司的事业不会发达。

后娘养的孩子没奶吃
——说摸着天杜迁、云里金刚宋万

水浒里的人物有的成串出场亮相的，有超就有霸，有珍也有宝，有明就有亮，有威便有猛,而千（迁）和万也便有了戏。杜迁（千）是见于《宣和遗事》里的人物，但后来命运不济，原先在《宣和遗事》里和领导宋江是有渊源,但《水浒》的作者把他和宋万改变成了后娘的苦孩子。《宣和遗事》里说"宋江告官给假，归家省亲。在路上撞着杜千、张岑两个，是旧相识,在河次捕鱼为生。"在《宣和遗事》里，杜迁的绰号摸着云,《水浒》里成了摸着天。这个头是够高的了，和他相配的是另一巨人，云里金刚。我们常说丈二和尚（金刚）摸不着头脑，现在我们对云里金刚怕是屁股也摸不着。就象我们尔等是小人国的居民，是金刚们股掌上的玩具。金刚是梵语 Vajra 汉字意译，音译为"缚日罗"或"伐折罗"，即"金中最刚"，指牢固、坚锐、能摧毁一切。

金刚本矿物名，其质最坚最利，不为一切物所摧破，而能摧破一切物。且其坚利之质，本来具足，非由外物构成，亦非由外物锻练而成。以之喻人本具之佛智慧，从无始以来人人同具，在圣不增，在凡不减，不为无始无明所汩没，且能照破无始无明，如风扫浮云，霜消杲日，虽寂照如如，而复非寂非照，虽非寂非照，而复恒寂恒照。所谓"金刚"，是佛教护法神，在庙堂里，这些天神或持剑，或抱琵琶，或拿雨伞，还有一个手中是一条蛇（有的说是蛤蜊）。中国人追求"风、调、雨、顺"，就创造出四个金刚的象征意思来：一持剑，剑锋利，象征"风"；一捧琵琶，琵琶弹奏须调音，象征"调"；一持雨伞，象征"雨"；一操蛇，蛇滑溜，象征"顺"。

杜迁和宋万是梁山泊的元老，先前同王伦、朱贵一齐占山举义，是第一块革命根据地的二三把手，革命的元勋。他们两个在林冲风雪夜投奔梁山的时候，以江湖义气为重，说服王伦收留了林冲。杜迁道："山寨中那争他一个。哥哥若不收留，柴大官人知道时见怪，显得我们忘恩背义。日前多曾亏了他，今日荐个人来，便恁推却，发付他去！"宋万也劝道："柴大官人面上，可容他在这里做个头领也好。不然，见得我们无义气，使江湖上好汉见笑。"江湖自有江湖的规矩，在这方面杜迁宋万是遵守规矩的模范。但江湖也有潜规则，义气为重的背后是拳头说话，于是杜迁、宋万看着自己的老大被林冲杀掉。

林冲早把王伦首级割下来，提在手里，吓得那杜迁、宋万、朱贵，都跪下，说道："愿随哥哥执鞭坠镫！"晁盖等慌忙扶起三人来。火并是吴用设计的结果，其实阮氏三兄弟看着杜迁、宋万等，稍有一点呵唆和不合作的举动马上就会人头被割下来，作为革命的战利品。吴用就血泊里拿过一把交椅来，便纳林冲坐地，叫道："如有不伏者，将王伦为例！今日扶林教头为山寨之主。"但林冲把梁山的前三把交椅让晁盖、吴用、公孙胜坐定后，自己坐了第四。这时晁盖道："今番须请宋、杜二头领来坐。"能保住性命已是佛前上了高香，怎敢再不识时务地和新领导平起平坐。领导人换了，一朝天子一朝臣的规律连起义的领袖也免不俗了。杜迁、宋万知道晁盖哥哥的手下也不是好惹的主，于是苦苦地请刘唐坐了第五位；阮小二坐了第六位；阮小五坐了第七位；阮小七坐了第八位，杜迁坐了第九位，宋万坐了第十位，宋贵坐了第了十一位。杜迁、宋万用屁股暖热的交椅在血泊里就转移了。但是随着革命形势的日益高涨，杜迁、宋万却并没有捞到什么好处，越来越象后娘的孩子，面黄肌瘦，时有菜色。

在忠义堂英雄排座次时分，论功授衔，杜迁、宋万根本没能进入五星上将序列，三十六天罡没有他们的踪迹，杜迁在七十二地煞里是47位，

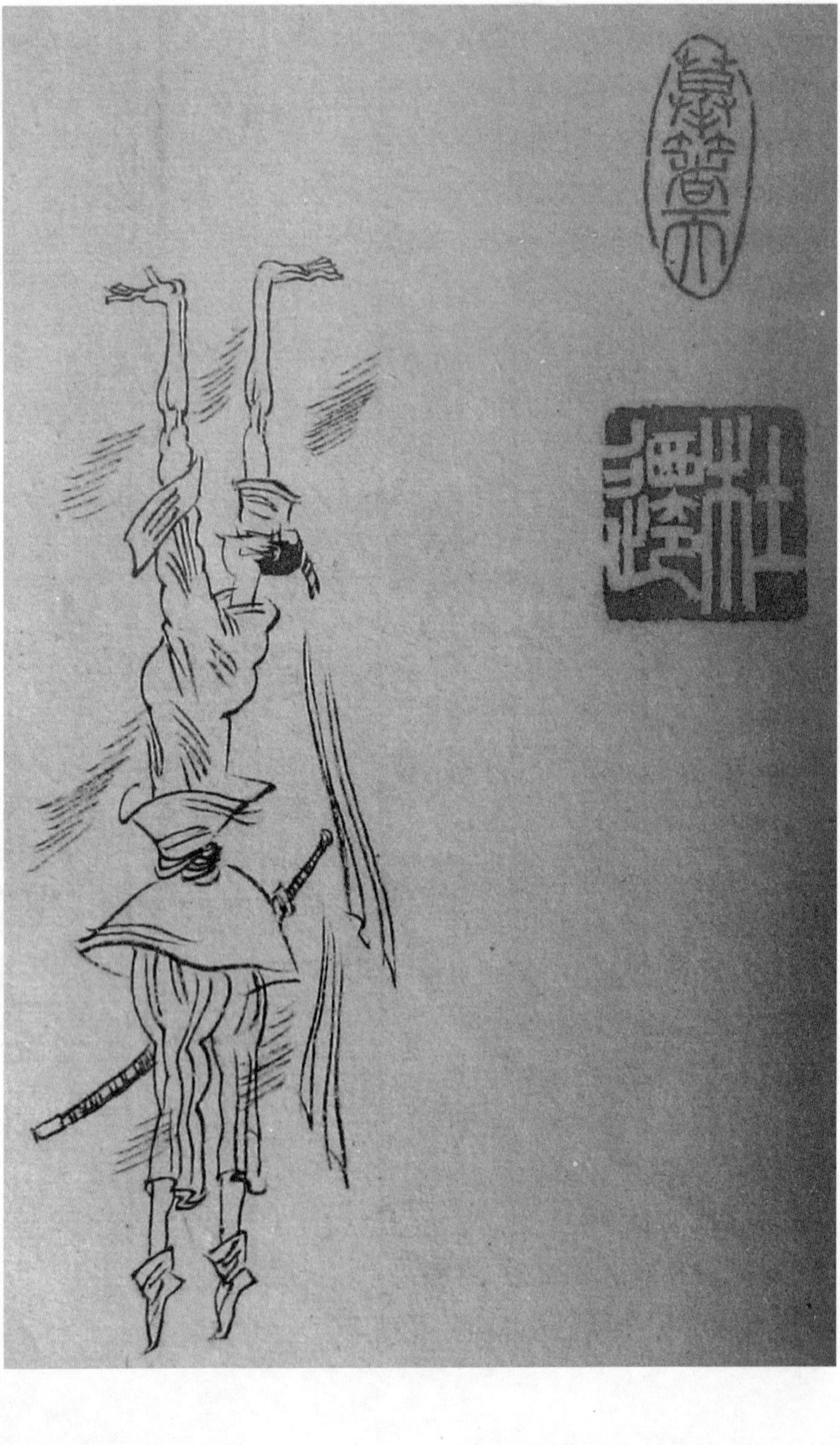

宋万是46位，也属于中将的后进人物。不管怎么说，杜迁、宋万点燃星星之火之功，开创武装割据先导的勋业，也不比晋升上将之列的猎户兄弟解珍、解宝强，但因为和领导的关系问题，并且历史上有污点有辫子，两人就只能排在宋江的弟弟会计兼出纳宋清的后面，排在吹笛子为领导娱乐的铁叫子乐和的后面，排在革命不忘娶妻子的头号色鬼王英的后面。

好处没你的，荣誉没你的，但流血流汗做烈士照例跑不了你。攻打方腊的时候，杜迁、宋万就成了用血染红战旗的雄鬼了。攻打润州是宋江到江南小试牛刀的奠基礼，但在宋江查点本部将佐时，发现折了三个偏将，都是乱军中被箭射死，马踏身亡。头一个就是"云里金刚"宋万。宋江见折了三将，心中烦恼，怏怏不乐。吴用劝道："生死人之分定，虽折了三个兄弟，且喜得了江南第一个险隘州郡，何故烦恼，有伤玉体？要与国家干功，且请理论大事。"宋江道："我等一百八人，天文所载，上应星曜。当初梁山泊发愿，五台山设誓，但愿同生同死。回京之后，谁想倒先去了公孙胜，御前留了金大坚、皇甫端，蔡太师又用了萧让，王都尉又要了乐和。今日方渡江，又折了我三个弟兄。想起宋万这人，虽然不曾立得奇功，当初梁山泊开创之时，多亏此人。今日作泉下之客！"宋江传令，叫军士就宋万死处，搭起祭仪，列了银钱，排下乌猪白羊，宋江亲自祭祀奠酒。就押生擒到伪统制卓万里、和潼，就那里斩首沥血，享祭三位英魂。我们看宋江的悼词说的是那么得诚恳，并且葬礼是那么得隆重，规格是那么得高，后死的弟兄看到这些心里是热乎乎的。反正死人的葬礼是做给活人看的，还要活人继续未完成的事业。"同志仍须努力"，但吴用的话，未免让弟兄们丧气。国家的事情是大事，弟兄们的生死是小事，真不知道，大宋公司的人权状况如何，连生存权都剥夺，这样的上市公司的命运也不会太佳。

同是元老级别的杜迁只比宋万多活了几个时日。在《水浒传》一百一十八回，宋江攻入方腊的老巢之际，已经看见胜利的曙光了，可惜"出师未捷身先死"，宋江聚集众将请功受赏，"险道神"郁保四、"母夜叉"孙二娘，被杜微飞刀伤死。"出林龙"邹渊、"摸着天"杜迁马军中踏杀，这些人的户口已经入了《录鬼簿》了。

　　杜迁、宋万在晁盖手里是后娘的孩子，在宋江手里也是后娘的孩子。后娘的孩子象根草，说不定在梁山的夜里，睡不着的杜迁宋万扯着被子角想念在天国里的王伦呢。后娘的孩子或者没娘的孩子在生活里一般都小心翼翼，慎之又慎，绝不敢差错毫分。然而也有反例，我想到《红楼梦》里的惜春，惜春是几岁住到荣府的书中没有明示，但从黛玉进京的年龄就可推算出惜春很可能是在褓褓中就已经失去了娘亲。"没妈的孩子象根草"。惜春除了生活无忧，她的感情生活正如没妈的孩子一样无所依靠。岁月在她的心里只刻下了寒冬的印迹，锦衣御食、养尊处优的和其她姐妹没有什么两样的贵族生活并不能抹去她内心的伤痛，命运让她对未来日渐绝望，耳闻目睹宁府的种种不堪，她象刺猬一样把自己最

软弱的部分奋力保护起来，对外界尽情展开冷酷的刺尖，只为了不与之同流合污，只为了要保住自己的清白名誉。对伤了她体面的丫鬟入画她心狠到极至："快带了他去。或打，或杀，或卖，我一概不管"，在曹公笔下，除了宝玉，另一个真正会反抗的就是惜春。而惜春是没娘的孩子，杜迁宋万没有惜春的胆量，那只有做顺民，顺民也做不成了，只有做烈士了。而末了，笔墨想宕开一笔，起些涟漪，增加文章的波澜和看官的阅读兴味与视野，看到一份《当代诗坛点将录》，把钱钟书、钱仲联、张中行先生列入，仿造《水浒传》英雄排坐次，而摸着天杜迁排的是柳亚子先生。这是我们在初中课本就耳熟能详的诗人：柳亚子南社诗坛祭酒，自清末至建国后，几无时代无诗，倘言诗史，此亦"诗史"也，一笑。但其诗徒具高腔，去沉郁顿挫甚远。林庚白《今选诗自序》尝云："南社诸子，倡导革命，而什九诗才苦薄，诗功甚浅，亦无能转移风气"。庚白眼高于顶，自诩古今诗"当推余第一，杜甫第二"，然则论及南社诗人处则甚切。南社诗人，黄晦闻、胡汉民、汪兆铭、诸宗元之外，欲寻所作较可吟诵者，难也。然亚子自视甚高，尝云"兄事斯大林，弟蓄毛泽东"，又所作诗词与毛泽东相投赠唱和者甚多。子陵滩钓鱼，昆明湖观鱼，胡为熊掌胡为鱼？亚子不能自决也。建国后，旧体诗诸诗人多声名寂寂，而柳亚子之名，附于毛诗之后，流传海内外，幸也，抑或不幸也？毛泽东当代之主席，可比古代之天子，则柳亚子可谓之"摸着天"。

胡子与义气

——说美髯公朱仝

朱仝

出身籍贯：郓城县人，富户出身。

职业：郓城县马兵都头

基本经历：先义释晁盖等劫掠生辰纲的七星，后因义释因打死白秀英的步兵都头雷横被刺配沧州。盂兰盆大斋日之夜，因失却沧州府小衙内（吴用授计，李逵执行），被迫随吴用等上梁山入伙一身好武艺。朱仝为人性情温和，宋江杀了妾阎婆惜后被朱仝、雷横放走。雷横用枷板打死白秀英被捉，朱仝在去济州的路上放了雷横，因此被发配沧州。沧州知府见朱仝相貌非凡，就让朱仝带着四岁的小衙内玩。李逵杀了小衙内，断了朱仝的归路，朱仝被迫上了梁山。受招安后，被封为保定府都统制。后在保定府管军有功，随刘光世破了大金，直做到太平军节度使。

身高：八尺四五

相貌：面如重枣，目若朗星，有好胡须，大帅哥。

星座：天满星

性格：性情温和

爱好：替官府放水

社会关系：

基本评价：朱仝是义字当头，曾三次放人，为朋友"两肋插刀不嫌疼"，江湖义气，有缺陷，但也是非常动人，感人。在乱世，江湖义气是保护伞。

从关云长的胡子一出，在中国传统里，好像胡子有多长多粗，义气就有多长和多粗。在嘴上没毛的小白脸那里，我们好像很难找到义气的影子在。同样是胡子，关羽的胡子和张飞的胡子是有很大的区别，有谚语：张飞发脾气，吹胡子瞪眼。张飞的胡子在人们印象里，是如针如刺如蒺藜，是扎手的主；对关羽的胡子，我们多的是柔韧是美感，看起来很美。

《水浒传》里的人物多有三国演义的影子，比如李逵身上的张飞的因子。再就是朱仝，也如云长关羽一样有一部好胡须。在人们眼里，关羽是义薄云天，关羽与刘备、张飞之间"寝则同床，恩若兄弟"。刘备兵败投袁绍，关羽被曹操所俘，曹操礼遇甚厚，拜为偏将军，封为汉寿亭侯，但关羽身在曹营心在汉，"降汉不降曹"；为报曹操知遇之恩，他策马千万众之中，杀颜良，诛文丑，解曹军白马之围；曹操更加喜爱关公，派关羽同乡张辽劝说，关羽说："我知道曹公对我很好，但我受刘备厚恩，立誓生死与共，绝不能背叛于他。"曹操听罢也无可奈何。以后关羽打听到刘备下落，拜书告辞曹操，"千里走单骑"，"过五关斩六将"，终于又投到大哥温暖如春的怀抱。我们感动的关羽的义其实还在于他义释曹操。当时曹军大败，夺路而逃，诸葛亮令关羽镇守华容道，关羽立下军令状，说曹操若是到来，必取人头。可是关羽念在当年曹操的关照，加上曹操的哭脸哀求，还是放走曹操。在京剧《华容道》里，我最欣赏袁世海先生饰演的曹操，在关羽的卧蚕眉下低眉顺眼的无奈苍凉，再就是求情里的泪水冲决了关羽。我们知道关羽被曹操俘虏后，曹操对他"礼之深厚"，关羽自己也说"吾极知曹公待我厚"，但他仍然不肯背叛刘备，最后的选择是"立效以报曹公乃去"。结果曹操对他更为敬重（曹公义之），竟然任其重返敌营（奔先主于袁军）。从这里我们也可以看出，关羽固然是义薄云天，曹操也堪称英雄巨眼，爱才惜才。

在我的老家，人们传说五月十三天必下雨，那是关老爷磨刀斩妖。确实人们崇拜关羽，官家信，黑道信，武人信，买卖人信，即使剃头匠也奉关羽为祖师爷，也许他们手上都有一把刀的缘故。但关老爷的青龙偃月刀可是杀头的，不是剃头的。相传石达开为一剃头铺门开业写过一对联云："问天下头颅几许，看老夫手段如何"，这倒很像关老爷的夫子自道。但说关羽之义，不能怠慢了他的胡子。我们看《三国演义》第二十五回："关公奏曰：'臣髯颇长，丞相赐囊贮之。'帝令当殿披拂，过於其腹。帝曰：'真美髯公也！'因此人皆呼为美髯公。"，关羽的胡子到了小肚子，平时要用锦囊，真是一道风景。

我们看《水浒传》朱仝的出场。朱仝初出场时是这样描写："身长八尺四五，有一部虎须髯，长一尺五寸，面如重枣，目若朗星，似关云长模样，满县人都称他做美髯公。……只因他仗义疏财，结识江湖上好汉，学得一身好武艺"，其实朱仝美髯公绰号早在宋代就有。宋龚开《宋江三十六人赞》："美髯公朱仝：长髯郁然，美哉丰姿。"

古代中国人爱惜自己的发肤，认为那是父母和上天赐予的，不能毁坏，不像现在男男女女把头发染得五颜六色，如孔雀的尾巴公鸡的尾巴，争奇斗艳。

但我们又细想男子蓄上二尺长的胡须，并且到了小腹，那打理起来也非易事。晚上在被窝里，到底是把胡子放在被子上面还是下面就颇让人思量。我老家有一老头到城里儿子家小住，长长的胡子引得孙女喜爱，但孙女一句爷爷的胡子晚上是在被子外还是被子里，老头从没想过这样的事情，到头来不知如何，放在外面感觉不合适，放在里面也不合适，从不失眠的老头城里睡不着，说真的男人要是养起胡子，那也并不比女子的三尺青丝容易呵护。男人蓄着的长髯在胸前飘拂起来固然煞是好看，喝水吃饭却是碍事，那进餐时就得小心翼翼不要伤了胡须脏了胡须，或者喝水吃饭饮酒斗茶的时候就得将胡须用一手撩起，一手举杯举箸，关羽的性子是可以做得到这一点，而张飞那样的脾气怎受得这等罗嗦？所以，急性子而脾气暴躁的人是不大可能会留长胡子的。张飞的胡子要是移植到关羽的嘴上，关羽的美髯跑到张飞的鼻子下，那就有热闹的三国戏看了。

中国古人讲孝义,一般来说,孝往往与家族血缘有联系。是长幼,而义,是异姓,无血缘。我们细分,孝义往往讲究形迹,不问是非。我的老家有句话:老人无不是,不管爹多么不堪,你也要为尊者讳,要恭着。而义呢?所谓的结义,这义也往往不是大义,更别说社会公理公义,而是小圈子哥们义气多。我们说朱仝是梁山好汉里义的典型,这一点他远在黑煞星李逵之上。朱仝的义里有一种郓城人的实在和敦厚。老家有话说:梁山一百单八将,七十二名在郓城。朱仝是道地的郓城人,是大宋郓城县公安里刑警队里的队长,但却没有一般都头横着膀子走路,看谁都像盗贼的职业病。

我们看朱仝义释晁盖时的举动真是敦厚得可爱。插翅虎雷横也想放晁盖,他就在晁盖的前门干咋呼拍门让晁盖从后门开溜,而朱仝躲在后门的阴影里面,悄悄地对晁盖说:"保正快走,朱仝在此等候多时"。而晁盖这一出来,朱仝就闪在一边让晁盖溜走了。但晁盖只顾跑,朱仝怕晁盖不知道是自己放的晁盖,所以,晁盖在前面像狗遇到了狼,一路狂奔,朱仝就在后面追,晁盖一面走,口里说道:"朱都头,你只管追我做甚么?我须没歹处!"

朱仝见后面没人,方才敢说道:"保正,你兀自不见我好处。我怕雷横执迷,不会做人情,被我赚他你前门,我在后门等你出来放你。你见我闪开条路让你过走",朱仝真是可爱到极点,郓城人不是活雷锋,做了好事,还跟在后面追着告诉别人。作为国家的公务员,是宋江、朱仝、雷横三人联手放了国家的要犯。在水浒世界里,一般的小吏都是这样把国家当成水库,得手的时候就放下水,这也是公务员拿手中的权利寻租,但在我们的心目里,放了晁盖这是朱仝的义。因为大宋家,就如红楼梦里荣国府门口的狮子,没有谁是清白的。你要是清白,不同流合污,就会被淘汰。其实说白了,国家的利益也就是赵官家的,老赵家得来的东西也不清白。

人们常说朱仝的义还有就是宋江怒杀了包养的二奶阎婆惜之后,被阎婆告到县衙,知县和宋江是"哥们",故意拖延捉拿时间,让宋江逃逸。朱仝奉命捉拿宋江。第一次去,宋江的父亲出示了一张父子脱离关系书,还有县里的公章大印,那是三年前就办妥的,。但张文远不愿意,知县不得不第二次派朱仝捉拿。朱仝知道宋江家有个地窖，那是宋江喝醉酒后大舌头吐出的，朱仝就记在心里，朱仝本可溜达一圈，回到县里禀报没有发现黑三郎的影子就可，但朱仝的敦厚又一次显现，我作了好事别叫宋江装聋作哑，就直奔地窖，宋一见吓得不得了，但两人在地窖有一段对话。朱仝说，我奉命来捉拿你，实在没有办法，要瞒生人眼目。此处不可久留，快走吧。朱仝私放宋江，把公家的事当人情送，维护了弟兄的情意，在江湖上也赢得义薄云天的好名声。真是美髯公的胡子有多长，义气也多长。设想一下，宋江从地窖里听到外面的铜铃响，以为是老父亲送饭，但一见着尺半长的胡子，当时肯定是吓个半死。

朱仝和他的副手雷横虽然是黄金搭档，但朱仝有点看不起雷横，这从朱仝私放晁盖和宋江就可看出。雷横"虽然仗义，只有些心扁窄"，但在雷横失手用枷打死白秀英后，雷横老娘哀告朱仝救她儿子。朱仝道："老娘自请放心归去。倘有方便处，可以救之。"朱仝自己掏钱去知县处打点，那知县虽然偏爱朱仝，但恨只恨这雷横打死了他的"二奶"原生态歌手白秀英，也没有留朱仝的面子了；加之白玉乔又催并叠成文案，要知县断教雷横偿命；解上济州，教朱仝押送。朱仝在路上私放雷横，雷横不愿连累他。朱仝道："兄弟，你不知。知县怪你打死了他表子，把这文案却做死了，解到州里，必是要你偿命。我放了你，我须不该死罪。况兼我又无父母挂念，家私尽可赔偿。"

因为放走了雷横，朱仝被刺配沧州，沧州知府将他留在自己身边。一天，知府正在问朱仝关于雷横的事，"屏风背后转出一个小衙内来，方年四岁，生得端严美貌，乃是知府亲子，知府爱惜如金似玉。那小衙内见了朱仝，径走过来，便要他抱。朱仝只得抱起小衙内在怀里。那小衙内双手扯住朱仝长髯，说道：'我只要这胡子抱。'"朱仝抱着小衙内去外面玩了一通，博得了小衙内的好感。知府便令："早晚孩儿要你要时，你可自行去抱他耍去。""自此为始，每日来和小衙内上街闲耍。"

又是胡子，朱仝的胡子真够惹眼的，但后来证明，衙内的死，正是胡子惹的祸。

为了让美髯公朱仝上山，吴用设计，晁盖、宋江下令，吴用、柴进、雷横、李逵进城，朱仝义释雷横，自己刺配沧州，兴许是这兄弟大义感动了知府。且知府也并不把朱仝当做犯人，而是留在厅前听用。正是知府看中了朱仝的义才对他青眼相加，把自己的爱子让朱仝看管。知府的知遇之恩，朱仝理应舍身相报。面对吴用等人劝朱仝入伙，朱仝说："先生差矣！这话休题，恐被外人听了不好。雷横兄弟他自犯了该死的罪，我因义气放了他，出头不得，上山入伙。我亦为他配在这里，天可怜见，一年半载，挣扎还乡，复为良民。我却如何肯做这等的事？你二位便可请回，休在此间惹口面不好。"敦厚善良的朱仝哪里知道，为赚他上山，吴用早就做下了阴招，当着朱仝的面，黑旋风李逵把知府的小衙内活活撕成了两半！孩子何辜！杀一个只有四岁的黄口小儿，你无论如何找不到理由，即使这孩子的爹娘是十恶不赦之人。鲁迅对《水浒传》发表过许多精辟的意见，其中不止一次谈到对李逵的看法。他的《流氓的变迁》一文里说道："他们所打劫的是平民，不是将相。李逵劫法场时，抡起板斧来排头砍去，而所砍的是看客。"他在《集外集·序言》一文中明确表示对"不问青红皂白，抡板斧'排头砍去'的李逵""憎恶"。"憎"是痛恨，"恶"是厌恶，很反感。对四岁小儿下得了毒手的人，作为敦厚的朱仝耻于和李逵为伍的，"若有黑旋风时，我死也不上山去"，《孟子》中说"恻隐之心，仁也"，对一个和自

己非亲非故的知府小衙内的同情怜悯，正是体现了朱仝性格中仁厚的一面。然而在梁山泊排座次时，朱仝空有忠义勇武的品德和绝似关羽的胡子，却只远远地排在十二位，比有关羽 DNA 的关胜差了七位。在梁山泊上也讲血统"正宗"。朱仝真不知该怎么想，自己的热血对梁山泊不重要，重要的是出身，根红苗才壮。想到这，美髯公是否有过掀髯而怒，把胡子剃去的冲动？

黄泥岗上的原生态歌手

——说白日鼠白胜

白胜

出身籍贯：济州府安乐村

职业：赌徒

基本经历：晁盖等智取生辰纲时，先是在白胜家住下。白胜把掺入蒙汗药的药酒卖给押运生辰纲的官兵，将这十五个官兵蒙麻，然后把十一担生辰纲全部抢走。案发后白胜被何涛、何清兄弟抓捕，熬不过苦刑供出了晁盖。后来白胜被梁山人马救出，做了军中走报机密的步军头领，征讨方腊时，白胜在路途中病死。

身高：

相貌：

星座：地耗星

性格：

爱好：唱民歌

社会关系：

基本评价：堂而皇之白天过街的老鼠自然没好下场，在山寨一直窝囊地活着。

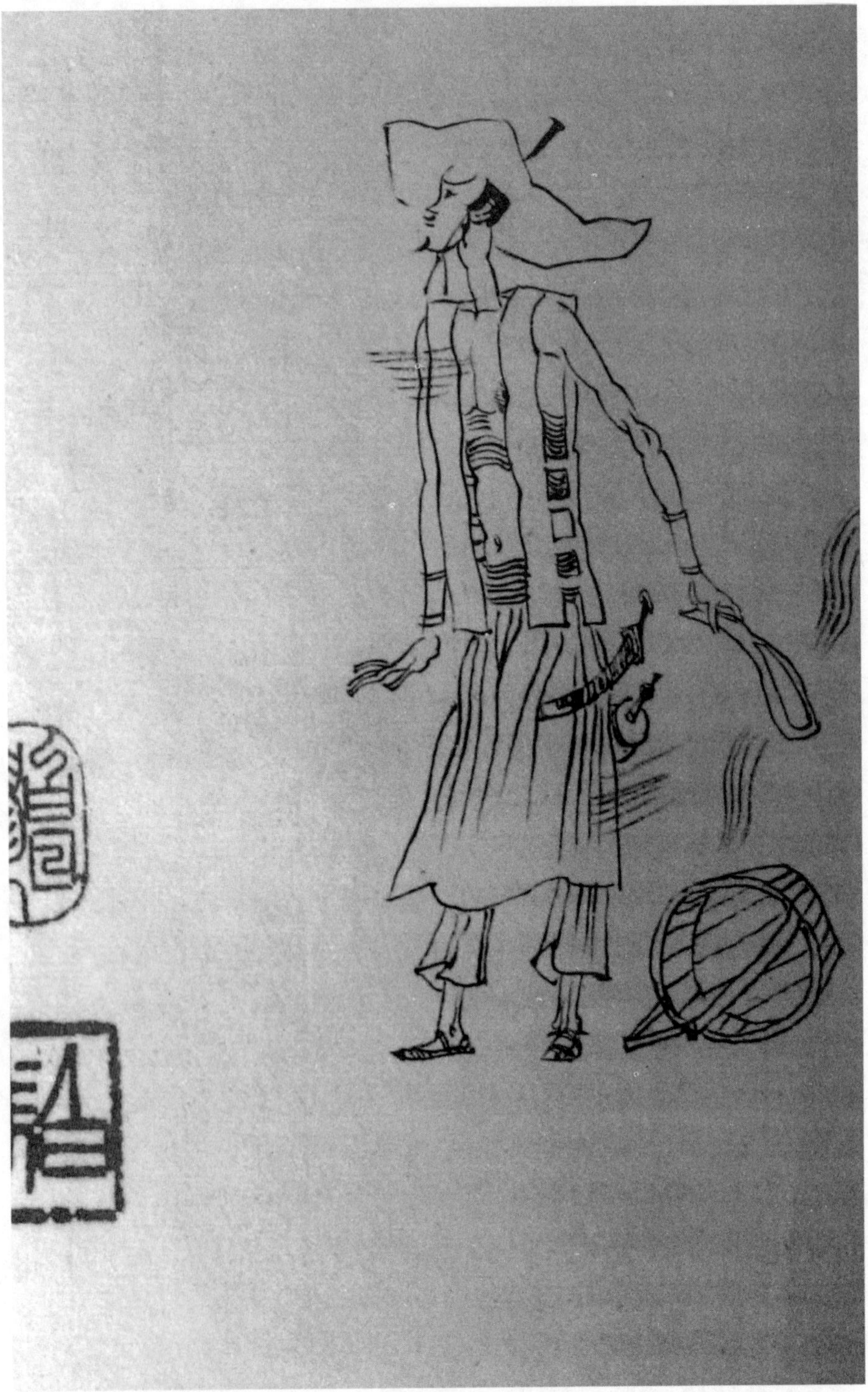

老鼠在世人的心目里，是爱之恨之交加，既有民间的老鼠嫁女，更有儿歌：小老鼠上灯台，偷油吃，下不来，叫小妮唤猫来，吱扭一声滚下来。而在人类历史上，老鼠带来的灾祸几乎让人绝望，；在整个14世纪里，黑死病在欧洲各地造成了巨大的灾难，整个欧洲白骨蔽野，脍炙人口的欧洲童话故事《哈默尔恩的吹笛人》就反映了当时的社会风貌。

德国下萨克森州的小城哈默尔恩（Hameln）位于威悉河畔，是童话中最重要的城市之一。"哈默尔恩的吹笛人"在德语中的原意是"捉老鼠的人"。中世纪的哈默尔恩由于制粉业发达，那里的老鼠格外猖獗。因此，当地便出现了捕捉老鼠这样一个专门的职业，同时捕鼠人又通常是能演奏乐器的流浪艺人。据说当时就有一个这样的吹笛人，他能用笛声引出老鼠，并把所有的老鼠都带到河里淹死。哈！

默尔恩的居民起先许诺付给他丰厚的报酬，但是当老鼠淹死后，居民们却食言了，不愿意履行诺言。后来，捕鼠人又来到哈默尔恩，这次他用笛声引来了城里所有的孩子，在悠扬的笛声中孩子们沉入了河底。吹笛人就这样惩罚了背信弃义的哈默尔恩市民。现在，鼠疫大流行的时代早已成为过去，但根据这个童话故事而改编的戏剧却常演不衰。

鼠疫曾在我国流行，有人曾写鼠疫到来的情形：《死鼠行》中描述当时"东死鼠，西死鼠，人见死鼠如见虎。鼠死不几日，人死如圻堵"。

在《诗经》里，有《硕鼠》和《相鼠》章，前《硕鼠》大家熟悉，把统治者比作贪婪凶残的老鼠，而《相鼠》则云："相鼠有皮，人而无仪！人而无仪，不死何为？相鼠有齿，人而无止！人而无止，不死何俟？相鼠有体，人而无礼！人而无礼，胡不遄死？"这是老鼠的颂歌了，说人不如鼠。

而在《三侠五义》中的钻天鼠、彻地鼠、翻江鼠、锦毛鼠等人物则是顶天立地的英雄好汉，我想这老鼠英雄的源头可能就来源于《水浒传》里的"白日鼠"白胜。

白胜第十五回出场，他是郓城县安乐村人氏。是个闲汉，他的被读者记住，很大程度是拜那首原生态的民歌所赐：

赤日炎炎似火烧，野田禾稻半枯焦。

农夫心内如汤煮，公子王孙把扇摇。

张恨水先生说"每忆此诗，则恍觉当日松林内卖酒夺瓢一神气活现的白胜，如在目前。"

这诗应该是《水浒》里的最好的辞章，白日鼠用他地地道道的郓城的方言，闲散地唱出了夏日的农夫和富人的不同的境遇，他挑着酒担，一副旁若无人的样子，而当发现扬志一班人时，他惊恐地"阿也"一声，这一声将好人与歹人颠了个身。杨志为了证明自己不是歹人，友好地问白日鼠是干什么的，白日鼠答道"挑白酒的"。

白胜作假的境界是使杨志自己觉得自己像是假的，白日鼠的一声"阿也"，把白胜的惊恐害怕的源头推给了杨志，假作真时真亦假。

接下来白日鼠表演得更是精彩，明明是想"卖"酒，偏偏地不卖，激得那卖枣汉动骂"你这鸟汉子不晓事——"。白日鼠装出寡不敌众的样子，一脸的无奈卖了一桶。这又是假戏真做，是演给杨志一班人看的，用意很显明，酒可以喝的，不是马尿，没有蒙汗药。但重要的是下面的戏路。白日鼠演技非凡。他将剩下的一桶天衣无缝地卖给了杨志，实现了吴用定下的智取生辰纲的目标：

无一时，一桶酒都吃尽了。七个客人道："正不曾问你多少价钱？"那汉道："我一了不说价，五贯足钱一桶，十贯一担。"一个客人把钱还他，一个客人便去揭开桶盖兜了一瓢，拿上便吃。那汉去夺时，这客人手拿半瓢酒，望松林里便去，那汉赶将去。只见这边一个客人从松林里走将出来，手里拿一个瓢，便来桶里舀了一瓢。那汉看见，抢来劈手夺住，望桶里一倾，便盖了桶盖，将瓢望地下一丢，口里说道："你这客人好不君子相！戴头识脸的，也这般罗唣！"那对过众军汉见了，心内痒起来，都待要吃。

白日鼠成功地将蒙汗药放入酒桶中，这里有两个关节点，第一个是，一买枣汉抢了一瓢边跑边喝，第二个是，另一汉子抢酒汉被白日鼠夺下了瓢，前者的用意是进一步证明酒的纯洁，后者则是放入了蒙汗药。主角白日鼠，如同表演大师。接下来你们看吧！

那卖酒的汉子道："不卖了！不卖了！这酒里有蒙汗药在里头！"众军陪着笑，说道："大哥直得便还言语！"那汉道："不卖了！休缠！"这贩枣子的客人劝道："你这个鸟汉子，他也说得差了，你也忒认真！连累我们也吃你说了几声。须不关他众人之事，胡乱卖与他众人吃些。"那汉道："没事讨别人疑心做甚么？"这贩枣子客人把那卖酒的汉子推开一边，只顾将这桶酒提与众军去吃。那军汉开了桶盖，无甚舀吃，陪个小心，问客人借这椰瓢用一用。众客人道："就送这几个枣子与你们过酒。"众军谢道："甚么道理。"客人道："休要相谢，都是一般客人，何争在这百十个枣子上。"众军谢了。先兜两瓢，叫老都管吃一瓢，杨提辖吃一瓢。杨志那里肯吃。老都管自先吃了一瓢。两个虞候各吃一瓢。众军汉一发上。那桶酒登时吃尽了。

无疑在这一智取的实现的过程中，白日鼠自始至终都是 A 角，如果不是他，如要打起来，凭着杨志的武力，鹿死谁手还说不定呢。

但是，大家对《水浒》里白胜的印象是不佳的，说他是革命的叛徒，骨头软，拿到济州大牢里，经不起严刑拷打，还供出了晁盖等人，其实《水浒传》原文写的很清楚，官府怀疑晁盖在先，并有人证何涛。白胜被抓之后，直打得皮开肉绽，死不招认。赃物已被搜出，媳妇也被绑了，却仍不肯招出晁盖。审讯的府尹喝道："贼首，捕人已知是郓城县东溪村晁保正了，你这厮如何赖得过！"

与其他人相比，白胜在狱中的表现还算不错。武松被张都监诬陷，面对严刑拷打，也一样屈打成招；宋江江州写反诗，在装疯未遂遭受严刑时，他一五一十地招了。卢俊义被无良管家李固陷害，他打熬不过，只得屈招。这些有头有脸的人，面对严刑拷打，他们都"招了"。

还是晁盖能够同情和理解白胜的处境，所以上了梁山后，他不计前嫌，授意吴用从济州大牢里救出白胜。这也算革命没有忘记老同志，但宋江是不爱白胜的，最后排名，是倒数第二，与金毛犬段景柱，鼓上蚤时迁并列后三甲，做贼的和做盗的毕竟不是一个境界。

附一首歌谣，这歌谣来自郓城，是白日鼠白胜家乡的谣曲：

大红喜字墙上挂，老鼠女儿要出嫁。女儿不知嫁给谁，只得去问爸和妈。爸妈都是老糊涂，争来争去才定下：谁最神气嫁给谁，女儿自己去挑吧！鼠女听罢仔细想，最神气的是太阳，太阳高高挂天上，光芒万丈照四方。鼠女求嫁找太阳，太阳急忙对她讲：乌云能把我遮挡，嫁给乌云比我强。鼠女又去找乌云。乌云说：大风能把我吹散，大风来了我胆颤。鼠女又去找大风。大风说：围墙能挡我的路，我见围墙心打怵。鼠女又去找围墙。围墙说：老鼠打洞我就垮，见了老鼠我害怕。鼠女听罢猛想起，老鼠的天敌是猫咪，看来猫咪最神气，我要与他定婚期。婚期定在初七夜，鼠女出嫁忙不迭，大红花轿抬新娘，群鼠送亲喜洋洋。新娘刚到猫咪家，猫咪一口就吞下。猫说新娘怕人欺，为保平安藏肚里。

惊弓之鸟

——说小李广花荣

对李广,总有一种悲慨,我曾在多篇文章中表达过对李将军的敬意,在我选编《大学语文》的时候,常把《史记》中的李将军列传作为首选的篇目。这位不世出的英雄,没有生长在高祖的时代。"广出猎,见草中石,以为虎而射之,中石没镞——广所居郡闻有虎,尝自射之。及居右北平射虎,虎腾伤广,广亦竟射杀之。"李广曾经有射箭入石及击杀猛虎之举,这样的消息传到朝廷,孝文帝大吃一惊:"惜乎,子不遇时!如令子当高帝时,万户侯岂足道哉!"英雄未遇啊,人出生在高楼和出生在草野是不一样的,要是生逢其时,文帝换成高皇帝,李广功封万户侯是小菜一碟,可以说是鼻子上抓窝头,手到擒来。

唐代卢纶《塞下曲》有一章最为人称道,就是说的李广射虎:

林暗草惊风,将军夜引弓。
平明寻白羽,没在石棱中。

其实,对命运来说,休论公道,李广这飞将军在一次对匈奴作战失利被汉武帝贬为平民,成了所谓"故将军"。但是出猎的豪情仍在,喝酒的豪情仍在,书上曰:李广失职闲居,射猎夜归。至霸陵亭,被喝醉的守尉所呵止。李广的从人说:"故李将军。"尉曰:"今将军尚不得夜行,何乃故也!"碰到知己,喝酒喝高是常事,喝到不知东西南北不知今夕何夕,但是喝高的李广碰到了喝高的灞陵亭尉,结果小小的廷尉不知天高地厚,老子不喝酒的时候谁都怕,老子喝高了谁怕谁,就借口时辰已晚不得过关,把李广拒之门外。李广的随骑道:"此乃故李将军。"亭尉一听,酒嗝上来了,葱花味也上啦,他的口气很冲:"今将军尚不得夜行,何乃故也!"结果李广就只好在那灞陵亭下风餐露宿一夜。

最后这事的结局是,匈奴人来了,汉军大败,汉武帝只好召李广为右北平太守。"广即请灞陵尉与俱,至军而斩之。"

李广是个不善言辞的人,讷口少言,"悛悛如鄙人,口不能道辞",这样的人在乡村一抓一把,嘴巴不甜,但做事认真,非常看重自己的事业和饭碗。"与人居则画地为军陈,射阔狭以饮"。

但是李将军,有个成语为你量身定做了,"桃李不言,下自成蹊。"李广自杀后,"广军士大夫一军皆哭。百姓闻之,知与不知,无老壮皆为垂涕。"

这样的泪水一直流啊,从汉流到唐,流到明,流到民国,流到现代。从今将军到故将军,我们可以从李绩身上从刘基身上从彭德怀身上感受到啊,悲慨一直笼罩,自古美人如名将,不许人间见白头。

回过头来说花荣,在水浒里,这不是浓墨重彩的人物,但他是宋江的铁杆,在宋江无奈之际在脑海里冒出的念头,可以托付死生地方人里,先是柴进的庄园,再就是清风寨花荣的居处,然后是孔太公庄子。

花荣有点儒将的风范,举止像文人,但没有头巾气酸腐气。在金圣叹的笔下,这是和武松有一比的人物,老金说:"矫矫虎臣,翩翩儒将,合之双璧,分之两俊。"武松是以他的酒醉后打虎和醉打蒋门神给我们留下好拳脚的印象,而花荣是他的神射。

清风寨花荣的神箭秀了一把,使我们目瞪口呆。刘高手下两名教头奉命捉拿花荣,花荣临危不惧,左手拿弓,右手挽箭,道:"看我先射大门上左边门神的骨朵头!"只一箭,正射中门神骨朵头。又道:"再看我这第二枝箭,要射右边门神的头盔上朱缨。"又一箭,正中缨头上。又道:"看我第三枝箭，要射你那队里穿白的教头心窝。"吓得教头并众人不战而逃，脚底下象抹了油。

后来花荣大闹清风寨、杀了刘知寨一家之后，然后投奔到了梁山。当天，众英雄聚在一起饮酒作乐，花荣将路上一箭射断绒绦、分开画戟之事说与众人，晁盖听后很是不以为然，认为有吹牛的成分。酒至半酣，众人都提议到寨里闲游散步，观看山景。此时，一行大雁正从天上飞过，花荣见此机会，于是向随行人员要过一张弓，说："刚才兄长见说花荣射断绒绦，众头领似有不信之意，远远的有一行雁来，……这枝箭要射雁行内第三只雁的头上"。花荣搭上箭，曳满弓，望空中一箭射去，正中雁行内第三只，直坠落山坡下，众人赶到山坡下一看，那枝箭正穿在雁的头上。晁盖和众头领都惊叹不已。

其实中国人对于箭法有着一种崇拜，我们从历代对飞将军李广的歌颂可看出，箭增长了人的手臂，它不象人们投掷石块或标枪时，胳膊既要用力，又要掌握方向，难以兼顾，采用弓箭后便可两全了，在近代枪炮大量使用之前，它一直是战场上最有效和用途最广的射远兵器。

人们把发明弓箭的殊荣归于一位射掉九个太阳的英雄——羿。《孙膑兵法》中说；"羿作弓弩，以势象之"。但实际上，弓箭真正被发明的年代，比传说更为久远。1963年，在我国山西朔县旧石器晚期遗址中，发现了一枚用燧石加工成的石镞（即箭头），长2.8厘米，前锋锐利，器形周正。经放射性碳素测定，距今已有二万八千多年。

《吴越春秋》中称："弩生于弓，弓生于弹"。弹，即弹弓，一般以粘土制成弹丸，是更原始的射远工具，后也用于作战格斗。采用同一原理制成的原始弓，也很简单，就是将一根木头或竹子弯成弧形，把木棍或竹杆削尖就成了箭。

商周时期，弓箭的发箭趋于成熟，成为车战中的主要武器之一。

到春秋战国时期，弓的制作有了一套完整的工艺。据《考工记》记载，制作良弓，需选用柘木为弓干，另外还有弓两侧装饰的牛角，缠绕弓身的丝线和动物筋，以及涂的胶和漆。共计六材——干、角、丝、筋、胶、漆，

都需精心选择和配制。不同的工序要求在不同的季节进行，制成一具良弓往往需花费工匠几年的功夫，各项工作交错进行。制弓还根据各人的身长和体力，分成上制、中制和下制三类，弓长分别为 6.6 尺、6.3 尺和 6 尺。西汉以后，穿透力更强的铁镞逐步取代铜镞，弓也制作得愈加精致美观，但形制、质量没有根本性的变化。

由于弓箭轻巧灵便，射程较远，杀伤力较大，是历代军队必备的兵器。春秋战国时期即被列为兵器之首。"射"作为一种技艺，是公卿大夫们必须掌握的"六艺"之一。据说，当时哪家如若生了男孩，便在大门口挂一张弓，希望他长大后能弓善射。

回到花荣，其实他和李逵一样，是宋江豢养的奴才，和李逵一粗一细，一文一武，言听计从，可以这样说花荣的膀子上确实也长了一个脑壳，但脑壳里被宋江注水了，打上了宋江的标记，应该说梁山射雁，使花荣在梁山站稳了脚跟，也为宋江哥哥挣足了面子；在攻打祝家庄的时候，宋江被困包围圈中，也是花荣的一箭射掉红灯，冲出敌人的包围，如不是这一箭，宋江的性命在哪里不好说，革命的脚步就此就会停止。

不但花荣成了宋江的私有财产，连自己的家人妹妹也连带着让宋江处置。在宋江用手段收服秦明后，为了安抚秦明丧妻之痛，就把花荣的妹子许给秦明，女人又一次成为了礼品送人，现在时兴闲物送人，自己用不着的东西送给急需的人，无疑是一种义举，但把妹子作为慰安的异性送给一个火爆脾气的家伙，秦家妹子未必幸福，但为了宋公明哥哥的大业，送了就送了，妹妹的幸福指数和梁山的宏伟目标比起来当然是沧海一粟，在革命的大是大非面前，个人只能服从组织，集体的利益高于一切，个人的情感是属于小资情调，要扼杀于萌芽破土的时候。

花荣遇到了宋江，有人分析说：花荣应该在人品上是靠得住的，因为他的脑袋一直长在宋江的脖子上。自从结识了宋江，他的脑子似乎就没有思考过。宋江让他怎么着，他就怎么着，以至于宋江死了，他活得也就没大劲了。这应该是他上吊的第一原因。

是的，有人身依附症状的人，没有了主子就活得不舒服自在，国人中很多这样的贱骨头，这是一种奴性，自己有翅膀也不会飞，他们没脑子，于是在宋江毒死后，花荣也用一根白绫上了路，没有了自己的独立的人格，活着也就是活着，和蝼蚁猪狗一般，猪狗听主子的，用鲁迅的话说就是"他们去做牛马，情愿自己寻草吃，只求他决定他们怎样跑。"

李广的悲剧是没有遇到自己高皇帝，这是悲剧；小李广的悲剧是遇到了哥哥，所以遇到哥哥的人要小心了，不仅仅是指的男性，女性遇到哥哥更要小心，因为哥哥的一门心思就在妹妹的身上，可以处置妹妹的身子啊。

宽容的边界会不会老

——说病关索杨雄

杨雄

出身籍贯：河南，流落蓟州。

职业：蓟州押狱兼行刑刽子手

基本经历：杨雄一日行刑回来，几个朋友给他挂红贺喜，却被张保等人抢了，危急中被石秀所救，二人结为异姓兄弟，杨雄年长为兄石秀为弟。杨雄的妻子潘巧云与和尚裴如海有奸情，石秀将此事告诉了杨雄，潘巧云却反咬石秀一口，石秀被杨雄赶出了家门。石秀暗中在杨雄家门口埋伏，杀了裴如海和庙里的头陀胡道。杨雄后悔不该错怪了石秀，杀了淫妇潘巧云和丫环迎儿，和石秀一起投奔梁山，时迁因偷吃了祝家庄酒店的公鸡被捉，石秀、杨雄为救时迁，惹得梁山好汉三打祝家庄，救了时迁。后上山，为梁山泊步军头领 。后杨雄在征讨方腊后，杨雄背部毒疮发作，全身溃烂而死。

身高：

相貌：两眉入鬓，凤眼朝天，淡黄面皮。蓝靛般一身花绣。

星座：天牢星

性格：软

爱好：

社会关系：

基本评价： 杨雄心软，耳根子软，遇事没主见，被石秀牵制，最后悲剧发生就一点也不奇怪。

在小时候，父亲在逼仄的土屋里，那是冬天，窗外寒风呼啸，雪片如贼，从谷子秸秆封的窗棂里钻进，布衾冷如铁，父亲讲他冬天赶会听《杨雄杀妻》的故事。

那情节就烙印在脑海里，杨雄，在我小时候就是一个软蛋，其实，我们阅读水浒传，杨雄的出场亮相就有点窝囊如一个软柿子，杨雄是长的很漂亮的帅哥，但这样的人偏偏是刽子手，你看他"生得好表人物，露出蓝靛般一身花绣，两眉入鬓，凤眼朝天"，他的职业是蓟州监狱小头目兼行刑刽子手，那天，他斩完犯人收了红包，几个同事送他回家，半路上，被军痞张保带着七八个人围住，众军痞受张保指使，一哄而上把杨雄行刑得来的赏物抢光。那镜头真是让人哭笑不得：

只见侧首小路里，又撞出七八个军汉来。为头的一个，叫着踢杀羊张保。这又是蓟州守御城池的军，带着这几个，都是城里城外时常讨闲钱使的破落户汉子。官司累次奈何他不改。为见杨雄原是外乡人来蓟州，有人惧怕他，因此不怯气。当日正见他赏赐得许多段匹，带了这几个没头神，吃得半醉，却好赶来要惹他。又见众人拦住他在路口把盏。那张保拨开众人，钻过面前叫道："节级拜揖。"杨雄道："大哥来吃酒。"张保道："我不要酒吃，我特来问你借百十贯钱使用。"杨雄道："虽是我认得大哥，不曾钱财相交，如何问我借钱？"张保道："你今日诈得百姓许多财物，如何不借我些？"杨雄应道："这都是别人与我做好看的怎么是诈得百姓的？你来放刁！我与你军卫有司，各无统属。"张保不应，使叫众人向前一哄，先把花红段子都抢了去。杨雄叫道："这厮们无礼！"却待向前打那抢物事人，被张保匹胸带住。背后又是两个来拖住了手。那几个都动起手来。小牢子们各自回避了。杨雄被张保并两个军汉逼住了，施展不得，只得忍气，解拆不开。正闹中间，只见一条大汉，挑着一担柴来。看见众人逼住杨雄，

动惮不得。那大汉看了,路见不平,便放下柴担,分开众人,前来劝道:"你们因甚打这节级?"那张保睁起眼来喝道:"你这打脊饿不死冻不杀的乞丐,敢来多管!"那大汉大怒,焦燥起来。将张保匹头只一提,一交颠翻在地。那几个帮闲的见了,却待要来动手,早被那大汉一拳一个,都打的东倒西歪。杨雄方才脱得身,把出本事来施展动,一对拳头,穿梭相似。那几个破落户,都打翻在地。张保尴尬不是头,爬将起来,一直走了。杨雄忿怒,大踏步赶将去。张保跟着抢包袱的走。杨雄在后面追着。赶转小巷去了。

　　杨雄的出场可不是一般的窝囊。当时正是他行刑归来,身边也带了三个牢卒,加上与他挂红贺寿的众人,居然在大街上被踢杀羊张保等七八个军汉拦住。他们素不相识,张保等人却要杨雄借钱给他们;并且辱骂杨雄;动手抢众相识贺喜的礼物;最让人看不上的是张保三人将杨雄逼的动弹不得。堂堂的病关索却是一个软柿子"施展不得,只得忍气,解拆不开"。忍气,是宽容么?如圣经上说,打你左脸给右脸,要你的汗衫给背心?

我以为这和杨雄的心性有关,把男女之事看得开,有一种悲悯的情怀,即使对踢杀羊和潘巧云,于是就喝酒,在酒中寻找人生的快慰,黄永玉先生《大话水浒》里说"只顾喝酒,看不,把媳妇也丢了。"张恨水先生评价杨雄说"娶寡妇而许其惦念其夫,今社交开明之日,犹所少见。在赵宋之年,杨竟能许潘巧云斋戒素服,招少年僧人超荐其前亡夫于家,揆之人情,实所罕见。"是啊,杨雄娶的潘巧云是寡妇,杨雄并不嫌弃,并且潘巧云给杨雄戴了绿帽子,当时杨雄如果不是受到石秀的怂恿,这个事件也就过去了,虽然在大多数中国男人中,可以像韩信那样钻别人的裤骚裆,忍得胯下之辱,但就是怕让帽子变颜色!"绿帽子"是男人活着的底牌,被人家给带了绿帽子,就像是亡国奴,在原本是自己的土地上,让别人开垦,因此,中国男人对"绿帽子"有一种天然的心理恐惧。男人被戴了绿帽子,很多的看客会鼓噪,于是当事人或者窝囊活着,或者是拔刀而起,杨雄就是在石秀的怂恿下,一条道走到黑的。

杨雄长街遇石秀后,两人结为异性兄弟。石秀既爱哥哥,也是爱护哥哥帽子成瘾的人,他发现了兄嫂的奸情,就如实的向杨秀打了报告。杨雄闻听此事,当然会脑门冒火。但石秀却很老道地劝哥哥:"且息怒,今晚都不要提","今晚且不可胡发说话"。而杨雄呢,一见了潘巧云却把底牌亮了出来,他在知府那里喝多了几杯酒,回到家里见到潘巧云,酒话就出来了。又是"你这贱人贼妮子,好歹我要结果了你",又是"你这贱人,腌臜泼妇,那厮敢大虫口里倒涎。我手里不到得轻轻地放了你。"酒后吐真言,秘密全泄完。骂完呢,他却呼呼地睡大觉,帽子的颜色问题没多么放在心上,。第二日酒醒,潘巧云却来了个先发制人,把昨夜和衣而卧想了一夜的计策实施出来:倒打一耙,嫁祸于石秀。杨雄又是耳朵根子软,被潘巧云的软功拿下,听了潘巧云的话后,"心中火起"了,把"亲骨肉一般"的兄弟石秀赶出了家门。石秀是何等人物?"石秀是个乖觉的人,如何不省得",为了表白自己,石秀杀了裴如海及胡头陀。兄弟二人开始和好,杨雄忙向石秀赔礼道歉，表示"我今夜碎割了这贱人，出这口恶气！"这也是句没有执行力的话。当石秀问他"如何不知法度？"杨雄又没招了，最后还是石秀设计，诓骗潘巧云及迎儿到"好生僻静"的翠屏山。首先是他石秀飕地掣出腰刀，露出了要杀人的真相。迎儿把潘巧云与裴如海通奸的经过原原本本的叙述了一遍，石秀还不罢休，又逼着杨雄去问潘巧云，雄听了迎儿的招供后，对潘巧云表示："把实情对我说了，饶了这贱人一条性命。"这已经有念夫妻旧情、任其改过之意。潘巧云也承认了错误，要求给机会改过。石秀却认为"含糊不得"，步步紧逼，最后杨雄听信石秀的言语，硬是碎割了潘巧云。

从杨雄杀妻，我们可以把夫妻和兄弟的关系清理一番。

钱锺书先生在《管锥编》里谈论兄弟与夫妻的关系，他例举很多的中西例证：

《邶风·谷风》："宴尔新婚，如兄如弟。"

盖初民重"血族"之遗意也。就血胤论之，兄弟，天伦也；夫妇则人伦耳。新婚而"如兄如弟"，是结发而如连枝，人合而如天亲也。

常得志《兄弟论》云："若以骨肉远而为疏，则手足无心腹之用；判合近而为重，则衣衾为血属之亲。"此处"判合"谓夫妻合两半而成整体，类如西方《圣经》所言男子择偶为找寻其失去的"一根肋骨"，今之新潮语为"寻找另一半"也。

"手足"、"衣衾"之喻，以《三国演义》语最传诵。

《三国演义》第一五回刘备所云："兄弟如手足，妻子如衣服；衣服破，尚可缝；手足断，安可续？"

希腊古史载大流士王欲拏戮大臣，株连其妻党。罪人女号泣以求，王许赦一人，惟妇所请。妇乞恕其兄或弟，王大怪之。妇曰："倘上天命妾再适人，是妾丧夫而有夫，丧子可有子也。然妾之父母早亡，不复能有兄若弟矣！"王怜而宥其弟及一子。此亦所谓兄弟如手足而妻子如衣服也。

石君宝《秋胡戏妻》第二折："常言道：'媳妇是壁上泥皮'"。

敦煌变文《孔子项托相问书》："人之有母，如树有根；人之有妇，如车有轮。车破再造，必得其新。"则车轮之喻，与衣服、泥皮同类也。

莎士比亚《安东尼与克莉奥佩特拉》剧中一人闻妻死耗，旁人慰之曰："故衣敝矣，世多裁缝，可制新好者。"亦谓妻如衣服耳。

约翰·唐说教云："妻不过夫之辅佐而已，人无重其拄杖如其胫股者。"亦谓妻非手足耳。

这是为钱先生谈夫妻与兄弟关系之读书札记。古人以天伦为至要，人伦次之，故认为手足之情胜于夫妇之爱。且居男权主载之社会，女性为附属之物，可弃可换，遂如衣服耳。观中西历史之发展，其大体同一。《三国演义》第十九回写猎户刘安杀其妻割臂肉以供食刘备，残忍之极而又轻描淡写，女性地位之卑微可知矣。《水浒》亦多厚污女性之语，女子若有通奸必杀之而后快。武松手刃兄嫂潘氏是如此，杨雄杀妻更是剥衣割舌，剜取其心肝五脏，极尽变态残忍之能事。及至近世文明社会，男女平权观念逐渐兴起，女性之地位方有所改观，五四先贤胡适、鲁迅等人均大声疾呼之。

最后回到杨雄的绰号，杨雄的绰号在《宣和遗事》和元杂剧《诚斋乐府》中，本作"赛关索"。龚圣与《宋江三十六人赞》也作"赛关索"。两宋时武人，多喜用"关索"为己之别号，或相互指称，如小关索（《过庭录》）、袁关索（《林泉野记》）、贾关索（《金陀粹编》）、张关索（《金史·突合速传》）、朱关索（《浪语集》）；又《三朝北盟会编》记有岳飞部将"赛关索"李宝、镇压方腊义军的宋将"病关索"郭师中（《武林旧事》）。据称此"关索"，即三国关羽之子，但查《三国志》和裴松之注，均无有此记载。元代至治《全相三国志平话》、明代弘治《三国志通俗演义》也未记有其人其事，而民间传说则甚多。西南地区多有取地名为关索岭、关索庙。"云贵间有关索岭，有祠庙极灵"《池北偶谈》，"关索岭在州城西三十里，上有汉关索庙。旧志：索，汉寿亭侯子，从武侯南征有功，土人祀之"（见《古今图书集成·职方典·安顺府永宁州》）。也有认为"关索"非人名，"西南夷人谓爷为索（关索即关老爷），讹传为蜀汉勇将姓名，宋人遂纷纷取以为号"。近人余嘉锡则称，"宋人之以关索为名号者，凡十余人，不唯有男而且有女矣。其不可考者，尚当有之。盖凡绰号皆取之街谈巷语，此必宋时民间盛传关索之武勇，为武夫健儿所钦慕，故纷纷取以为号。龚圣与作赞，即就其绰号立意，此乃文章家擒题之法,何足以证古来真有关索其人哉？"(《宋江三十六人考实》)。杨雄在蓟州从事两院押狱兼职业刽子手，当是小说家言，因为此时蓟州(今天津蓟县)为辽的辖区，或已由辽转隶为金的辖地，其间在宋宣和四年(1122)，金曾一度以蓟州归还于宋，但时间极短，旋因金兵南下仍为其所辖。

但杨雄身上的宽容，向来被认为软，这是一种偏见，宽容是一种美德，但宽容的边界也会老，这是人们要警惕的啊。

浪里有白条

——说浪里白条张顺

在家乡的河沟，童年时候，趴在靠岸的浅水里，用小小的肚皮压鱼，或者用罐头瓶放上骨头，用线拴住放在水里，等鱼入彀。那鱼往往是鲹条子，回到家，用滋泥包裹放到锅底烧一下。是无上的乡间美味。

也是童年的乡间，当时评水浒批宋江风起云涌，翻看里面的人物，看到浪里白条，心中窃喜，莫不是在家乡水中来往瀹忽的鲹条？小时候在夏季，学屋的后面就是一条沙河，我在文章中称为泥之河，河里有菱角、芦苇、蒲苇，特别是蒲棒粘上拖拉机里的柴油，在夜晚点燃，如乡间的火炬，有时把鲹条儿用蓖麻叶或者荷叶，加上水弄到教室里，放到女生的位洞里，，常是引起尖叫；冬天，沙河封凌，就在冰上用砖敲一个洞，看鲹条儿自己跳到岸上。

也是童年，在河里洗澡，家里大人怕淹死，就用锅底灰把肚皮或者小鸡鸡上画上黑道道，若是没有或者重新画过，就免不了一顿打。

但梦里常常梦到自己变成一尾鲹条，在河里自由自在，想自己在河里能像浪里白条张顺多好，在河里如履平地，在水下，即使被投在里面七天七夜也淹不死，觉得是神人也。

大了，就对张顺的绰号开始了琢磨，《宣和遗事》中记载是"浪里白条"，在《癸辛杂识》中则称为："浪里白跳"。《水浒传》七十回本与《宣和遗事》

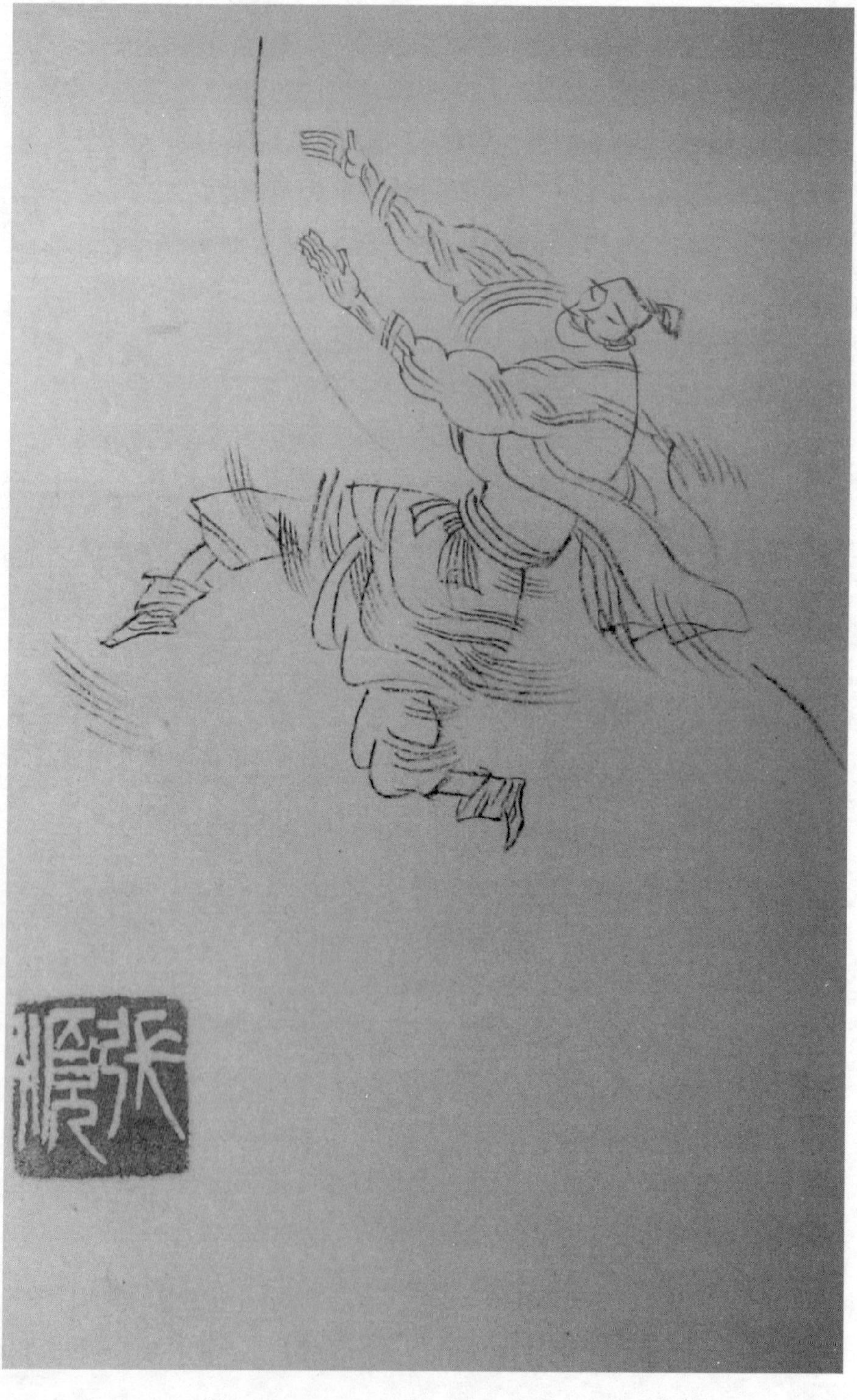

同，百十五回本及百二十回本与《癸辛杂识》相同。

我以为"白条"的"条"字，乃是"鲦"之简写。白鲦，鱼名。《诗经·周颂》里有：猗与漆沮，潜有多鱼。有鳣有鲔，鲦鲿鰋鲤。以享以祀，以介景福。《传》鲦，白鲦也，《正字通》上说"白鲦，形狭而长，若条然。"是的，白鲦，在水里如一片片的柳叶，游动起来，是白白的如线，如穿梭的子弹。

白跳，在我看来就有点不通，白跳白跳，在水里跳跃？是白鲦还是白跳？人们是有争议的，我则倾向于白鲦。第三十七回张横向宋江介绍他兄弟张顺："我有个兄弟，却又了得，浑身雪练也似一身白肉，得四五十里水面。水底下伏得七日七夜，水里行没似一根白条，更兼一身好武艺，因此人起他一个名，唤做浪里白跳张顺。"

龚圣与《宋江三十六人赞》，其赞云："浪里白跳，雪浪如山，汝能白跳，愿随忠魂，来驾怒潮。"意思是张顺随着钱塘江中的翻神伍子胥的"忠魂"，在白浪滔滔的"怒潮"中跳水行进，这颇使人费解。白，是形容水的颜色，白跳，是跳跃前进？第四十回在描写张顺的词赞中有："人将张顺比，浪里白跳鱼"。前面说"白跳"是指白浪中跳跃，如今又将"白跳"比作是"白跳鱼"了。从这个"白跳鱼"的比喻才使我们看清楚了作者确实是搞错了，是把"白条"误作"白跳"了。

其实写张顺和李逵在水里的打斗，我感到是比武松打虎还有意思的文字，一黑一白，如果说李逵是岸上的恶虎，那张顺是水里的蛟龙，李逵眼里的张顺是如此模样：

李逵向那柳树根头拾起布衫，搭在胳膊上，跟了宋江、戴宗便走。行不得十数步，只听的背后有人叫骂道："黑杀才！今番来和你见个输赢。"李逵回转头来看时，便是那人脱得赤条条地，匾扎起一条水裤儿，露出一身雪练也似白肉，头上除了巾帻，显出那个穿心一点红俏髻儿来，在江边独自一个，把竹篙撑着一只渔船赶将来，口里大骂道："千刀万剐的黑杀才，老爷怕你的，不算好汉！走的，不是好男子！"李逵听了大怒，吼了一声，撇了布衫，抢转身来。那人便把船略拢来凑在岸边，一手把竹篙点定了船，口里大骂着。李逵也骂道："好汉便上岸来。"那人把竹篙去李逵腿上便搠，撩拨得李逵火起，托地跳在船上。说时迟，那时快。那人只要诱得李逵上船，便把竹篙望岸边一点，双脚一蹬，那只渔船一似狂风飘败叶，箭也似投江心里去了。李逵虽然也识得水，却不甚高，当时慌了手脚。那人也不叫骂，撇了竹篙，叫声："你来！今番和你定要见个输赢。"便把李逵胳膊拿住，口里说道："且不和你厮打，先教你吃些水。"两只脚把船只一晃，船底朝天，英雄落水，两个好汉扑桶地都翻筋斗撞下江里去。宋江、戴宗急赶至岸边，那只船已翻在江里，两个只在岸上叫苦。江岸边早拥上三五百人在柳阴树下看，都道："这黑大汉今番却着道儿，便挣扎得性命，也吃了一肚皮水。"宋江、戴宗在岸边看时，只见江面开处，那人把李逵提将起来，又淹将下去。两个正在江心里面，清波碧浪中间，一个显浑身黑肉，一个露遍体霜肤。两个打做一团，绞做一块。江岸上那三五百人贪看，没一个不喝彩。那场面就如《酒泉子》写的：满郭人争江上望。来疑沧海尽成空，万面鼓声中。弄潮儿向涛头立，手把红旗旗不湿。别来几向梦中看，梦觉尚心寒。

这是雄奇的场景，岸边，千万人正在翘首凝望，等待那江潮的勃涌。过不多久，它终于来了！裹带着雷轰鼓鸣般的巨响，江潮奔腾而至，沧海似乎要把它的水全部倾倒在这里，而更为神奇的是，涛头浪尖竟然敖立着几位矫健的弄潮勇士，他们随波出没，而手挚的红旗却始终不湿，这真是何等地惊心动魄和扣人心弦！

最漂亮的是张顺救李逵的场面。张顺在水里如履平地，你看：

张顺汊早到分际，带住了李逵一只手，自把两条腿踏着水浪，如行平地。那水浸不过他肚皮，淹着脐下，摆了一只手，直托李逵上岸来。江边看的人个个喝彩。

在水里，李逵不是张顺的对手，几下子就被张顺淹得眼白。游回岸边时，一手揪着李逵，两腿踏着雪浪，如履平地。真是拉风，光彩照人。

这正是《酒泉子》里描写的人物啊，可以说张顺就是"弄潮儿向潮头立，的梁山大寨里的模仿秀,其实水下水里的奇人在历史上史不绝书,《列子·说符》中记录了这样一则对话"白公问曰:'若以石投水,何如?'孔子曰:'吴之善没者能取之'。""善没者",就是指擅长潜泳的人,在水下能把石子捞上来。

《资治通鉴》记载,五代时,后周将领张永德率兵与南唐水军交战。一天晚上,张永德派擅长潜泳的兵卒偷偷潜游到南唐水军的船下,用铁索把这些船只系在一起。第二天,张永德派兵攻打南唐水军,南唐水军因船只无法移动,大败亏输。这在水浒里也有,高俅攻打梁山,船也一样被梁山好汉凿破。

更厉害的是《庄子·达生》中记载的一位吕梁丈夫,能在连鱼鳖都无法生存的巨大瀑布中自如游泳:"孔子观于吕梁,县水三十仞,流沫四十里,鼋鼍鱼鳖之所不能游也。见一丈夫游之,以为有苦耐欲死也,使弟子并流而拯之。数百步而出,披发行歌而游于塘下。"

《晏子春秋》,有一位名叫古冶子的勇士,能在水中长距离潜行:"潜行,逆流百步,顺流九里,行鼋而杀之。"

浪里白条张顺在水浒里是宋江的恩人,在张顺月夜偷袭杭州城时,被对手射死在涌金门外水池里,书中写道:张顺来到西陵桥上,看了半晌。时当春暖,西湖水色拖蓝,四面山光叠翠。张顺看了道:"我身生在浔阳江上,大风巨浪,经了万千,何曾见这一湖好水!便死在这里,也做个快活鬼!"说罢,脱下布衫,放在桥下。头上挽着个穿心红的髻儿,下面着腰生绢水裙,系一系搭膊,挂一口尖刀,赤着脚,钻下湖里去。

张顺被射死后,宋江哭道:我丧了父母,也不如此伤恼!不由我连心透骨苦痛!是啊,世间再无浪里白条,哪里去找这样的优异人儿?

特别是黑李逵,记得李逵、张顺在水里打斗后,一打泯恩仇,在岸上,李逵说"你路上休撞着我",张顺答曰:"我只在水里等你便了。"如说相声,黑白分明,幽默风趣。

有考据癖好的人说,张顺这个人物的原型见于南宋史事。宋咸淳八年

（1272年），元军包围襄阳长达数年，南宋朝廷出重金招募三千死士赴援。张顺正是率兵将领之一。南宋援军发舟百余艘乘风破浪直逼重围。宋军抵达襄阳城下，独不见殿后的将领张顺。越数日，张顺浮尸溯流而上，身中四枪六箭，怒气勃勃如生。众兵士惊以为神，立庙祀之。

聊备一说，作为我喜爱的浪里白条的历史源头。

满目葱绿菜园子

——说张青

张青

出身籍贯：孟州（今河南省孟县南）。

职业：梁山驻西山酒店迎宾使兼消息头领

基本经历：外号"菜园子"，在小说第十七回"花和尚单打二龙山，青面兽双夺宝珠寺"中首次由鲁智深提及。本在孟州道光明寺种菜，却因为小事杀了光明寺里的僧人，逃出后在大树坡作劫匪，结识了孙二娘，便在十字坡开设酒店，用蒙汗药为害过往行人，做人肉包子的生意。后来跟随二龙山众头领加入梁山泊，坐上第一百零二把交椅，司职"打探声息"、"邀接来宾头领"并负责管理"西山酒店"。

身高：

相貌：三拳骨叉脸，微有几根髭髯。

星座：地刑星。

性格：

爱好：种菜

社会关系：配偶：孙二娘（母夜叉）

基本评价：

水浒里人物绰号，对我最亲切的莫过于菜园子，在一个秋日的早晨，我随着父亲栽白菜，我提着木桶到井台提水，那时忽然听到有小伙伴唤我，一转身，懵懂中就跌落到了井里，当时是看到头顶只圆圆的一片天，后来人们用井绳把我拉出跌落的井里，虽是童年经这么一下，但对菜园子里的春天的黄瓜花，秋季里的眉豆花还是感到了生意与亲昵，还记得小学语文课本里的识字的歌诀：队队有菜园，社员很方便，菠菜韭菜藕，黄瓜葱地蛋，茄子豆角姜，白菜萝卜蒜，辣椒西红柿，样样都齐全，饭菜调剂好，优粮大节俭，储粮好备战，战胜帝修反！

今天看似好笑，但在学屋里伙伴们挺着肚皮比赛背诵，即使普通的菜名也和阶级斗争挂钩，当时阶级斗争的弦绷得紧，小学课文里就有刘文学在辣椒地里和地主殊死搏斗的文字，但那时总想碰到搞破坏的地主，但对于死时恐惧的，只是想大喊一嗓子把地主吓死散伙。

水浒传里，母夜叉的老公张青绰号菜园子，感觉和卖人肉包子的孙二娘大大的不同，那应该是戴着斗笠，挑着个担子，前后的筐子里是青翠欲滴的白菜萝卜，还有香菜黄瓜。

其实张青的绰号菜园子只是个招牌，是他曾经的工作的履历，水浒里有张青的自报家门：小人姓张名青，原是此间光明寺种菜园子。

但就是这个张青"为因一时间争些小事性起，把这光明寺僧行杀了，放把火烧做白地后来也没对头，官司也不来问，小人只在此大树坡下剪径。忽一日，有个老儿挑担子过来，小人欺负他老，抢出去和他厮并，斗了二十余回，被那老儿一匾担打翻。原来那老儿年纪小时，专一剪径；因见小人手脚活，便带小人归去到城里，教了许多本事，又把这个女儿招赘小人做了女婿。城里怎地住得？只得依旧来此间盖些草屋，卖酒为生。实是只等客商过住，有那些入眼的，便把些蒙汗药与他吃了便死。将大块好肉，切做黄牛肉卖，零碎小肉，做馅子包馒头。小人每日也挑些去村里卖。如此度日。小人因好结识江湖上好汉，人都叫小人做菜园子张青。"

张青的担子不是青菜萝卜，而是人肉包子，包子的馅子，就不好说了，虽然张青有三不杀，但刀下的冤魂也多了去，连鲁智深也差点成了包子的馅子。

张青说有三等人不可坏他。第一，是云游僧道，他又不曾受用过分了，又是出家的人。第二等是江湖上行院妓女之人，他们是冲州撞府，逢场作戏，陪了多少小心得来的钱物，若还结果了他，那厮们你我相传，去戏台上说得我等江湖上好汉不英雄；第三等是各处犯罪流配的人，中间多有好汉在里头，切不可坏他。

张青说自己不杀和尚，但鲁智深经过此地。孙二娘见他生得肥胖，酒里下了些蒙汗药，扛入在作坊里。正要动手开剥，张青恰好归来，见鲁智深那条禅杖非俗，却慌忙把解药救起来，结拜为兄。

但有一个头陀，长七八尺一条大汉，也被孙二娘麻翻了，张青回来时，孙二娘已把他卸下四足。留下了两件东西：一件是一百单八颗人顶骨做成的数珠；一件是两把雪花镔铁打成的戒刀。也许那头陀也是杀人的家伙，他留下的那刀要便半夜里啸响。后来这两样东西就赠给了武松。

"盗亦有道"乎？但这三不杀是靠不住的，张青自己不就"为因一时间争些小事，性起，把光明寺僧行全杀了"？鲁智深是个僧，不也差点被孙二娘剥了卖人肉包子？还有个头陀（云游僧人），不就是在张青的作坊里送了性命吗？张青当着武松说什么不杀"犯罪流配的人"，武松不就是个"犯罪流配的人"吗？不照样让孙二娘下了蒙汗药？

其实三不杀，就是三种没钱的人，有钱照杀不误，云游僧道，靠四方乞食度日，穷的只剩下蛋子，妓女呢，一介弱女子，能携带多少钱财？流配的罪人，携带的只是枷锁镣铐，哪能有什么钱物？尽管但，孙二娘还是要害鲁智深和武松，理由是他二人长得肥大，肉能多包几斤包子。这三不杀的三种人都属于社会"边缘人"，活着也是苟活，张青孙二娘也有时不让他们活，真是难也。

回到张青的绰号菜园子，这不是指种菜的园圃，而是指拾掇菜园的人。《洛阳牡丹记》说："接花工尤著者，谓之门园子，盖本姓东门氏，或是西门，俗但云门园子"，"园子"其实就是"园工"。

《水浒》对光明寺的菜园没有更具体的交代，而记述最详细的，倒是鲁智深看管的东京大相国寺的菜园。《水浒》所记载的大相国寺菜园，在鲁智深主管以前，一直被左近"二三十个赌博不成才破落户泼皮"视为"俺们衣饭碗"，"泛常在园内偷盗菜蔬，靠着养身"，在"宋江智取无为军"一回里，我们会发现另一个菜园：

宋江道："黄文炳隔着他哥哥家多少路？"侯健道："原是一家分开的，如今只隔着中间一个菜园。"宋江教众好汉几个把住两头。侯健先去开了菜园门军汉把芦柴搬来，堆在里面。侯健就讨来了火种，递与薛永，将来点着。

徽宗时，六贼之一的朱勔在苏州开辟了很多园子，种植奇花珍卉，园子之大甚至让游赏的士女迷路。但好景不长，朱勔流放，当地老百姓传开了一首政治谣谚：

做园子，得数载，栽培得那花木，就中堪爱。
特将一个保义酬劳，反做了今日殃害。
诏书下来索金带，这官诰看看毁坏。
放牙笏便担屎担，却依旧种菜。

朱勔苦心经营的花卉园最终是否改成了菜园，我们不知道，但有菜园，就有菜园子帮工，不知梁山是否有菜园，那么张青也人尽其才，物尽其用了。

母老虎与雌狮子

——说母大虫顾大嫂

顾大嫂

出身籍贯：登州

职业：酒店老板娘

基本经历：顾大嫂是梁山第二位女英雄，有一身本领，原来在登州城东门外开酒店。顾大嫂是解珍姑妈的女儿。解珍、解宝被毛太公陷害关入大牢后，顾大嫂请来邹润。邹润叔侄和丈夫孙新、夫哥孙立等劫了大牢。顾大嫂又以孙立女眷的身份打入祝家庄内，和梁山其他好汉一起，里应外合攻破了祝家庄。顾大嫂上梁山后与丈夫孙新开梁山东山酒店，重操旧业，是梁山泊第一百零一条好汉。受招安后，顾大嫂被封为东源县君。

身高：

相貌：眉粗眼大，胖面肥腰。

星座：地阴星

性格：豪爽急躁

爱好：敢打抱不平

社会关系：

基本评价：孙家的灵魂人物，一百单八将中的三对夫妻，王英与一丈青阵亡了，菜园子张青与母夜叉孙二娘也死了，唯有孙新与顾大嫂在杀杀夺夺中活下来，随夫回家重整旧业。

怕婆子也是中国文化的特色，一见女人腿就软，浑身打颤，如得了癫痫，口嗫嚅，舌打弯，生理机能和心理机能都发生物理变化和化学变化。苏格拉底是著名的怕老婆的例证，而故国是河东狮子吼。苏轼的朋友陈慥，字季常，黄州人，为人放荡不羁，喜欢追逐声色。他的妻子柳氏是河东人，妒心重且凶悍，陈董非常怕她。苏轼为此专门写了一首诗谑笑他："龙丘居士亦可怜，谈空说有夜不眠。忽闻河东狮子吼，拄杖落手心茫然。"从"拄杖落手"这一情节，足可见狮子吼的分贝之高，以及陈董怕老婆的程度。惧内，在历史上是有传统的，《尧山堂外纪》载，五代时人扈载特别怕老婆，他中状元之前，出门都要向老婆告假，他的妻子每次都是洒水在地，限令他必须在水干之前回来。如果他要去得稍远一些。他的妻子就点燃一炷香。在香上掐下一个印记，香燃到了位置，他就必须回来。有次扈载与朋友聚会，酒刚过三巡，扈载就找借口想溜，朋友知道他的情况，都起哄不让他走，说"扈君并没有特别的理由，不过是怕地上的水干、香印过界罢了。要重重地罚。"于是众人纷纷敬酒，连灌了扈载六七巨觥，把他灌得当场就吐了出来。等他狼狈不堪地脱身上马，准备赶回家，朋友还一起哄笑他："如果夫人怪罪你回家迟了，你就说被人以水和香的名义劝酒留住了。"与扈载同一时期的礼部郎康凝也以怕老婆出名。有次他妻子病了，突然异想天开，想要只乌鸦来玩耍取乐。当时正值冬天，积雪尚未消融，难以网捕。康凝赔尽小

心地向妻子解释这一情况，可妻子大发雷霆，取过木杖就要打他。康凝没办法。只得冒雪踩着烂泥走到郊外，沿路抛洒食物引诱乌鸦，最后费尽九牛二虎之力才捕获了一只。得知此事，同事刘尚贤戏谑他说"人们都以凤凰来仪作为祥瑞的征兆。而你能以乌鸦免祸，可将之称为黑凤凰。"

顾大嫂，也是一个河东狮子，母大虫，和雌狮子是一般颜色。

我想，如果你生活在水浒时代，要是和顾大嫂一起过日子，也是个怕怕婆子的主，顾大嫂长的丑，敢玩命，内心有智慧做底子，长的丑，那是光脚的不怕穿鞋的，你要长的光鲜，我正面比不过你，我把你腿敲折，门牙打掉，和我一样撇平，你还到哪里去说？

顾大嫂的出场是十分吓人，"眉粗眼大，胖面肥腰"还就罢了，偏偏浑身上下，每个细胞每个衣裳皱褶都冒着俗气："插一头异样钗环，露两臂时兴钏镯。红裙六幅，浑如五月榴花；翠领数层，染就三春杨柳。"顾大嫂也知道先天的缺陷是老妈老爸给的，无法回炉重做，那就拼命地打扮，拼命地往头上脸上胳膊上拾掇，衣衫红红绿绿，如染缸。而且顾大嫂有的是蛮劲，"三二十人近他不得"，更绝的是"有时怒起，提井栏便打老公头；忽地心焦，拿石碓敲翻庄客腿"，这简直是打老公如揍儿子？她的老公孙新："军班才俊子，眉目有神威。胸藏鸿鹄志，家有虎狼妻。……年似孙郎少，人称小尉迟。"倒是长的不赖，但在顾大嫂那里，这是不安定的因素，于是心情不高兴，就拿孙新出气。

人家说怕婆子，家前院后拴骡子。确实顾大嫂能干，顾大嫂开酒店，但不是孙二娘似的黑店，虽然顾大嫂的打扮和孙二娘出镜时差不多：门前窗槛边坐着一个妇人，露出绿纱衫儿来，头上黄烘烘的插着一头钗跃，鬓边插着些野花。见武松同两个公人来到门前，那妇人便走起身来迎接。下面系一条鲜红生绢裙，搽一脸胭脂铅粉，敞开胸脯，露出桃红纱主腰，上面一色金钮。孙二娘与丈夫在十字坡开了一家专卖人肉的酒店，"将大块好肉，切做黄牛肉卖；零碎小肉，做馅子包馒头。"孙二娘的人肉作坊："壁上绷着几张人皮，梁上吊着五七条人腿。两个公人，一颠一倒，挺看在剥人凳上。"多少南来北往客，多少春闺梦里人，早已成为孙二娘的刀下之鬼。

但顾大嫂的酒店是多种经营,卖酒卖牛肉、开赌房。只求财,不害命。

母大虫,人说虎毒不食子,他对解珍兄弟,让我们感到了人间的真情,他们是姑表亲,俗话说,姑表亲打断骨头连着筋,话说登州城外,山中多豺狼虎豹,出来伤人,官府拘集当地猎户,限期三天捕捉,过期要受严厉责罚。父母双亡相依为命的解珍解宝兄弟,在山上埋伏三天三夜,终于用窝弓药箭射中了一只老虎,可是老虎却在药性发作之时,滚下山坡,滚到同乡里正毛太公的后园去了。毛太公让儿子毛仲义连夜将老虎抬到官府领赏,却又与儿子毛仲义、女婿王正勾结节级包吉陷害二解兄弟,押在死牢,要取他两人性命。在解珍兄弟命要归阴的时候,顾大嫂凛然出世。作为二解的表姐,顾大嫂得乐和的报信,"一片声叫起苦来",这兄弟有救了,为了兄弟于是顾大嫂急着叫伙计"快去寻得二哥家来说话"。当孙新分析道毛太公有钱有势,怕解珍解宝出狱后报复,必然要置兄弟俩于死地,唯一的办法就是去劫狱。顾大嫂马上提出:"我和你今夜便去!"为了兄弟顾大嫂要孙新连夜去请邹氏叔侄。邹氏叔侄说出救人之后,这里是容身不得,只有去投奔梁山水泊入伙,问顾大嫂意见如何。顾大嫂不假思索回答:"最好!有一个不去的,我便乱戳死他!"顾大嫂当即要连夜和丈夫孙新去劫牢。孙新却为了保险,提出要拉他的哥哥,登州兵马提辖孙立下水。为了诈来大伯孙立一同劫狱救人,顾大嫂假说病重,骗得孙立来探视,孙立来到家里,见弟媳妇顾大嫂好好的,便问顾大嫂害的什么病,顾大嫂道:"害些救兄弟的病。"

这样的病天下少见,但这病让我们温暖的热泪盈眶。

见孙立糊涂,顾大嫂道:"伯伯,你不要推聋装哑。你在城中岂不知道他两个?是我兄弟,偏不是你兄弟!"

当顾大嫂把劫狱的事告诉孙立,孙立道:"我却是登州的军官,怎地敢做这等事!"

这时顾大嫂道:"既是伯伯不肯,我们今日先和伯伯拼个你死我活。"顾大嫂身边便掣出两把刀来。邹渊、邹润各拔出短刀在手,真个是敢于蹈血的女中丈夫,怪不得金圣叹把顾大嫂说成是女李逵,但顾大比李二哥多了智慧，多了世情，劫狱的注意定了，顾大嫂身藏贴肉尖刀，扮做送饭的妇人，只身进入狱中，等孙立来到监牢门口敲门，顾大嫂猛然掣出两把明晃晃的尖刀来，大叫一声："我的兄弟在哪里？"

相信大家读《水浒》，读到此处，就这一句：我的兄弟在哪里？任谁不动容，任他有黑牢，有冤狱，有一些的污秽和贪腐，我们有这样的表姐，我们有这样的兄弟。

为了救兄弟，顾大嫂放弃了家乡，放弃了酒店，毅然落草。她图什么呢？我们国人常为怕婆子委屈但这样的婆子确是应该褒扬。

男儿脸刻黄金印

——说豹子头林冲

林冲

出身籍贯：东京（现河南开封）人

职业：东京八十万禁军枪棒教头

基本经历：为东京八十万禁军教头，武艺高强。因他的妻子长得漂亮，所以被高俅儿子高衙内调戏，林冲被当朝权奸高俅设计误入白虎堂，蒙冤刺配沧州，在发配沧州时，幸亏鲁智深在野猪林相救，才保住性命。

被发配沧州牢城看守天王堂草料场时，又遭高俅心腹陆谦放火暗算。林冲杀了陆谦，冒着风雪连夜投奔梁山泊。被迫投奔梁山农民起义军，一直得不到白衣秀士王伦的重用。

晁盖、吴用等智取生辰纲后来到梁山，林冲一怒之下杀了王伦，把晁盖推上了梁山泊首领之位，屡建战功。

在征讨江浙一带方腊率领的起义军胜利后，林冲得了中风，被迫留在杭州六和寺养病，由武松照顾，半年后病故。

身高：1.88米

相貌：豹头环眼，燕颔虎须。

星座：天雄星

性格：忍，把一把刀放在心上。

爱好：

社会关系：妻子

基本评价：林冲是水浒中最让人同情的悲剧人物。作为大宋首都东京八十万禁军教头，本应活在一般市民阶层以上，怎奈命运的巨掌反手覆手，把人作刍狗。厄运到头推不掉。高衙内看上他的女人，拦路调戏，哄骗诱奸，栽赃，发配充军、暗杀，林冲不愿跟上司闹掰，更不想背叛朝廷，就一味地退让、委曲求全，其实林冲的隐忍，是中国的常态，普通的中国人谁不畏惧权力？当知道妻子死后，林冲就豁出去了，豹子毕竟是豹子，大丈夫既然忍得了胯下之辱 也必然能做得出惊天大业来。

男儿脸刻黄金印，一笑身轻白虎堂

——聂绀弩《咏林冲》

一

我有很长时间，曾在夜间到梁山为生活奔波。有时霜雪遍地，有时残月挂枯枝。夜奔，真的是夜奔。夜行的驿车，叮叮咚咚的，本来昏昏睡睡，但一到梁山就醒来。真是奇怪，象惦记着什么？不是红拂夜奔，有那奇女子在夜间到旅馆投奔，是一辈子的造化和激荡。但一想到夜奔这词，心里莫名激动。词也是有体温和声音的，词也有机缘。人到了中年才深深理解夜奔的无穷的丰富。

那一场大雪飘在八百年前。那雪是下的紧，如掌如拳，如片片的鹅羽。从远处来了一个人影，走近了才看清，此人"豹头环眼，燕颔虎须，八尺长短身材"。人是从戴敦邦绘《水浒人物谱》逸出的吧，多么传神写照的"夜奔"图一幅啊：毡笠腰刀，花枪葫芦，斜身蹩行。身外四周虽没怎么点染，却让人觉得雪紧风劲。也惟林冲这样的孤独者才配得上这样的空间，耸肩缩首，负冤衔屈，苦寒中另有一股英气。若换了李逵踏雪呢，必坏了宋朝的一场大雪。戴着一顶旧毡帽，一副冷峻的颜面，肩上扛着的枪，枪上挑着的不是敌人的首级，而是一个包袱，包袱里面就是这个人的全部家当——一些换洗的衣物和一些碎银子。他是谁？他便是京城八十万禁军教头——林冲，而现在却成了一个逃犯，一个任人追讨的逃犯！

应该说林冲是亲近雪的。他把雪当成一种砥砺自己的他物。下吧，你下啊。在沧州的时候，大家还记得风雪山神庙那节。那也是一个雪夜，冬天里取暖的最好方式是回家。但林冲的家呢？他买了酒。整部《水浒》都是贯穿和飘散着酒香，但酒色和酒性是多么得差异啊。武松的酒是豪情的道具。你这酒不是烈吗，是 67 度的烧刀子？不是三碗不过冈吗？我老武偏要喝上一十八碗；再是鲁智深，智深的酒香缠绕着狗肉和花椒麻翻了和尚的三大纪律和八项注意，只要心里有原教旨，何畏惧肉啊酒啊色等和平演变？而林冲的酒呢，却是苦的。寒冷的雪中，这匹金黄的豹子，孤独的豹子，金黄的皮不能取暖，而酒是豹子的最适宜的巢穴啊。"好大雪"，林冲的这句话从八百年前传来，这是一种英雄末路的孤独的呐喊，是一种面对漫天彤云接迎命运的对未来的期待，是一种对人生低谷最重打击的承受。在听李少春扮演的林冲在舞台上喊出"好大雪"时，我的眼里总是泪花绽开而内心渴望："按龙泉血泪洒征袍／恨天涯一身流落／专心投水浒／回首望天朝／急走忙逃 顾不得忠和孝／良夜迢迢／红尘中 误了俺武陵年少／实指望 封侯万里班超／到如今 做了叛国黄巾 背主黄巢。"凄凉哀婉，诉尽命运无常。无论林冲还是我们，谁能逃脱命运的巨掌？这个貌如张飞，身手如赵云，隐忍求全象窝囊刘备的林冲，何尝不是我们自己身上或多或少的影子。性格就是命运。作为八十万禁军教头，武艺高强、无辜善良，本想成为国家的干城，在履历表上写下光辉的一笔，但被高俅这小子象拨算珠似地随意摆弄，最后被害得家破人亡远走异乡，上演一出风雪山神庙和公家人彻底断裂的两讫戏，然后夜奔蹿入草泽。一个奸邪无赖的书童靠伶俐钻营靠足球国脚的身份，位列三公，照片上凌烟阁；而身怀绝技，政治思想品德高尚的林冲呢？既没有贪污腐化也无男女关系的臭事，却在大宋的朗朗乾坤下，惶惶如丧家之犬，可叹也夫。黄钟毁弃、瓦釜雷鸣、大贤处下、不肖居上暗箱操作政治格局在一句"好大雪"我们听出了愤懑、讥笑、高洁，也听出了无奈。这样的命运，是我们民族一再书写的主题。千百年来，诗里有、戏里有、弹词里有，身边有朋友中有，这道题不知被中华民族演算了多少遍：只要屈原仍被放逐，只要岳飞风波亭还在，这道怨郁而又慷慨的悲壮题还要被我们算下去，谁也抢不去。

　　林冲呢？是谁把你送上了梁山？是高俅的白虎节堂国防部的大楼？还是发配路上，董超、薛霸两个人渣的水火棍？是沧州牢城营，因银子稍慢掏出，被小人得志的差拨骂得一佛出世、二佛升天？忍啊，忍啊，我想到母亲的话：憨瓜长得大。记得母亲常说"庄稼冤，庄稼冤，庄稼人长远。"这是面对无边黑暗的生存哲学呢？还是犬儒主义？母亲不懂那么多，母亲只是教导我——忍。不知林冲的母亲在小时，林老太太是否如此教诲？但林冲一切都逆来顺受，一切都忍了，可他要忍到何时何地？陆虞候来了，这个两脚兽来沧州了，终于有什么东西醒来了：一幕风雪山神庙，那男儿的豪气如睡狮猛醒，在漫天的好大雪中，在火烧草料场的熊熊火光中，血溅山神庙前的石狮子，留下一幅血红雪白的木刻雕塑一般的身影让后人评说。而后，大踏步走上了夜奔梁山的不归路。

　　那夜是冷啊！风雪之途，经过柴进的庄园，进入看米囤的草屋烤火。这是多么温暖的细节，"晚来天愈雪，能饮一杯无？"但是天寒白屋呢，那些野狗和家犬怎样对待这"风雪夜归人"，但我们看到了裂变后的林冲的大快乐："林冲烘着身上湿衣服，略有些干，只见火炭边煨着一个瓮儿，里面透着酒香。林冲便道：'小人身边有些碎银子，望烦回些酒吃。'老庄客道：'我们每夜轮流看米囤，如今四更天气正冷，我们这几个吃尚且不够，哪得回与你，休要指望！'林冲又道：'胡乱只回三两碗与小人挡寒。'老庄客道：'你那人休缠休缠。'林冲闻得酒香，越要吃，说道：'没奈何，回些罢。'众庄客道：'好意着你烘衣裳向火，便来要酒吃！去便去，不去时，将来吊在这里。'"

　　酒入豪肠，三分变成热量抵挡风雪之夜，七分化成快乐。林冲为两碗酒再三软语商量，但在遭到喝斥拒绝后，再接下来却是象李逵一样了，这是林冲吗？我说是林冲。是新生的林冲："林冲怒道：'这厮们好无道理！'把手中枪看着块焰着的火柴头，望老庄家脸上只一挑将起来，又把枪去火炉里只一搅，那老庄家的髭须焰焰的烧着，众庄客都跳将起来。林冲把枪杆乱打，老庄家先走了；庄家们都动弹不得，被林冲赶打一顿，都走了。林冲道：'都去了，老爷快活吃酒。'土炕上却有两个椰瓢，取一个下来，倾那一瓮酒来，吃了一会，剩了一半，提了枪，出门便走。一步高，一步低，踉踉跄跄，捉脚不住。走不过一里路，被朔风一掉，随着那山涧边倒了，那里挣得起来。大凡醉人一倒，便起不得。当时林冲醉倒在雪地上。"让他快活地醉一次吧。压抑太久的灵魂需要放松，果真林冲醉倒了。在水浒中，林冲饮了唯一一次快活酒后，他醉倒在山涧边的雪地上，如一头沉睡的豹子。身外是好大的雪啊。

　　这是林冲的一生唯一的一次放胆喝酒啊，从他的嘴里竟然喊出"快活"的口号。武松在快活林饮酒，如龙虹吸；鲁智深是揣着狗腿吃酒，那是烂漫的快活；没有心计的李逵呢，是凡吃酒都能获得快活的没心没肺的主儿；而这时林冲有点无赖似地夺酒及大呼"老爷快活饮酒"，那真是心底压抑后想学习李逵武松鲁智深那般地放纵啊。其实放纵是人的另一种状态。林冲在体制内，从身体到心灵都是扁平的，什么时候大声爽朗地笑过呢？什么时候大声呜咽地哭过呢？这匹压抑的豹子，颓然一醉吧，喝快活酒，颓然一醉的豹子也是最别样天然的图画，在山涧边。

二

　　小时侯在牛屋听人读《水浒传》时，是不理解林冲的。只觉得武松打虎、醉打蒋门神斗杀西门庆的爽快，总觉得林冲缺少敢做敢为的气魄。年龄渐大，觉出林冲蕴涵的宽广和丰富。林冲的忍是能看出和体味的，而老金同志圣叹还说林冲毒和狠，"林冲自然是上上人物，写得只是太狠。看他算得到，熬得住，把得牢，做得彻，都使人怕。这般人在世上，定做得事业来，然琢削元气也不少。"林冲是一个血性少的人，属于遇事掂量几分，计算成本的人。这样的人在金圣叹看来是可怕的。高俅、高衙内往林冲的头上扣屎盆子往眼里楔钉子，林冲能忍得下。我们1957年的右派何尝不是如此？你有妻子，有老母，有嗷嗷待哺的娇儿女，你如何争得了气？我想到我出生时候，正是秋季，家里无小米无红塘无鸡蛋滋补母亲。而在我出生的前几日，生产队里为一干部的父母的三年祭奠拿出很多的粮食招待乡间的来往宾客。父亲就胆怯地提出借一些谷子舂成米温补产后的母亲。但是生产队的主管一口回绝。没有奶水的母亲，在哭声中挣扎的我，也许是这些使父亲在大庭广众下，向那乡里小儿跪下了，向他叩头，喊出了令我一直不能忘怀，每每要激动和耻辱的话：爹！然而即使如此，还是没有得到半粒米。我赞赏不为五斗米折腰的陶潜，但不是勇者和智者的父亲是为了一撮米下跪了，因为有妻儿，他只有忍。为生活所迫，他投井而未死，就到山西安徽河南或做货郎或与一条驴子为命拖一地排车苦做。读林教头的遭遇，最易让看官们联想起一句格言："哀其不幸，怒其不争"，但我说林冲是大宋江山的一根毫毛，他依附在皮上啊，毛怎能挣脱皮呢？我们身边这样的事例何其多哉。忍的反面是出手，但你也就意味着走上了一条与所谓的江山社稷安稳相对峙，被官府画像通缉悬赏的不归路。这时没有了家，没有了工资，从此过一种或刀口舔血，死里求生；或亡命天涯，故里难归的日子，意味着你

从一条在编的狗沦落成了一条丧家的狗，没有保障的狗。从此不再有主人关照宠幸，可以安闲地趴在灶火边或门楼里，而是被村落排挤，被家狗围攻，夹着尾巴走小路躲避的丧家之犬，其惶惶如也，其何能堪呢？人们说忍者无敌，从韩信的胯下之辱我们或许找到一点安慰。但林冲真的是想做一只为大宋江山看家护院的优良的狗，而"他算得到，熬得住，把得牢，做得彻"的工夫真是令人感慨。但是这样的成本是否过大？林太被高衙内调戏，林冲闻信怒不可遏，正要修理采花贼，一看是高衙内，只好把打掉的牙自己吞进去。一个堂堂男儿，东京八十万禁军教头，自己的妻子被人当众调戏，帽子差点变绿，无疑是奇耻大辱，但林冲熬得住；

林太第二次被高衙内调戏时，林冲是该要发狠，但林冲也只是冲着参与害他的好朋友陆谦陆虞候，"林冲把陆虞候家打得粉碎。""林冲拿了一把解腕尖刀，迳奔到樊楼前，去寻陆虞候，也不见了。却回来他门前等了一晚，不见回家，林冲自归。"并且，林冲连等了三日。对高衙内呢？林冲还是网开一面"只怕不撞见高衙内，也照管着他头面。"这是典型的柿子单找软的捏。林冲只是惦记陆虞候，林冲不知怎样回家对娘子交代？林冲真熬得住；林冲误入白虎堂，后被发配去沧州，林冲熬得住；在途中，董超薛霸对他象对待一头猪，林冲奉行的是打左脸给右脸，还时不时地买帐，"林冲也把包来解了，不等公人开口，去包里取些碎银两，央店小二买些酒肉，籴些米来，安排盘馔，请两个防送公人坐了吃。……（薛霸）口里喃喃地骂了半夜，林冲那里敢回话，自去倒在一边。"在野猪林前不靠村后不靠店的地方，董超薛霸要结果他，林冲也是老鼠求猫一样地求猫有佛心放下屠刀，"泪如雨下"林冲真熬得住；

在沧州劳役呢，林冲想着的是好好工作争取减刑，回家和娘子团聚，这太天真了。陆谦他们先是烧了草料场，想把林冲火葬，林冲侥幸逃得性命，这时我们才看到了林冲这匹豹子的表演。到了革命的圣地梁山呢？那里一样也有不正之风，领袖王伦心胸狭隘，对林冲的猜忌、排挤，甚至刁难，林冲也都忍了；而《水浒传》写到梁山好汉捉了高俅，这时的林冲呢？只是"怒目而视，有欲要发作之色。"林冲还是以革命的大局为重，压住内心的火气。

忍是林冲的一面，他的狠呢？狠是和准连在一起的，他的火并王伦，是看准了发狠。但我以为林冲的狠是他的对待妻子。有人说林冲和娘子是《水浒传》中唯一的爱的故事，我是怀疑的。他们夫妻之间"…已至三载，不曾有半些儿差池。虽不曾生半个儿女，未曾面红面赤，半点相争。"但林冲去沧州决定休掉妻子，这不是把羊肉送入虎口，任人宰割吗？一个弱女子，被丈夫休掉，改嫁？还是死掉？都不是好的去处。妻子等待林冲不行吗？林冲不想担当道义的责任，你以后即使被高衙内抢去，也不是我林冲的责任了。林冲表面上对丈人说："只是林冲放心不下，枉自两相耽误。"林冲一个八十万禁军教头尚且保不住妻子，何况一个老翁？林冲的休书是这样写的：

"东京八十万禁军教头林冲，为因身犯重罪，断配沧州，去后存亡不保。有妻张氏年少，情愿立此休书，任从改嫁，永无争执。委是自行自愿，即非相逼。恐后无凭，立此文约为照。"是啊，女人在关键的时候总是要抛弃的。假使林冲把妻子休掉，妻子后来生活得好，这证明林冲的远见，但妻子最后呢？是死掉呢。

塞万提斯在《堂吉诃德》中写道："猫儿给围赶得走投无路，也会变成狮子。"是高俅的步步紧逼，林冲才杀了陆谦上了梁山；是吴用的巧言善逼，林冲才火并王伦出了那口糟践恶气。但没人逼呢？林冲其实和我们一样是需要补钙的，血中少火气，骨中少硬气。

林冲是可怜的。他抡起的拳头，打下去固然惹祸；收回来呢，收回来也是祸。在一个不能自由生活的时代，每个人都不能握住自己的命运。但沉默啊沉默，不再沉默中爆发，就在沉默中灭亡，林冲的"落草为寇"也就成了他的惟一的正途。这时，我们才理解了"豹子头"的绰号的雄强来。但这个隐忍的英雄啊，一个让人想落泪的英雄，一个在夜奔的路上走着的英雄，多少兄弟走在夜奔的路上啊。

匹夫无罪，怀璧其罪

——说金枪手徐宁

在世间，事物祸福相依相生相克多矣，老婆不好吧，床上提不起情绪；老婆好吧，别人总惦记，小时候母亲常说起的一句话：男人有三宝：丑妻薄地破棉袄，这是一个男人最高的幸福指数，有一个别人看着很丑不愿下手的媳妇，有一块别人不愿意种的地，冬天再有一件露出棉花絮的棉袄。

小时候不解事，认为这三包是无用男人的标准，但随着马齿徒增，慢慢就明白一二，觉得内里的生存智慧。

丑妻，是让别人看了不会心动，不会冲动更不会行动的女人，女人那也就会安分守已地在家拾掇家务照顾孩子，少去了在外抛头露面的机会，武大郎为什么会丧命，就是因为他有一个浑身冒着别人家媳妇没有的那种气息招惹男人目光和口水的媳妇，如果不是潘金莲他还会照样卖他的炊饼，还会存活下去，还能分享兄弟只手打死老虎的荣耀。

薄地，土地虽薄但能够生产五谷，足以度日糊口，让别人不起霸占的邪念，在过去土地是农民的根，有了土地就有了炊烟和生气，薄点，多出些力就是了，农民多的是使不完的力，挥不完的汗。

破棉袄，没有锦衣的照耀，虽不甚好看，但适用，小偷不偷，但却能包你度过严寒冬日，靠在阳光下晒暖逮虱子安稳。

而水浒里，金枪手徐宁本来好好的上班下班过日子，但就因为雁翎甲，为物所累，被牵上梁山。

徐宁的绰号是"金枪手"，这不是泛泛的指手里使用的兵器，而是一种荣誉，可以和皇帝走地很近，是皇帝的保镖，负责安全，《宋史·禁军上》中记载：

"金枪班左右班二，旧名内直。太平兴国初，改选诸军中善用枪槊者补之。"

自宋仁宗太平兴国时起，优秀的金枪手，就会千挑万选地被选拔为皇帝的贴身护卫了。徐宁，就是这样的侍卫。徐宁有的祖传的"钩镰枪法"，这枪法是福，在皇帝看来徐宁有本事可用，但梁山的贼人在呼延灼的连环马下败得一败涂地，自然就惦记起了徐宁。于是吴用就迂回曲折在徐宁的一件宝贝，祖传的雁翎金甲上作文章了。上梁山的路数有多样，林冲的模式，卢俊义的模式，但像金枪手徐宁上梁山是最轻易的，汤隆只消用一副雁翎甲就把徐宁轻巧地钓上了山。

汤隆介绍雁翎甲："徐宁先祖留下一件宝贝，世上无对，乃是镇家之宝。汤隆比时，曾随先父知寨往东京视探姑姑时，多曾见来。是一副雁翎砌就圈金甲。这一副甲，披在身上，又轻又稳，刀剑箭矢，急不能透，人都唤做赛唐猊。多有贵公子要求一见，造次不肯与人看。这副甲，是他的性命，用一个皮匣子盛着，直挂在卧房中梁上。若是先对付得他这副甲来时，不由他不到这里。"

徐宁在雁翎甲被时迁盗后，对他的妻子说"别的都不打紧。这副雁翎甲，乃是祖宗留传四代之宝，不曾有失。花儿王太尉曾还我三万贯钱，我不曾舍得卖与他。恐怕久后军前阵后要用，生怕有些差池，因此拴在梁上。多少人要看我的，只推没了，今次声张起来，枉惹他人耻笑，今却失去，如之奈何！"

这雁翎甲确实传世珍宝，不但价钱不菲，且很有用处，一件东西珍贵不可怕，可怕到像生命一样宝贵，如果生命受到损害，那必然不惜用生命去维护，正因为这雁翎甲的缘故，徐宁的破绽露了出来，李卓吾评点水浒传这一节：人生决不可有所嗜好。如徐宁爱恋这副雁翎甲，并这个身子亦

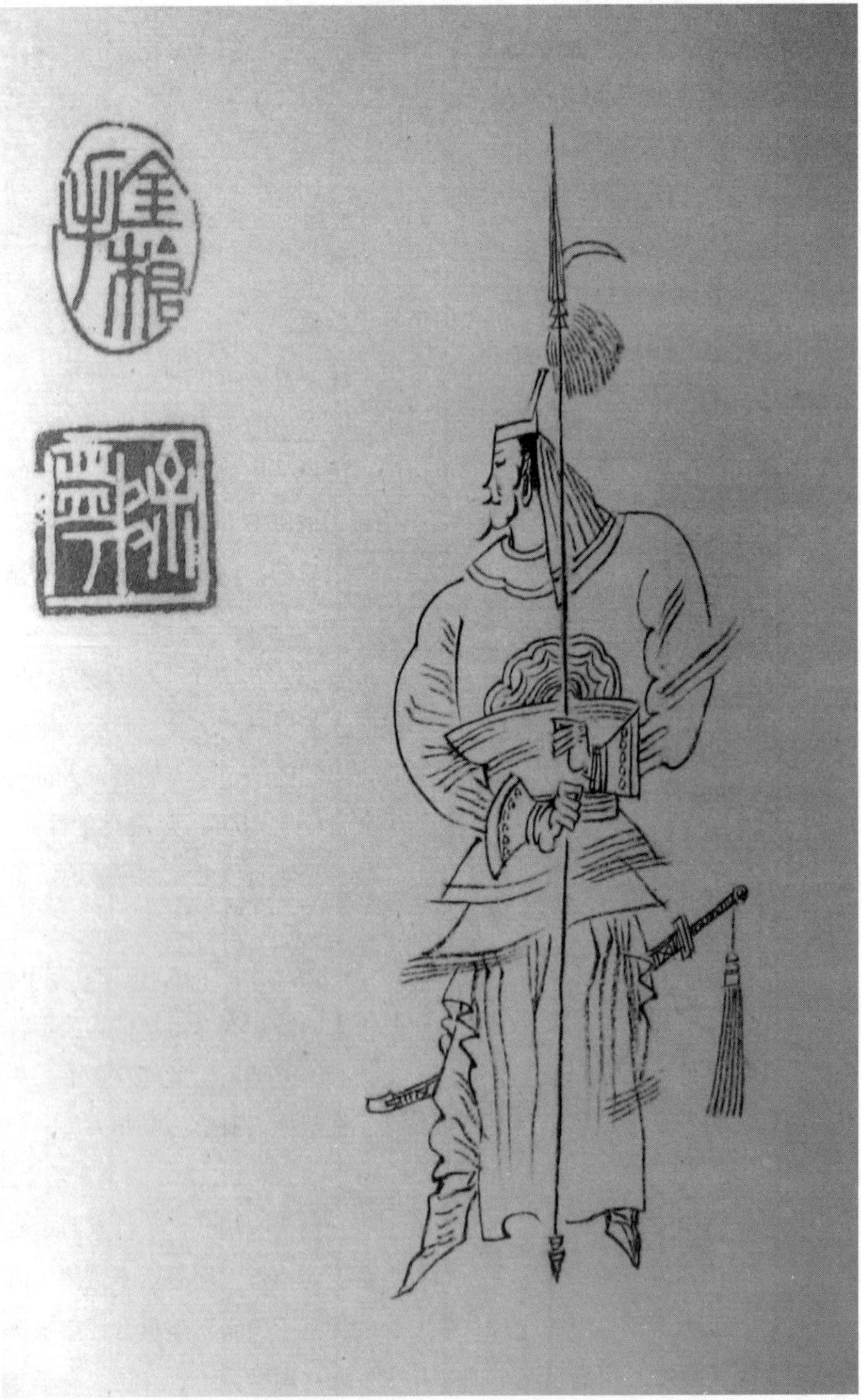

丧却了也，可发一笑。真是才有所恋，便是系驴系马之橛，呜呼哀哉。

是啊，这雁翎甲就是栓住徐宁的橛子，反过来，如果没有这幅甲梁山的贼人也不会惦记，比起诸多的好汉上梁山，徐宁的平静生活被打乱，雁翎甲的作用是他命运的拐点。

我们看徐宁家居的温馨生活，那是从时迁的贼眼偷窥看到的，是夜，时迁"趲到徐宁后门边，从墙上下来……看里面时，却是个小小院子。时迁伏在厨房外张时，见厨房下灯明，两个丫鬟兀自收拾未了。时迁却从戗柱上盘到膊风板边，伏做一块儿。张那楼上时，见那金枪手徐宁和娘子对坐炉边向火，怀里抱着一个六七岁孩儿"。

娘子在旁，围炉怀子，其乐也融融，多么谐和安详的宋代家居图，是张择端没有画出的，这些场面不在清明上河图里，驰骋疆场的将军，难得有这样的机会和妻儿团聚，这难得的机会不久就会打破，徐宁是要陪皇上的，那行头也让时迁开了眼：

时迁看那卧房里时，见梁上果然有个大皮匣拴在上面。卧房门口，挂着一副弓箭，一口腰刀。衣架上挂着各色衣服。徐宁口里叫道："梅香，你来与我摺了衣服。"下面一个丫鬟上来，就侧手春台上，先摺了一领官绿亲里袄子，并下面五色花绣踢串，一个护项彩色锦帕，一条红绿结子，并手帕一包。另用一个小黄帕儿，包着一条双獭尾荔枝金带，也放在包袱内，把来安在烘龙上。

应该说作为教头，徐宁不像王进带着暮年的老母仓皇外奔，也不像林冲带着娘子被高衙内调戏，他上陪皇上，下班后陪妻儿，有锦衣纨服，华贵的让人眼花，看徐宁准备穿衣服，有点像女人的出门，多了脂粉气。如果不是梁山的贼人惦记，他的安稳日子还会长久些，徐宁错就错在他有雁翎甲。而且老天没有给他防范的脑筋，在时迁和表弟汤隆的联合作战下，在吴用的阴谋策划下，徐宁只有把安稳日子交出来，同是教头，林冲是逼上梁山的，让人悲愤，让人泣下，徐宁是被连哄带骗把他从软玉温香里弄出来，他是心不甘的，徐宁上梁山后，宋江派戴宗、汤隆又去东京将徐宁妻小接到梁山，一家人在梁山大寨团聚。

徐宁对妻子说："我们不能够回东京去了。"是啊，他们回不去了，徐宁对妻子有了歉疚，即使雁翎甲被盗，徐宁也没有责备妻子，徐宁，好一温情的汉子。

蛇的腰有多长？

——说白花蛇杨春

有一个著名的难题，是诗人米沃什提出的：蛇的腰有多长？欧阳江河在诗歌《咖啡馆》也借一个小男孩的口问这个没有解的问题。但欧阳江河回答蛇的腰是去掉头尾之后剩下的中间部分"起伏的蛇腰穿过两端，其长度可以任意延长，只要事物的短暂性还在起作用。"这样的答案有点使我愤怒。我一直想拥有一个水蛇腰一样的女人。但并不是只要掐头去尾血凛凛的中段，要有好的容貌、皮肤、思想、头颅、衣服和脚趾，还要调情叫床，但最重要的是腰，象水一样象绸缎一样，象水蛇一样在人间和床上流动的腰肢。毕竟是女人最知女人，毕竟女人最知男人的嘴馋在哪儿。李碧华的《青蛇》可说是男性性心理的女人的绝唱：吸取了佛珠灵气的蛇妖小青和白素贞，用五百年与千年的修行站立成人。妖媚的女子一步三摇，在西湖边用妖冶的风情勾引众生。蛇腰一直在摇摆，虽然偶尔也会露出尾巴，孔雀开屏也会露出屁股，但瑕不掩瑜，人欣赏的是翎毛，不是屁股，就如我们欣赏美女的丰姿，偶尔也想到她如厕的问题。看到电影中青、白二蛇初幻人形，行走在湖畔，张曼玉扮的小青轻扭蛇腰，一边扭一边说着"扭啊扭啊扭"，真是想浮一大白啊。黄沾老头的词也棒，名字是"柳腰细裙儿荡"，词只短短两句"裙儿荡，蛇腰摆。婀娜生姿赛神仙。"真是妙绝。

李碧华借鉴张爱玲的"也许每一个男子全都有过这样的两个女人，至少两个。娶了红玫瑰,久而久之,红的变了墙上的一抹蚊子血,白的还是'床前明月光';娶了白玫瑰,白的便是衣服上的一粒饭黏子,红的却是心口上的一颗朱砂痣。"李碧华说"每个男人,都希望他生命中有两个女人:白蛇和青蛇。同期的,相间的,点缀他荒芜的命运。——只是,当他得到白蛇,她渐渐成了朱门旁惨白的余灰;那青蛇,却是树顶青翠欲滴爽脆刮辣的嫩叶子。到他得了青蛇,她反是百子柜中闷绿的山草药;而白蛇,抬尽了头方见天际皑皑飘飞柔情万缕新雪花。"是啊,有多少象许老师那样的人啊,艳丽的爱情代表着灾难,就象饮了浓烈的毒酒,直到大醉或者殉身。许老师即使知道了妻子是蛇精,也依然不离不弃啊。而白蛇呢,这样的人也苦矣。如果失去是苦,你还要不要给予与付出?如果一开始就知道了这样的结局,你还愿不愿开始?甘愿为他盗仙草,甘愿为他水漫金山,情到深处,断无回头路。学做人,只把至情至性学了个十足,却学不来木讷、委顿,学不来投机和怯懦。民不畏死,奈何以死惧之?镇,无惧于死,又何惧于镇。即使身上压迫千重万重,也不寄希望于儿子考上学以后救自己。但看着许老师后退的身影,看着缓缓落下的钵盂,该是一种什么样的心情?心若止水?那是无法言喻的绝望和悲戚。镇,其实是鸩啊,相遇的那一刻起,便毫不犹疑地饮下了。

我们的民族真是一个特异的民族啊,为蛇唱了一曲嘹喨的赞歌。而伊甸园那长虫呢,是它让人获得了原罪,离弃了家园。把人们在上帝那儿喝啤酒吃花生豆的权利剥夺了。蛇是魔鬼家族的开山者确定无疑了,但我们的始祖,女娲和伏羲也是人头蛇首的怪物,他们的形象永远是下半身交尾的造型。从这里看我们民族的积淀,我们大家都彼此怀揣着小蛇呢。

而回到《水浒》里,白花蛇杨春的绰号,有的说是因惯使一口大刀,但见刀光白晃晃如蛇,就喊做白花蛇了。而一些半吊子画家,为水浒人物配画时,让杨春的臂上缠绕两条吐着信子的蛇,就有点落入言荃,死在字下了。水浒中说杨春"腰长臂瘦力堪夸,到处刀锋乱撒花。鼎立华山真好汉,江湖名播白花蛇。"

我想,在江湖闯荡的人,是义气风发配得上大丈夫名号的。丈夫在江湖的语义是应该从"量小非君子,无毒不丈夫"处理解。白花蛇是喻其毒啊。于是就隐隐觉得柳宗元的《捕蛇者说》中的"永州之野产异蛇,黑质而白章"说的是白花蛇了。问一个精通中医的老先生,果然即是此蛇。老翁是一个乡间纯儒,信奉不为良相,即为良医。悬壶济世,大德苍生。

白花蛇为剧毒蛇。人被咬伤,不出五步即死,故称五步蛇。因其全身黑质白花,故又名白花蛇,还因为吻鳞与鼻间鳞均向背方翘起,所以还名褰鼻蛇。头呈三角形,背黑褐色,头腹及喉部白色,散布有少数黑褐色斑点,称"念珠斑"。尾部侧扁,尾尖一枚鳞片尖长,称角质刺,俗称"佛指甲"。白花蛇若被逼捕得它无路可走时,它就调转"尾利钩",破腹自杀,"死而眼光不陷"。真是死得其所啊。

白花蛇毒,天道循环。但因为毒,却不能得以全生,保延生命。毒使它成了名贵的中药,也成了皇上指定进贡的珍品。毒是它的价值,毒也夺去了它的生命。在唐柳宗元在《捕蛇者说》中说道:"永州之野产异蛇,黑质而白章。触草木,尽死。以啮人,无御之者。然得而腊之以为饵,可以已大风、挛踠、瘘、疠,去死肌,杀三虫。"明李明珍在《本草纲目》中说:"白花蛇,湖、蜀皆有,今惟以蕲蛇擅名。然蕲地亦不多得。市肆所货,官司取者,皆自江南兴国州诸山中来。"真正的白花蛇,"龙头虎口,黑质白花,背有二十四个方胜文,腹旁有念珠斑,尾尖有一佛指甲,多在石南滕上食其花叶。人以此寻获,先撒沙一把,则蟠而不动。以叉取之,用绳悬起,剖之置水中,自反尾涤其腹。"打蛇不是寻七寸处,而是用沙子,这也够独异的。

杨春在《水浒》里无大作为,但这个绰号透露的文化信息确实丰沛。蛇无论古代现代,都有一种魅惑,一种灵气。人们爱它恋它怕它,但水浒错位的是把阴性的蛇用到臭男人的身上,令我等感觉不是十分契合。蛇是一种灵物,它的沉静细小,它的柔弱决定了它必须有毒素才能保护自己。在童年时候,读到鲁迅的《从百草园到三味书屋》,内心极喜的是关于美女蛇的那一节,我常常是夏夜躺在槐树下的农家院子中,期待美女蛇在墙头唤我的名字,那婉约的一声"耿立"的叫喊既有着甜蜜,也充满了无限恐惧。我知道美女是勾心的，而蛇是勾魂的。所以在夜间一遇到喊我名字，也象鲁迅扎在长妈妈腋下一样，寻找母亲的怀抱。

　　但是想到台静农先生的"人生实难，大道多歧"，童年的美女蛇也只是一种童话而已，是民族心理对女性惧怕的一种曲折表达。而稍微接触世事，对蛇的很多的象征也就平心静气的多了。世间很多煤矿的冒顶、瓦斯爆炸，是应该比毒蛇更让人心寒的事故。然让我惊异的是有些事故在发生前相当长的时间里，事故隐患的征兆早已凸现，工人们明知死亡正在逼近，却木然地向着死亡走去，这种相死而生的魄力，也可以说是另一种凛然，象砍头只当风吹帽的烈士面对着矿难。

　　贵州省六盘水市木冲沟煤矿那次夺去一百多人生命的大爆炸发生前几天，矿巷修工队已经测出井下瓦斯浓度严重超标，工人李曹康曾对他的妻子说："不想下井了，井下这几天好危险，瓦斯浓度太高，矿上一直没人管。"但他还是下井了，并且也把生命丢在了井下。

　　于是想起关于蛇的《捕蛇者说》和孔夫子《苛政猛于虎》的旧事。住在泰山侧的那位女士之所以在公公、丈夫都死于虎口，直至儿子又死于虎口之后还要住在那儿，是因为那儿没有苛政；永州那位"吾祖死于是，吾父死于是，今吾……几死者数矣"的捕蛇者，仍坚持与毒蛇打交道，也是因为"斯役之不幸，未若复吾赋不幸之甚矣"。他们之所以与虎为邻、与蛇共舞,是因为他们日子中有甚于猛虎、毒蛇的东西在,两害权衡取其轻,于是我们的工人就向着危险走去了。那是什么东西让工人惧怕呢,就象米沃什的追问"蛇的腰有多长",我不妨仿写一句"工人的腰有多长?"蛇的腰有多长,是没解的,我们也只能枉费心力。我们不妨说蛇没有腰,但我不敢保证说工人和底层的父老他们没有腰吧。我多想在童年免于蛇的恐惧扎在母亲的怀里,让父老也扎在一个硕大无朋的怀里,但到哪里寻找那样免于恐惧硕大无朋的乳房呢?

是谁塑造了知识分子的毛病？

——说白衣秀士王伦

"对白衣秀士王伦的评价不要太低"。古典启蒙老师满禄先生知我写水浒人物绰号，就传话。潜台词很分明，一个秀才能拿出身家性命，舍得一身剐的气魄是应该褒扬发奖状的；而王伦内心的小九九，性格的缺陷，看着自己的盘子，不让外人抢去的心理看官也应该抱着同情的理解。这另类的知识分子是不能无原则随意贬低的。

王伦原是一在考场失意落魄没有拿到文凭的书生。也许是看穿脏臭的历史，窃钩者铢，窃国者为诸侯，而大喊一声"宁为百夫长，胜做一书生。"象李白仰天大笑出门去，男儿本色重横行，就把儒家经典打包扔掉，带着杜迁、宋万等一干人上了梁山的马道，不再承认大宋的秩序和道统政统，而是自成一统。这些都不是冬烘的先生和酸腐的秀才所能担当的，由此也可看出他的血性和胆识与冒险的因子。只是后来不能与时俱进，世界潮流浩浩荡荡，顺之者昌，逆之者亡，革命意志衰退，送掉了小命，一代革命领袖被提前喊了下课。可叹也夫。但后来王伦就被人开始妖魔化，成了一个公共的痰盂，谁都可以啐上一口浓痰。

古代平民着白衣，故常以白丁称呼平民百姓，或以白衣、白身称之，《史记·儒林列传序》："而公孙弘以《春秋》，白衣为天子三公。"白衣秀士，是指王伦蹭蹬场屋，就象柳永在自解自嘲自怨自艾的鹤冲天中说自己是"才子词人，自是白衣卿相"，而白衣秀士我们不妨理解为农村的读书人或者高小毕业生。王伦还不象同是宋朝的柳永同志，虽然是布衣百姓，没有功名，说自己是白衣卿相，心系朱紫显达，感慨"青春都一晌""忍把浮名，换了浅酌低唱"，而是把毛笔宣纸换成夺命刀，呼啸山林。

中国有句俗语秀才造反，三年不成。我们的民族文化就有看不起秀才的因子。秀才常有的名号就是穷酸，于是就连带起仇视知识，把儒生坑掉，把书籍烧毁。我总觉得这是一种统治的阴谋，秀才是有脑子，是提意见的人，肩膀上扛着的是自己的脑袋，不盲从。其实不管刘邦、朱元璋这些无赖的亭长和和尚，事业成功的背后总站着知识分子，知识分子就象那些家伙的夜壶，应急的时候才想起。历史是怎样妖魔知识分子的？主要的子弹：一是秀才手无缚鸡之力，见人掂刀杀鸡，一见血就抽筋腿发软，贪生怕死，不敢拿脑袋做砝码。逢着反政府的起义举事，这一帮子人总是把后路设计好，跟在队伍的后面起哄吹口哨，没有勇气站在排头手拍象鸡肋的胸脯，于是革命的前排站着的是李逵这样有朴素阶级意识的人，知识分子就这样被塑造成不能成为排头站的人物；再是秀才小肚鸡肠，不像别的阶层大度能容，肚子里开潜水艇也无所谓，知识分子好失眠好清高，于是就失掉了吃吃喝喝偷鸡摸狗坑蒙拐骗那样的同盟军。其实知识分子是最早感受水温的鸭子，但那些夺得在朝廷上盖章权利的家伙就忘记了高喊"春天来了"的鸭子，知识分子就被放在遗忘的角落。

《水浒》把白衣秀士王伦涂抹得就是如此相象。当大家在忠义堂高声分金银的时候，再没人想起把王伦追认为烈士，吃了王伦挖的井水，也不再想起挖井人了。

其实历史上王伦起义的规模比宋江要有声势的多。蔡京之子蔡绦的《铁围山丛谈》(卷第一)一书，笔记中就有关于王伦的记载："当宝元、康定之时，……会山东有王伦者焱起，转斗千余里，至淮南，郡县既多预备，故即得以杀捕矣。"王伦是一个下层的士兵，领导百十人杀死沂州巡检使朱进，占据沂州起义。义兵南下攻打泗州，渡过淮水，转战楚州、真州、扬州、泰州、滁州，直抵和州。我们熟悉的欧阳修在给仁宗皇帝的上疏说：

"王伦所过楚、泰等州,连骑扬旗,如入无人之境。"各地巡检、县尉相继投降,衣甲器械均归义军。起义不断胜利发展,王伦着黄衣,立年号,置官职,声势大振。王伦后来被逮杀,而宋江却是招安的,历史上的王伦是穿黄衣的,起义在宋江之前。是施耐庵的生花妙笔把王伦扭曲成"心胸狭窄"的白衣秀士。施耐庵把黄衣改成了白衣,把一个士兵王伦改成一个知识分子王伦。张爱玲说历史是苍凉的手势,胡适先生则说历史是随人打扮的小姑娘。真实的历史被颠倒了,真也假也。真做假时真也假,假做真时假也真。

水浒中的王伦确实不象我的同乡黄巢,那也是一个秀才,是冲天的秀才,五步之内必有芳草,谁说秀才不敢迈出第一步,"莫谓书生空议论,头颅掷处血斑斑。"

其实王伦是一个对自己判断清晰,知道自己的金刚钻是不能揽晁盖吴用这些瓷器活,晁盖等人连皇帝的生辰纲都敢劫持,这样的人不可谓没有手段和计谋。他为自己打算,这样的人最好别招惹,离梁山不远的瓦岗寨,翟让把李密收留,还不是被李密收拾?殷鉴不远,于是即用"五锭大银"送给晁盖等人,小心说:"只恨敝山小寨,是一洼之水,如何安得许多真龙?聊备小薄礼,万望笑留,烦投大寨歇马,小可使人亲到麾下纳降。"这没有什么不对,我让你好吃好喝,末了还送盘缠,山寨是我的,树是我栽的,你想霸占,这是你不够意思。其实江湖的规则就是弱肉强食,羊和狼是无法讲理的,狼就是要吃羊。绿林的规则,表面上是仁义,底层是讲谁的拳头大,谁心黑手辣,谁就是大爷。在这一点上,王伦是太善良了。而手下的弟兄也是在关键时候,认拳头大的为爷。

王伦是有妇人之仁的。他在晁盖上山之初,让朱贵麻翻了晁盖,自己的脖子也就免掉了碗口大的疤痕,而皇帝老儿的生辰冈也进入了自己的口袋。他下山迎接晁盖就是引狼入室,但施耐庵没有给他与狼共舞的手段。对驴只有使用磨棍。记得谢孔宾先生这样说,对厚黑的人,你的心肠也变得厚黑,否则你就会身首异处。王伦收留了林冲,但林冲不甘于被统治,只是自己孤掌难鸣,忍气吞声,不能下手。从这点看,王伦不收留林冲是对的,从这点看王伦不收留晁盖也是对的。林冲拿住王伦,骂道:"你是一个村野穷儒，亏了杜迁得到这里！柴大官人这等资助你，赒给盘缠，与你相交，举荐我来，尚且许多推却！今日众豪杰特来相聚，又要发付他下山去！这梁山泊便是你的！你这嫉贤妒能的贼，不杀了，要你何用！你也无大量大才，也做不得山寨之主！"林冲义正词严地骂了一顿，去王伦心窝里只一刀，肮脏地搠倒在亭上。早知今日，何必当初，王伦这时后悔也来不及，如果没有林冲的入伙，王伦的小康生活也会有滋有味地过下去，但不会有后来公司的兴旺发达，但公司兴旺发达又怎样，被宋江把产权送给了政府，这样的结局也好不哪里去！

谁动了领导的奶酪？

——说插翅虎雷横

雷横

出身籍贯：

职业：打铁出身

基本经历：宋江杀阎婆惜后，他奉命追捕，和马兵都头朱仝一起放了宋江。后被梁山小喽罗拦住，结果宋江知道硬是要让雷横留在梁山！但雷横是一个大孝之人，坚持要回家照顾母亲并送母终年再上梁山！雷横一气之下，用枷板打死了白秀英，被打入死牢，后被朱仝放走，投了梁山。曾斩杀高唐州太守高廉。随宋江征讨方腊时在攻打德清县时被司行方砍死。

身高：身长七尺五寸

相貌：紫棠色面皮，有一部扇圈胡须。

星座：天退星

性格：正直孝顺

爱好：

社会关系：有一老娘

基本评价：

李卓吾曰：朱仝、雷横、柴进不顾王法，只顾人情，所以到底做了强盗。若张文远倒是执法的，还是个良民。或曰：知县相公也做人情，如何不做强盗？曰：你道知县相公不是强盗么？

在坊间有顺口溜说在工作中有"八大没眼色"，也又叫做"八大不懂事"，这是针对公务员阶层来说的：

领导敬酒你不喝，
领导小姐你先摸，
领导走路你坐车，
领导讲话你罗嗦，
领导私事你瞎说，
领导洗澡你先脱，
领导夹菜你转桌，
领导听牌你自摸。

作为小公务员在官场要战战兢兢，如深履薄。否则就如契诃夫笔下的《小公务员之死》写的那样，一个小公务员在剧院里看戏时打了个喷嚏，不慎将唾沫溅到了坐在前排的一位将军的秃头上。他惟恐将军会将此举视为自己的粗野冒犯而一而再再而三地道歉，弄得那位将军哭笑不得，最后真的大发雷霆；而执着地申诉自己毫无冒犯之心实属清白无过的小公务员，在遭遇将军的不耐烦与呵斥后一命呜呼。

说郓城刑警队的黄金组合的第二号人物，公务员出身的插翅虎雷横，其人铁匠出身，但多有瑕疵。作为朋友敢于两肋插刀，但这刀插的也不是多正。一是有自己的小九九，拿朋友的手软；再就是这刀插在政府的肋把上，他不痛。晁盖被通缉后，雷横为什么抢着要去后门私放晁盖？还不是因为他在捉刘唐时收了晁盖的十两银子。为了这十两银子，雷横宁可与刘唐打了五十多个回合，虽没头破血流，但一身臭汗是赚在了皮囊上。作为都头，搞好郓城地界的治安，缉捕盗贼强人，作和尚撞钟，是再也天经地义不过的了。但是正因为在大宋朝，谁也不把职业当回事。只要上面有蔡京、高俅，下面难免不出宋江朱仝雷横这样为晁盖的通风报信者。即使像宋江杀了阎婆惜这样的命案，雷横们也敢上下其手。至于平时这些都头收点钱，听戏娱乐的时候摆谱不拿票，就是再正常不过的了。

但雷横这次栽了，是枕边的风把他的腰和公务员的俸禄薪水一下子折断。插翅虎雷横从梁山回郓城以后，由李小二陪同到郓城县的剧院（勾栏）听首都东京的行院白秀英唱戏。进入勾栏，"便去青龙头上第一位坐了"。这天，白秀英唱的是《豫章城双渐赶苏卿》。这白秀英说了又唱，唱了又说，博得满座喝彩不绝。就在这节骨眼上，其父白玉乔停下板鼓要求女儿向听众收钱。雷横坐了头座，理所当然"先到雷横面前。雷横便去身边袋里摸时，不想并无一文"。这唱戏的白秀英主要是靠听众的赏钱生活的。雷横"坐当其位，可出个标首"，按说不但要给钱，而且要多出些银两。说自己忘带钱来，就有听白戏之嫌，这坐首座的不给钱，这后面的钱又怎么收？白秀英很没有面子。于是白秀英父女两个，你一言，我一语地奚落雷横，不干不净的粗话也夹在其中。

白秀英是从东京来郓城捞银子的，她背靠着县长这棵大树乘凉。一般的郓城的各界都会给足面子的，想象比宋还久远的唐代，我们的老祖宗捧歌星，绝不让于今日追星族：

"五陵年少争缠头，一曲红绡不知数。"

如果要知道白秀英是县长的二奶，想提拔的托门子办事的，谁不借这个机会狠命地用银子砸。白秀英唱完后讨大家的赏钱，坐在第一位的雷横忘了带钱——作为刑警队长的雷都头，在郓城地面上，我想都头是没有带碎银子习惯的。娱乐场合出现都头，对场子来说是一种面子和抬举。但白秀英依仗自己抱着了大腿，假如她说自己是县长的亲戚小姨子或者县长是自己的表哥，我想铁匠出身的雷横只要脑袋不长包，自会明白。但都市的歌唱家都是惯出来的，作为走穴的大腕脾气也大。她根本没有把小小的刑警队放在眼里，雷横的拳头更是激起了大腕的恼怒。

当别人解围说这是雷都头时，白秀英甩了一句"只怕是驴筋头。"驴筋头不是好话，把雷横比成了叫驴的生殖器官，这对在众人面前的雷横的伤害有多大可想而知。在郓城黑白两道跺一脚，地也要摇三摇的雷横怎能受得了如此的羞辱，该出手时就出手，挥手一拳是自然的了。

下面的场景应该是《水浒传》中好汉们表演"孝"的经典镜头：白秀英这妮子不是好惹的。在县令的身边一展哭闹和添油加醋的功夫，说些自己的身子只许大人动的，别的人怎能动的话，自然县令的醋意恨意顿生，于是县令就枷了雷横，而且枷在白秀英挂牌演出的勾栏前示众。这样示众丢人就丢人吧，白秀英还不依不饶，硬逼雷横的同事们将他摁在大街上捆做一团。正好雷横的母亲来看见了，心疼得不得了，就边解绳子边和白秀英对骂。雷老太年纪虽大骂人却有一套，就单捡些乡土的东西，专拣痛处骂：你这千人骑、万人压的"贱母狗"，白秀英敌不过乡土野骂，大怒，抢向前，只一掌，把那婆婆打个踉跄。"那婆婆却待挣扎，白秀英再赶入去，老大耳光子只顾打"。《水浒传》的好汉讲究的是孝义，看自己的母亲受辱被打，雷横"一时怒从心发，扯起枷来，望着白秀英脑盖上打将下去"。

金圣叹在点评此章节时，笔下动情，像一篇《陈情表》。每每读到此等文字，我就知道，那些好汉在江湖立身的根本所在了，下面是老金的文字，节录存档：

雷横母曰："老身年纪六旬之上，眼睁睁地只看着这个孩儿！"此一语，字字自说母之爱儿，却字字说出儿之事母。何也？夫人老至六十之际，大都百无一能，惟知仰食其子。子与之食，则得食；子不与之食，则不得食者也。子与之衣服钱物，则可以至人之前；子不与之衣服钱物，则不敢以至人之前者也。其眼睁睁地只看孩儿，正如初生小儿眼睁睁地只看母乳，岂曰求报，亦其势则然矣。乃天下之老人，吾每见其垂首向壁，不来眼睁睁地看其孩儿者，无他，眼睁睁看一日，而不应，是其心悲可知也。明日又眼睁睁看一日，而又不应，是其心疑可知也。又明日又眼睁睁看一日，而终又不应，是其心夫而后永自决绝，誓于此生不复来看，何者？为其无益也！今雷横独令其母眼睁睁地无日不看，然则其日日之承伺颜色、奉接意思为何如哉！《陈情表》曰："臣无祖母，无以至今日；祖母无臣，无以终余年。"雷横之母亦曰："若是这个孩儿有些好歹，老身性命也便休了！"悲哉！

仁孝之声，请之如闻夜猿矣！

　　作为一个目不识丁的老太太，最疼爱自己的儿子，只有做妈的才会嘘寒问暖，知痛知痒。但雷老大娘心疼儿子的同时居然也看出了郓城县的司法不公。当看到儿子在示众，老人家说"几曾见原告人自监着被告号令的道理。"是啊，犯罪有政府处置，但县令与白秀英穿一条裤子，盖一床被子，白秀英就是政府的委派机构，但执法权放给了原告，这玩笑开得实在也太大了。暮年的母亲为儿挨打，只要心存良善的儿女决不会无动于衷。我读《诗经·小雅·蓼莪》："哀哀父母，生我劬劳。"常是含泪的。作为人在夜深人静的时候，难免要反思自己的来路，虽然后人为孝加了太多的礼教束缚，但孝是人类及有灵性的动物的本能，"羊羔跪乳""乌雏反哺"。可恶的歌星打了雷大娘，这标准的孝子雷横怎能忍得下这鸟气，用枷打死了白秀英，送她到月亮之上，牧马放羊，把地狱的热辣情歌给县令就唱到了天亮也无妨。

插翅虎,犹如成语如虎添翼,好像老虎长上了翅膀,出处是在三国时诸葛亮《心书·兵机》:"将能执兵之权,操兵之势,而临群下,臂如猛虎加之羽翼,而翱翔四海。"

雷横,铁匠出身的他,白有个绰号插翅虎。他能飞到哪里?在权利的罗网下,有翅膀也白搭。因为他脑子不灵光,领导的奶酪动不得。如果他像李逵负荆,一下子拜倒在白秀英的水红裙子下,说不定级别还能升半格,与朱仝平起平坐呢。

说的比唱的好听

——铁叫子乐和

乐和

出身籍贯：茅州人氏

职业：小牢子；梁山

基本经历：乐和的姐姐嫁给了孙立为妻，乐和便借姐夫的脸面做了小牢子。解珍、解宝兄弟被毛太公陷害，打入登州城牢里，乐和联系孙立、孙新、顾大嫂等打破牢笼，救了解家兄弟，一同上了梁山，做了军中走报机密步军头领第一员，排梁山第七十七条好汉。宋江征讨方腊正要出征，乐和被王都尉指名要走，留守京都。

身高：

相貌：

星座：地乐星

性格：聪颖智慧

爱好：吹、唱，兴趣广泛。

社会关系：姐姐是孙立之妻，顾大嫂妯娌。

基本评价：文武全行，兴趣广泛、又聪明绝顶的风流人儿。

水浒里人物的绰号，我以为最好的是乐和的绰号：铁叫子。名字和绰号天衣无缝的结合，名字和绰号都和音乐贴近，姓乐名和，是和谐之音，不是错杂，不是五音不全，呕哑啁哳难为听。

现在说某个唱歌的在一般水平以上就是金嗓子，主持中偶尔还会有错别字的是金话筒，真是黄铜也可充金子，但细细比较，都少了铁字的质感和硬朗，铁叫子，不是镀金，也非镀铜，不是表面上的黄澄澄的假模假样。但在水浒传里，铁叫子乐和的表现却是水平偏凹，没打过虎，没硬抢过民女，他只是在解珍、解宝被毛太公诬陷打入死牢，当时的小牢子正是乐和，做了个通风报信的差使。

话说登州城外有一座山，山上有只老虎常下山伤人。登州府责令猎户解家两兄弟，务必在三日内杀死此大虫。

兄弟二人披着虎皮，拿着钢叉、弓箭，颇费周折，终于用药箭射死老虎。可老虎也是富有智慧的家伙，你射死我，也让你不安生，就一个骨碌打滚，滚进了山下贪婪的毛太公的庄子里。

兄弟二人进庄索讨讨死虎，毛太公为了邀功争赏，就把死老虎藏匿起来。于是，双方便起了争执。最后，被毛太公与儿子使计，解珍、解宝非但没有讨回自己的战利品那只死老虎，反而被毛太公与儿子给五花大绑去见官。毛太公使钱贿赂州知府，终使解家弟兄二人被打入大牢，而且还有被人暗中做掉的危险。

乐和是一个聪明伶俐的人：诸般乐品学着便会；作事道头知尾；说起枪棒武艺，如糖似蜜价爱。为见解珍、解宝是好汉，有心要救他们；只是单丝不线，孤掌难鸣，于是有乐和搭线就引出一连串人物来搭救解珍、解宝。

病迟尉孙立、小迟尉孙新是亲哥俩，皆因为孙家弟兄俩都使得一路好鞭枪，就和隋唐的英雄尉迟恭沾上了边，且孙立还是登州军官，是位带兵提辖。解珍、解宝的母亲正是孙立、孙新的姑姑。

这一路联络下去，又扯出了二个人，以打丈夫而扬名的恶霸女人母大虫顾大嫂，正是那倒霉蛋孙新的婆娘，并且还是解珍弟兄俩姑姑的女儿，解家与孙家可谓是亲上加亲了。而擅长吹拉弹唱的铁叫子乐和，则是孙立的妻弟。闻听解珍、解宝出事，这孙新又扯出两个英雄来，他们便是年纪

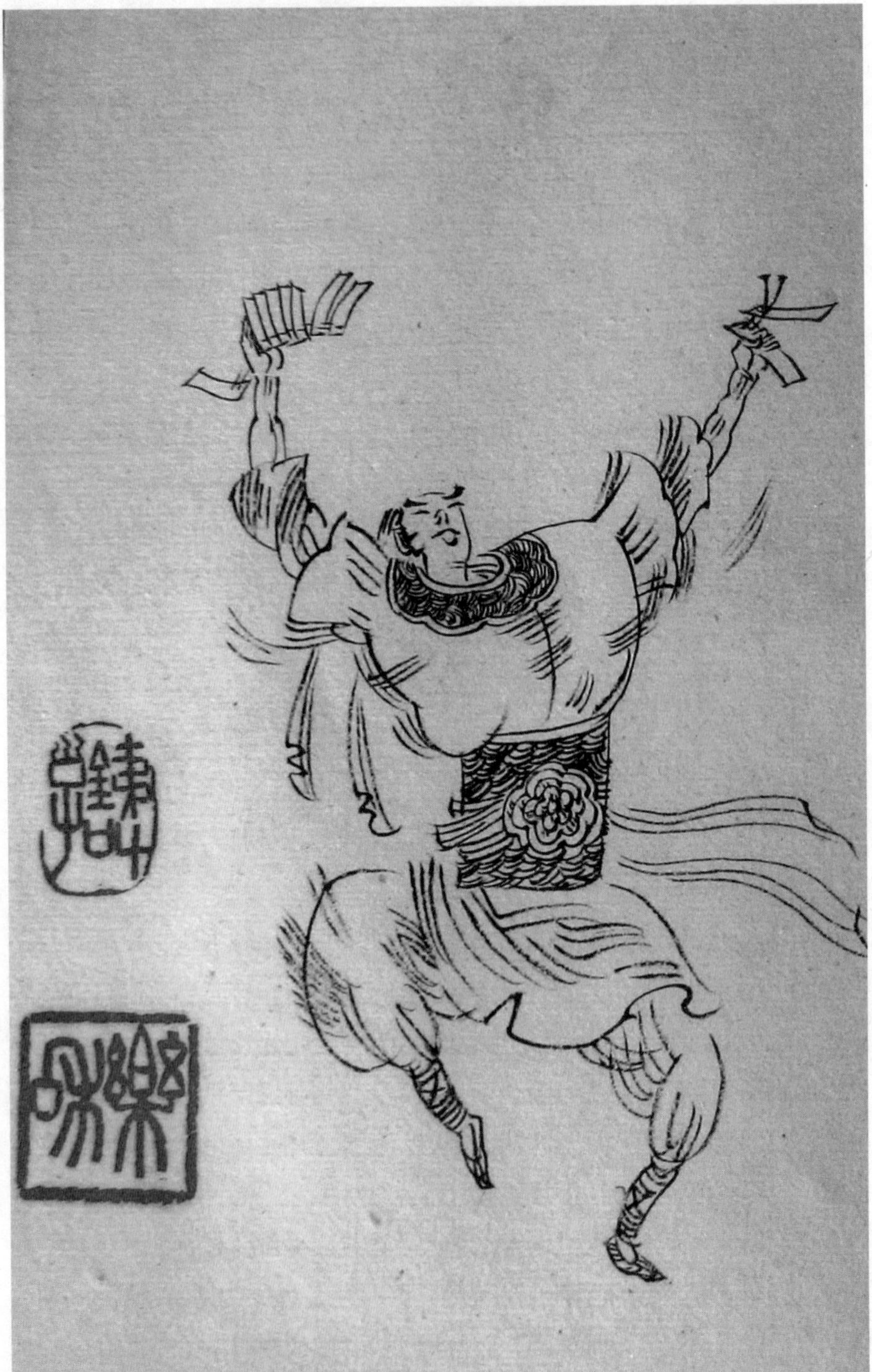

不相上下的叔侄二人，出林龙邹渊，和他的侄儿邹润。最后大家想到了唯一的好办法：劫狱救人，然后带着家眷、财物上梁山！

但在这里，并没有表现出乐和的出彩歌喉，只是让乐和自我推销："人见我唱得好，都叫我做铁叫子乐和。姐夫见我好武艺，教我学了几路枪法在身。"在搭救解珍、解宝的事件上，只是展示了乐和能说会道的一面，说的比唱的好，但现在有的歌唱家唱的不好就说，把唱歌弄成念歌，比如有人说让外国人过汉语四级就有个段子，说的是：等咱中国强大了，全让老外考中文四六级，文言文太简单，全用毛笔答题。这是便宜他们，惹急了，一人一把刀，一个龟壳，全叫他们刻甲骨文。到了考听力的时候，全用周杰伦的歌，《双节棍》听两遍，《菊花台》只能听一遍。

这也够大国沙文主义的，姑妄言之姑妄听之，但我对铁叫子感到亲近，特别是叫子。

在阅读萧红《牛车上》，看到："放羊的孩子口里响着用柳条做成的叫子"就想到自己的乡间童年的柳哨，叫子就是哨子，可以是柳条苇叶，可以是泥土捏制，可以是木头，可以是牛骨等，在贫乏的乡间，童年也少不了声响。

其实，我们祖先还有更绝的，沈括《梦溪笔谈》里记载了一种颡叫子，是我国最早的人工喉：民间用竹木牙骨一类做成叫子，放进喉中用气一吹，能发出人说话的声音，称作"颡叫子"。曾经有个哑巴受人欺辱，有冤无法倾诉。办案人员试用嗓叫子放在他口中，发音如同木偶戏一样，大体能够辨出十分一二，他的冤情得到了申述。（世人以竹木牙骨之类为叫子，置人喉中吹之，能作人言，谓之"颡叫子"。尝有病瘖者，为人所苦，含冤无以自言。听讼者试取叫子令嗓之，作声如傀儡子，粗能辨其一二，其冤获申。）

在《扬州画舫录》有：苏州人以五色粉糍状人形貌，谓之"捏像"。鬻者如市，手不停作，截竹五寸，上开七孔，为箫吹之，谓之"山叫子"。或以铜为之，置舌间可以唱小曲诸调。

回到乐和，在水浒里乐和唱歌处不多，一是三打祝家庄，乐和卧底，以歌为号：门里孙新便把原带来的旗号插起在门楼上，乐和便提着枪，直唱将出来。邹渊、邹润听得乐和唱，便嗯哨了几声，抢动大斧，早把监门的庄兵砍翻了数十个，便开了陷车，放出七只大虫来，各各寻了器械，一声喊起。

这里人们是没有闲暇欣赏乐和的歌喉的，再就是重阳节近。宋江便叫宋清安排大筵席，会众兄弟同赏菊花，唤做菊花之会。但下山的兄弟们，不论远近，都要招回寨来赴筵。至日，肉山酒海，先行给散马步水三军一应小头目人等，各令自去打团儿吃酒。且说忠义堂上遍插菊花，各依次坐，分头把盏。堂前两边筛锣击鼓，大吹大擂，语笑喧哗，觥筹交错，众头领开怀痛饮。马麟品箫，乐和唱曲，燕青弹筝，各取其乐。不觉日暮，宋江大醉，叫取纸笔来，一时乘著酒兴作《满江红》一词。写毕，令乐和单唱这首词，道是：

喜遇重阳，更佳酿今朝新熟。见碧水丹山，黄芦苦竹。头上尽教添白发，鬓边不可无黄菊。愿樽前长叙弟兄情，如金玉。统豺虎，御边幅。号令明，军威肃。中心愿，平虏保民安国。日月常悬忠烈胆，风尘障却奸邪目。望天王降诏，早招安，心方足。

乐和唱这个词，正唱到望天王降诏早招安，只见武松叫道：今日也要招安，明日也要招安，去冷了弟兄们的心！黑旋风便睁圆怪眼，大叫道：招安，招安，招甚鸟安！只一脚，把桌子踢起，颠做粉碎。

就是乐和的这一嗓子，差点使梁山看似铁板一块分裂开，这不是乐和的嗓子的功效，上梁山的人是各怀心态，各有打算，武松反招安，鲁智深反招安，李逵也反招安。其实这是各个山头的势力在较量，其实这是一首主旋律的歌，后来梁山还是招安了，弟兄死的死伤的伤，真是招甚鸟安。乐和所唱的曲子就不是和谐之音了。

在水浒里，乐和的歌唱才能表现的不如白胜，也不如张横，更不如燕青在李师师面前，这只是和鼓上蚤时迁、金毛犬段景柱并列的人物，在小时候，我的父亲长说：生意不如手艺，手艺不如口技，在一日阅读佚名氏所作的《蝶阶外史》，看到了惊心动魄的描写，真是目瞪口呆：

山东济宁一乞丐，能作雄鸡报晓声，鸦雀争噪声，牛鸣声，犬吠声，蟋蟀声，蚯蚓声，长空雁唳声，夜鼠啮衣声，饿猫捕鼠声，苍鹰搏兔声，马嘶声，车辚声，磨室箩面声，万户捣衣声……凡世间所有，均可盈耳。最绝，呼呼作风声，拔山撼树，骇浪惊涛，一时并举，复有千百帆樯，互相撞击，舟人撑篙把舵，竭力喊号，势纠纷而不可解。顷刻，突然一声如巨霆轰震，万籁俱寂……此人"像生"技艺之妙，使小学生沉迷不能自拨，以至"闻其人过，即逃塾听其伎"。

是啊，在军队里，音乐向来是鼓舞士气的工具，宋江没有好好利用乐和的特长，没有谱写一直进行曲来步调一致的在夺权路上狂奔，真是可惜了乐和的一副好嗓子，宣传的功效岂可小看哉？

这怕也是梁山走不远的原因吧，纪律和感化，硬的和软的，向来是革命的两手，礼乐并重，梁山的士气才能高昂，试想一下，如果宋江写个进行曲，让乐和领唱，梁山的众好汉攻城掠寨时候齐唱，小喽罗也一起，这边起，那边和，那是什么场面？

这是宋江的低能处，后人不可不三思之，说的比唱的好，终究不长久，该说的说，该唱的唱，舌头和歌喉是两码事，虽然都是口活，但感觉不一样，看官意下如何？

宋朝月光下的王四

——说赛伯当庄客王四

王四

出身籍贯：

职业： 庄客

基本经历： 王四在史进庄上倒是个八面玲珑的主，是个能办事的主，才有"赛伯当"的绰号。要不然，九纹龙也不会挑中他去山上去见朱武等人。可惜，途中喝酒误事，醉卧山林，丢失信件，被猎户李吉捡去报告官府。这也就罢了，喝酒误事在先，可恨的是当史进问及信件时却又信口雌黄推脱无书骗过史进。李吉领官兵来捉拿朱武等人，史进再问有无信件，此时的王四仍旧推脱忘事，终被带进后园，把来一刀杀了。

身高：

相貌：

星座：

性格： 办事利索，精于世故。

爱好：

社会关系：

基本评价： 平时八面玲珑，能说会道，出了问题却是极力隐瞒，欺上瞒下，推卸责任，如此行径，岂旁人能比！

旧时的月色，向来被看作温婉和朦胧，"今人不见古时月，今月曾经照古人。"《水浒》里写林教头风雪山神庙，写庙外的雪，只一句"那雪正下得紧"，被鲁迅所激赏。清人林梅溪在《武夷茶趣》中说《水浒》"善写风雪而不善写花月"，我一直存疑。待谈水浒绰号，重读水浒，却读出很多的月色来。宋代的月亮，不因萧条异代而减色，反而如窖藏的酒，打开瓶塞扑鼻氤氲。在水浒旧地，离我五十公里的郓城，前些年曾挖掘出数坛宋代的酒，黑坛的上面有"开坛十里香"的招贴。如把宋代的月光盛上一坛，也算雅事，但宋代的月亮已被施耐庵存在了竖排的纸上。就说史进和少华山的朱武结交，来来往往，中间的通信工作全有庄客王四一手操办，"史进庄有个庄客叫王四，口齿灵便，满庄人都叫他'赛伯当'"。

伯当的名字是瓦岗寨的英雄王伯当。在童年时，很多人聚集在乡村的喂牛的屋里，边烤火边听《说唐》。知道瓦岗寨的三十六条好汉中的老六是王伯当，老大魏征、老二秦琼、老三徐茂功、老四程咬金（说唐的人在这里总插话说徐茂功是我们的老乡，在我们牛屋不远50里的东明县，程咬金是离我们牛屋100里的梁山县的斑鸠店）、老五单雄信。在秦琼落魄卖马时，王伯当给了苦难兄弟以资助，而梅兰芳先生拿手的戏除去《贵妃醉酒》，再就是《虹霓关》，他出演东方氏，《虹霓关》又名伯当招亲：

隋末天下纷争，群雄扰攘。各路之中，瓦岗寨尤为劲寇，所向无敌。隋虹霓关守将辛文礼，臂力过人，勇不可当。瓦岗诸将屡战不能克，关为所阻，旋被王伯当以冷箭伤之。辛妻东方氏，虽绝世丽人，而蛮靴窄袖，枪马绝伦，誓欲为夫报仇，血刃王伯当，以泄此恨。始与瓦岗诸将遇战，不数合瓦岗将皆败北而退，继而见王伯当至，其部下偏裨牙卒，无不咬牙切齿，格外奋勇，以助夫人威。咸以为夫人此际，一见仇人之面，定必如评话家所说"怒从心上起，恶向胆边生"矣。不意方一照面，夫人甫启齿问罪，即一阵眼花缭乱，手震颜泚頯，娇躯险些从马上坠下，继而复四目向观：我这里觑个出神，他那里也瞧个饱，按兵不动，弄得两下里的兵丁都惊诧不定，并且惊诧了一阵，也都个个看呆。直至数分钟之后，被一阵摇鼓声惊醒，方再交战。王伯当虽勇，卒被擒获，继而押解王伯当入关。

两廊众将士，均欢声雷动，庆得仇人而甘心，频频催夫人下令行刑，以祭主帅。惟夫人则恋恋不忍杀，反屡以软语挑王伯当。耐王伯当性甚刚勇，坚不许。夫人不得已，复遣侍儿往说，王伯当以三事向要，夫人无不一一允从，乃为之撮合，二人遂为夫妇焉。而王伯当于是乎降东方矣，而东方于是乎以虹霓关降瓦岗寨矣。呜呼是为夫妻之爱情。但还有一个唱本，在洞房夜，王责备东方氏夫仇不报而变心，反而把她杀害了。

这样的结局悲凉是悲凉，但王伯当的人格就要使人怀疑了，但真实的王伯当是个讲然诺，重义气的人。

当李密叛唐时，王伯当劝阻。"伯当止之，不从，乃曰：'士立义，不以存亡易虑。公顾伯当厚，愿毕命以报。今可同往，死生以之，然无益也'。"于是骁勇数十人"衣妇人服，戴幕䍦，藏刀裙下"随李密出了长安。但李密阵败，伤身坠马倒于涧下，将士皆散，唯王伯当一人在侧，唐将呼之，汝可受降，免你之死。伯当曰："忠臣不侍二主，吾宁死不受降"。恐矢射所伤其主，伏身于李密之上，后被唐兵乱射，君臣叠尸，死于涧中。

王伯当在历史上是以箭法知名的，秦琼的箭法技术就是王伯当所授。当众位响马大反山东时，王伯当出马了，一箭一个，把知府孟洪公及众将官一一射死。秦叔宝被第九条好汉魏文通追赶，陷马河中，命在旦夕。那文通追到河边，把刀往后砍来，不料对岸有一个人把箭射来，正中文通左手。那人又叫道："我要射你右手。"又是一箭射来，果中右手，说道："你还不走，我要射你心口。"文通大惊，忙回马走了。然而王伯当虽生前因箭闻名，却也被唐兵的乱箭射杀，时也？命也？

而一个庄客王四却以伯当为号，真是令人好奇。伯当不以口才名世，但以伶牙利齿的王四取名"赛伯当"真是令人丈二和尚摸不着脑门。再说荏苒光阴，时遇八月中秋到来。史进要和朱武、陈达、杨春三人交流感情，约至十五夜来庄上赏月饮酒。先使庄客王四赍一封请书，直去少华山上请朱武、陈达、杨春来庄上赴席。王四驰书迳到山寨里，见了三位头领，下了来书。朱武看了，大喜。三个应允，随即写封回书，赏了王四五两银子，吃了十来碗酒。谁知王四下山又被平素相熟的小喽罗拉到路边店连吃了十数碗。后来王四醉酒，银钱和书信被猎户摽兔李吉取走往华阴县告密。

王四下山醉倒在一处树林。"一觉直睡到二更，方醒觉来，看见月光微微照在身上。吃了一惊，跳将起来。却见四边都是松树。"月出惊山鸟，而月光衬出了王四文书被窃的恐惧。金圣叹对此处批道"尝读坡公《赤壁赋》'人影在地，仰见明月'二语，叹其妙绝，盖先见影，后见月，便宛然晚步光景也。此忽然脱化此法，写作王四醒来，先见月光，后见松树，便宛然五更酒醒光景，真乃善于用古矣。"中国的月亮是神奇的，明人张大复在《梅花草堂笔谈》里说"天上月色能移世界。果然！故夫山石泉涧，梵刹园亭，屋庐竹树，种种常见之物，月照之则深，蒙之则净；金碧之彩，披之则醇；惨悴之容，承之则奇；浅深浓淡之色，按之望之，则屡易而不可了。以至河山大地，邈若皇古，犬吠松涛，远于岩谷，草生木长，闲如坐卧，人在月下，亦尝忘我之为我也。今夜严叔向，置酒破山僧舍，起步庭中，幽华可爱，旦视之，瓦石布地而已。"月亮真是奇妙，转瞬之间，为我们移易了世界。王四本来看惯的月亮，却使他心跳。月亮是一种自然，也是一种心理，月亮的温馨绰约，有时被刀光剑影变幻成另一种感受。

武松杀张都监一家，写武松杀张都监的夫人时，是朗月明亮，一把抓住夫人的头，"武松按住，将去割时，刀切头不入。武松心疑，就月光下看那刀时，已自都砍缺了。"读到此处，真感到月亮的可怖。武松收拾完毕，当他松一口气，吃一块西瓜或者吸一袋烟时，我们看到了在鲜血洗礼后的武松是那么得从容，好象面对机场献花的儿童，淡定，和蔼。那一幅剪影，确实是不世出的巧夺天工。武松可能是双手叉腰吧。"立在濠埕边。月明之下看水时，只有一二尺深"，他不知是否想到月光下近千年后的朱自清听到月光下蝉鸣的感慨，人血不是蝉鸣，蝉鸣更入心，人血更入眼！

跳涧的过去时

——说跳涧虎陈达

中国人不把人当人看的习俗早就有。其一就是把人禽兽化，把勾人心魂的女人唤作"狐狸精"、"美女蛇"，那种风情奸诈，敲骨吸髓。很媚的眼睛呢，有着蛊惑的则是凤眼，眼睛光线交叉的则贬作"斗鸡眼"。体现男女平等一样禽兽化的动物非虎莫属，女人可叫雌老虎，男人可称虎头虎脑。水浒传里禽兽化的猫科动物虎的名号最多：插翅虎雷横、锦毛虎燕顺、矮脚虎王英、跳涧虎陈达、花项虎龚旺、中箭虎丁得孙、病大虫薛永、青眼虎李云、母大虫顾大嫂、笑面虎朱富。

虎在中国文化的印记很深，常是与龙并举。《周易·乾卦》有："云从龙，风从虎"的说法：龙飞于天，虎行于地，各有势力范围，人们怕虎又喜欢虎，对它恐惧又崇拜。从殷商、西周、春秋、战国，到秦朝、汉朝的石雕、石刻和画像石，以及青铜器、铁器、金银器、玉器、瓷器中，以虎为原型的艺术品的纹饰、造型非常丰富。青铜器中，商代的龙虎尊的主题纹是"虎口衔人"；司母戊大鼎的鼎耳的外廓饰着一对虎纹，虎口相向，口中含着人头；妇好墓出土的铜钺上也有"虎钉衔人"纹；特别"虎食人卣"的商代器物，卣的三个支点是虎的两条后腿和尾巴，虎的前爪抱持一人，张口欲啖人首，形象生动，撼人心魄。而我国的古代门神是虎的造型。《山海经》中有：在沧海之中有一座大山，名叫"度朔"。山上有一株魁伟的桃树，其枝叶盘曲舒张，覆盖三千余里。可是在它的东北面却有一处间隙，这就是供众鬼出入的"鬼门"。山上还住着两位神仙，一个名叫神荼，一个名叫郁垒，是专门负责监管众鬼的。凡是遇到为非作歹的恶鬼，二神就用绳子把它捆上，然后投给老虎吃掉。所以在最正宗的门神画上，除有神荼、郁垒二神外，都还绘有老虎。而现在与时俱进的门神则是虎的脖子里挂满项链和人民币，或者是一裸体的美女骑在虎的身上。

回说《水浒传》的跳涧虎陈达，有专家考证跳涧虎的绰号来自南宋的韩世忠。跳涧是一种技能，是一种状态或者结果。在韩世忠，跳涧是一种训练战法。《续资治通鉴》卷第一百二十九有："世忠少时，慓悍绝人，不用鞭䇓，能骑生马驹。其制兵器，凡今跳涧以习骑，洞贯以习射，狻猊之鍪，连锁之甲，斧之有掠陈，弓之有克敌，皆世忠遗法。尝中毒矢洞骨，则以强弩拔之，十指仅全，四不能动，身被金疮如刻画。"一幅古代名将的风范，象关羽刮骨疗毒，世忠对扎进骨髓的箭矢，手拔不去，动用强弩，血肉淋漓，不可不仰视。《水浒传》写武松单臂生擒方腊，但事实呢：方腊之乱，祸延六州五十二县，戕害百姓二百多万，他败亡后所掠妇人自他的巢穴中逃出，全身赤裸，自缢于林中的，相望百多里。朝廷以童贯、谭稹统率大军镇压，方腊最后被一位小校所捉，这个小校就是韩世忠。

韩世忠是与岳飞并世而立的名将，一样是出身寒微，一样是有抗金的不世之功。秦桧当权，权倾朝野，群臣莫不仰其鼻息，而韩世忠却傲骨锋棱，一揖之外，从不与之交谈。"性憨直，事关庙社，必流涕极言"。岳飞蒙冤，满朝文武一个个钳口结舌，噤若寒蝉，韩世忠挺身诘问秦桧：有何证据证明岳飞谋反？秦桧以"莫须有"答之，世忠愤愤不平地说："'莫须有'三字何以服天下？"韩世忠也被解除了兵柄，"自此杜门谢客，绝口不言兵，时跨驴携酒，从一二奚童，纵游西湖以自乐。"当韩世忠骑着蹇驴，踯躅于烟雨空濛的西子湖畔时，旁边虽有梁红玉夫人，但这头驴注定是跳涧而死，因为驴不象马跨涧而过。马是一条龙，壮士骑马，逸士骑驴，驴只有瘦的诗人相挽才匹配。在驴的脊梁上寻诗，头顶月下梅花，是风流；"细雨骑驴入剑门"的陆游，在蓑衣下，驴的蹄声滴笃，不会有骑马跳涧的壮怀激烈。韩世忠在驴背上不会有陆游的诗意，只能仰天长啸，徒呼负负了。

　　本人有恐高症，但童年一人趴在井台，看到水中的小人，也是战战兢兢，汗不敢出，想跳井而死的死法真是天下第一壮烈。那样的想法是晚上看了童年乡下匮乏的革命精神食粮《智取威虎山》，对女扮男装的小常宝唱段里"跳涧而死"的羡慕。我家平原，从没见过山涧，就想敌人来了，就去跳井，绝不给革命丢人，于是就趴在井台观望。童年刻下的记忆是深刻的，无论是苦痛和欢乐，记得常宝在手势的夸大下，圆睁愤怒的双眼，控诉"叔叔！我说，我说！八年前风雪夜大祸从天降！座山雕杀我祖母掳走爹娘。夹皮沟大山叔将我收养，爹逃回我娘却跳涧身亡。娘啊！……"跳涧这个词第一次在一个平原孩子的心里镂下了根，当时想也应该把地球上的一切反革命和自己因为一个苹果不让吃的伙伴，把他们吊在那山涧里用火烤，

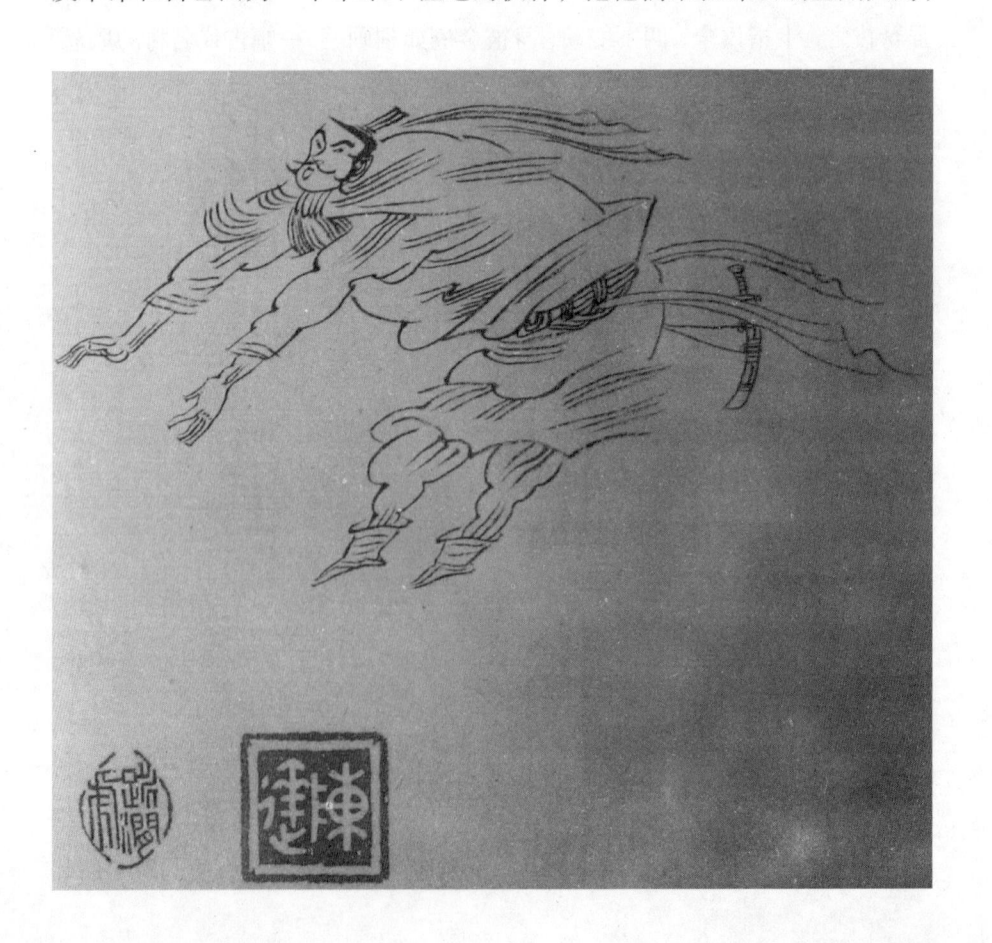

或者鼓励他们跳涧。而真正使我对跳涧心生震撼的还是羚羊的本事。当后有追敌，羚羊陷于绝境面对脚下和对面的峭岩绝壁，那宽度恰恰超出最有能量的公羚羊，老弱病残和幼小的羚羊更是绝望。在咩咩的哀叫中，后面的狼群越逼越近。这时有头羊把羚羊分成两队，老弱的和年轻的。于是一对一的接力的场面出现了。都是飞奔向着深涧冲去，如果同时跌下，势必都粉身碎骨，然而奇迹就在这儿出现。前一羚羊在跳跃的弧度最高点的时候，后一个羚羊恰恰踏在它的脊背，下面是惨叫声声，但生命的传递却在对岸得到了完成，是对战胜狼群的欢呼。一对一对，一个羚羊跌下去，另一只羚羊借着它的背到了对面的峭壁。一群羚羊有一半牺牲了，老的弱的死去了，留下的是年轻的，还在延续，而狼群呢，在面对深涧的时候退缩了，它们目睹了生命史上令狼震撼的一幕跳涧。

　　有跳涧而生的，有跳涧而死的，有跳涧死生参半的。陈达呢，这只跳涧的过去时的虎。如今还有山，山多半光秃。虎呢，虎已成了民族的记忆，到哪里寻找现在时态的跳涧的虎？你说？

跳蚤，哈哈哈

——说鼓上蚤时迁

时迁

出身籍贯：高唐州

职业：偷盗

基本经历：自幼流落江湖到蓟州，白天黑日做些飞檐走壁、跳篱骗马的勾当，练就了一身好轻功。曾被侩子手杨雄搭救，后来杨雄手刃妻子潘巧云被时迁撞倒，时迁要求杨雄和石秀带他一起去梁山入伙。在途中他们夜宿祝家庄，时迁因嫌饭菜不好偷鸡被捉。这才引出一段梁山好汉三打祝家庄。征讨方腊后，时迁在胜利归途中因一场类似于阑尾炎的疾病而丧生病死。

身高：缺

相貌：眉浓眼放光，瘦小枯干，几根山羊胡子七根朝上八根朝下。

星座：地贼星

性格：滑而灵动，时见无赖。

爱好：贼性，偷。

社会关系：无，人脉资源很少。

基本评价：庄子语录：窃钩者诛，窃国者为诸侯。那些前半生做过偷鸡摸狗手脚的小偷小摸，不管后半生如何有光彩，也总是洗不了污点，而那些窃国大盗，不管离散了多少妻子儿女，强奸了多少民女，掠夺了多少钱财，还会成为被膜拜的英雄。时迁，命运休伦公道，你就是贼，谁让你心不狠呢？即使跻身于黑社会也是一个小毛贼，比动辄杀人的李逵哥哥差远了。

歌德诗剧《浮士德》第一部第五场魔鬼麦非斯托在一个小酒店里，和一群快活的朋友们饮酒时唱过一首《跳蚤之歌》。后来贝多芬、里拉、柏辽兹都为《跳蚤之歌》谱过曲。而最有名的是俄罗斯天才的作曲穆索尔斯基做的谣曲风格的《跳蚤之歌》，风趣幽默，叙述了跳蚤穿起了锦衣绣袍，佩戴着金星勋章，当上了大臣，后来被掐死：

在古时候有个国王，他养了个大跳蚤。跳蚤？跳蚤！国王待它很周到，比亲人还要好。跳蚤！哈哈哈哈哈，跳蚤！哈哈哈哈哈，跳蚤！他吩咐皇家裁缝："你听我说，脓包！给这位高贵的朋友，做一件大官袍！"跳蚤的官袍！哈哈哈哈哈，跳蚤？哈哈哈哈哈，官袍？哈哈哈哈，哈哈哈哈哈哈，跳蚤的官袍！跳蚤穿上新官袍，它浑身金晃晃；宫廷内外上下钻，它神气又得意洋洋。哈哈！哈哈哈哈哈，跳蚤！哈哈哈哈，哈哈哈哈哈，跳蚤！国王封它当宰相，又给它挂勋章。跳蚤的亲友都赶到，一个个沾了光。哈哈！那皇后、妃嫔、宫娥，还有文武官僚，被咬得浑身痛痒，人人都受不了。哈哈！但没有人敢碰它，更不敢将它打。只要它敢咬我们，就一下子捏死它！哈哈哈哈哈哈哈，哈哈哈哈哈哈哈哈。

每当听这首谣曲，我就想到水浒里的鼓上蚤时迁。时迁在我们的生活和戏剧里像个小丑，梁山好汉排座次，108名好汉爷，时迁排倒数第二，与在黄泥岗卖酒麻翻杨志的赌徒，最后被官府抓去，一打就背叛组织的白日鼠白胜和盗马贼金毛犬段景柱位列后三甲。但时迁的名声在梁山好汉里，不输林冲、李逵、武松，你看京戏《偷鸡》《盗甲》《探路》。有时梁上君子在庙里供奉的就是时迁，初一十五烧香叩头，因为身有薄技，千百年来受到大家的纪念，我看这在水浒里，受到这样待遇的不多。

但时迁在水浒里的位置一直尴尬。其实论贡献，时迁在梁山好汉里，

决不亚于李逵。关键是梁山排座次，一看和主要领导的关系，看山头，再就是看出身。

梁山有很多的山头，除梁山作为革命的策源地外，还有少华山（华州华阴县）：九纹龙史进，神机军师朱武，跳涧虎陈达，白花蛇杨春；二龙山（青州）：花和尚鲁智深，青面兽杨志，行者武松，金眼彪施恩，操刀鬼曹正，菜园子张青，母夜叉孙二娘；清风山（青州）：锦毛虎燕顺，矮脚虎王英，白面郎君郑天寿等大小山头十余个。时迁是姥姥不疼，舅舅不爱，他刚到梁山差点被晁盖撵走。时迁怂恿杨雄、石秀带他投奔晁盖的。途中旧性难改，偷吃了别人的报晓鸡，被祝家庄逮住。杨雄、石秀上山报信，惹得晁盖因"把梁山泊好汉的名目去偷鸡吃"，"连累我等受辱"，要砍杨雄、石秀的头。经过宋江劝阻，才算了结。

但小偷并非一无用场，只要使用得当，一根小棍照样能撬动地球。

在三十六回高俅领呼延灼等兴兵攻打梁山泊，为解梁山被围之危，金钱豹汤隆献金枪法计破呼延灼的连环马阵，但需要会金枪法的远在北京的徐宁的帮助，而为请徐宁上山只能去盗他的祖传宝甲，叫作赛唐猊。环顾山寨所有头目，只有时迁一人可以。时迁的表现可圈可点，当时迁去北京盗徐宁的雁翎砌就圈金甲时，他先潜伏在屋梁上，当他得知徐宁第二天五更时分要去侍侯皇帝时，他便自家寻思道："我若趁半夜下手便好。倘若闹将起来，明日出不得城，却不误了大事？且捱到五更里下手不迟。"这是时迁的谨慎；时迁为靠近挂皮匣的屋梁，他悄悄溜下梁来吹灭灯火并趁人不注意爬上挂皮匣的横梁，这是他的机灵；当他不小心弄出了声响引得徐宁家丫鬟发觉时，时迁没有慌张，而是学老鼠厮打的声音，这是他的从容；时迁努力地完成任务。不错，时迁这是偷，但已赋予了不同以往的含义，目的是把引徐宁上山的甲弄到手。没有徐宁上山，焉能破呼延灼的连环马？论功行赏，粉碎敌人对根据地的第一次围剿，时迁立了别人不可代替的汗马功劳。孟尝君靠鸡鸣狗盗之徒逃命，宋江靠鸡鸣狗盗之徒打胜仗；若盗不得雁翎砌就圈金甲、请不到徐宁，那么山寨的历史可能要改写，鸡鸣狗盗岂可小觑？

从一更到五更，时迁一步一步从院外到院内，又从院内到室内，再到房梁上，用了整整一个晚上，才把唐赛猊偷到手。时迁不仅胆子大，时机掌握得更是恰到好处。

我想革命不管前后，也不要问出身，只要逮住老鼠，就是革命的好猫。时迁出身是不好，他只是个"偷儿"，"祖贯是高唐州人氏，流落在此；只一地里做些飞檐走壁、跳篱骗马的勾当，曾在蓟州府里吃些官司，却是杨雄救了他，人都叫做鼓上蚤。"他一出场便被安排到翠屏山"掘些古坟，觅两分东西"即盗墓。

水浒里有诗赞扬时迁"骨软身躯健，眉浓眼目鲜。形容如怪疾，行走似飞仙。夜静穿墙过，更深绕屋悬。偷营高手客，鼓上蚤时迁。""形容如怪疾"是对鼓上蚤"跳疾"本领的肯定；"骨软身躯健"是他"偷营高手客"的主要特征了。正是由于时迁能"穿墙过"、"绕屋悬"，才使他能成为一名"军中走报机密步军头领"而屡屡深入"敌后"作开路先锋或是接应人及刺探军情。同时由于他是个小偷，偷盗的劣性一直深埋在他的骨子里，使得他又禁不住到处手痒，从而引出"三大祝家庄"等一系列故事来。纵观水浒像时迁这样的人是少之又少，除地狗星段景住外，其他人物即使是处于最低层都"有点手段过活"或着寄托在他人门下做门客；时迁却只能以偷盗为生，到处流浪，以他小偷的身份即使他想去做门客也是不可能的。

时迁作为小偷，身上的无赖气和流氓气如果不是遇到革命队伍改造，那是十分危险的。第四十六回中，当店小二发现报晓的鸡被杀后，去质问时迁他们时，只见时迁道："见鬼了。耶耶，我自路上买得这只鸡来吃，何曾见你的鸡！"又说到："敢被野猫拖了，黄狸子吃了，鹞鹰扑了去，我却怎地得知！"时迁不仅耍赖，更是咄咄逼人，似做坏事的人本是店小二，反而理直气壮的，一副地痞流氓的表现！店小二和他理辩时，他便掴了店小二一巴掌，他相信的还是江湖的规则，拳头是大爷。

其实时迁偷鸡，是他的贼性或者说只管结果，何问手段，礼数道德岂为大爷所设哉？时迁、杨雄、石秀三人到独龙山祝家店借宿时，时迁跑去偷祝家店报晓的鸡。因为当时时迁、石秀及杨雄三人没东西"下酒"，时迁跑到店后去偷鸡，回来对两人说到："兄弟却才去后面净手，见这只鸡在笼里，寻思没甚与两位哥哥吃酒，被我悄悄把去溪边杀了。……把来与二位哥哥吃。"其实他一进店时，店小二便已明确说明这里是独龙山："客人，你是江湖走的人，如何不知我这里的名字？……唤做独龙山。"且店中又有许多编号的军器。时迁作为老江湖还这样不小心谨慎反而鲁莽下手偷窃，他只是太相信自己的本领，自视甚高，导致翻船。

时迁的绰号：鼓上蚤，据清代程穆衡考证："'鼓上蚤'，原本作'鼓上皁'，皁古通蚤爪，木笋入牙处。《考工记》：轮人，眡起绠，欲其蚤之正也，察其菑，蚤不齵，则轮虽敝不匡。此云鼓上皁，谓鼓上鞔皮处铜钉，取其小而易入也。今俗本竟改作蚤，喻其跳疾，不知蚤遇动，即不能跳，何取于在鼓上也。"

冯小刚执导的电影《天下无贼》，葛优扮演的神偷老大说：21世纪是争夺人才的世纪。而时迁，是《水浒》里的小人物，确实是个难得的人才。对人才，身上的毛病就如苹果上的虫眼，但有虫眼的苹果毕竟是苹果。

上海滩黑帮大亨杜月笙曾将黑帮比作夜壶，内急时需要用它，用完之后又会觉得它脏。我看时迁也是是梁山的夜壶，当梁山需要盗甲、放火的时候，那是内急，是兄弟；到了革命成功，变成了执政组织时候，就想着把不光彩的地方遮蔽，那他也只能排在最后、甚至凑数了。你从没见过把夜壶摆在八仙桌待客的吧。

但时迁是快乐的，因为他对人们有用。

跳蚤？哈哈哈哈哈，夜壶？哈哈哈哈！

瓦上霜与床上事

——说拼命三郎石秀

石秀

出身籍贯：金陵建康府（现南京市）

职业：农民工

基本经历：石秀父母早故，随叔父贩羊马度日，叔父亡故后，他流落蓟州，打柴为生。仗义为杨雄解围结为兄弟；两人大闹翠屏山，杀了和尚裴如海，上梁山聚义。在三打祝家庄时，石秀深入虎穴，探明路径；在攻取大名府的战斗中，石秀只身到法场劫救卢俊义，虽身陷虎口，但威武不屈，表现了一副硬石子的模样。

身高：身高九尺

相貌：面似银盆，两道清眉，一双秀目，正准头，四方口，颔下没有胡须，大大两耳。

星座：天慧星

性格：多血质，外倾型。

爱好：捉奸

社会关系：结义弟兄杨雄，无父无母无叔父。

基本评价：我本姓石，与石秀是本家，但对石秀杀人的做派，比较倾向老金的说法，巧云偷人，干卿底事？

"若巧云,淫诚有之,未必至于杀杨雄也。坐巧云以他日必杀伤雄之罪,此自石秀之言,而未必遂服巧云之心也。且武松之于金莲也,武大已死,则武松不得不问,此实武松万不得已而出于此。若武大固在,武松不得而杀金莲者,法也。今石秀之于巧云,既去则亦已矣,以姓石之人,而杀姓杨之人之妻,此何法也?"

石秀杀潘巧云有点证明自己的报复心理,岂不太过也摸个?这是对个体生命的虐杀,是违背人性的,痛哉。

水浒中偷情被杀的女性潘巧云,应该说是最无辜挨的一刀。他没有杀人,如潘金莲对待武大郎;如卢俊义的老婆贾氏把老公的帽子染绿再出卖老公;如阎婆惜要挟宋江;相比起来,潘巧云是罪不当诛,情有可原。但不幸的是她遇到了拼命三郎。周作人说:武松与石秀都是可怕的人,武松的可怕是辣煞,而石秀则是凶险,可怕以至可憎了。我一直认为,石秀是小一号的武松,在扬州评话里有武十回,石秀也有石十回,石秀有很深厚的民间基础,在对待情色上面,两人如出一辙,武松面对潘金莲的挑逗,反应是:"武二是个顶天立地噙齿戴发的男子汉,不是那等败坏风俗没人伦的猪狗。嫂嫂休要这般不得廉耻。"在潘巧云美色面前,石秀是"顶天立地的好汉,如何肯做这等之事。"不近女色,不一定没有这方面的欲望。于是这样的好汉一种心理扭曲,我不办的事情,你们出格,我也就要管。如果梁山集团革命成功之后,会和太平天国的禁欲差不多,对情色的绝缘,内心里的力就在别的渠道宣泄,破坏力更大。

黄裳上世纪四十年代的《〈水浒〉戏文与女人》指出:"……梁山泊上的英雄大部分都是有些变态的人物,他们对女人都少有好感,简直是讨厌透了,于是动不动就杀掉算数……《大翠屏山》中石秀之于潘巧云,《挑帘裁衣》中武松之于潘金莲,似乎都带了天生的厌恶,我直觉地感到并非因为他们的道德观如何浓厚,厌弃'嫂嫂'的引诱,才杀却这不要脸的娘们儿的,那简直是没有兴趣,而且是带了浓厚的反感,什么东西一沾到女人,即使他们感到非常的污秽,所以潘金莲或潘巧云一去拍一下武松和石秀的肩头,他们即怒目回头,将袖子向下一甩,简直是想将'传染'了来的那些'污秽'一下甩干净……"。

是的,潘巧云如果不遇到石秀,那命运就会是另一种模样。潘金莲遇见了武松,潘巧云遇到了石秀,这就是施耐庵为女人设计的命运轨迹。小叔子爱管嫂子的私生活,绿帽子戴在哥哥的头上,比戴在自己的头上更难受,不管是亲哥还是义哥。石秀本是金陵建康府人氏,"因随叔父来外乡贩羊马卖,不想叔父半途亡故,消折了本钱,还乡不得,流落在此蓟州卖柴度日。"

一次挑着一担柴进城来卖的石秀见一群无赖围殴病关索杨雄,便奋勇来助杨雄,将众无赖打得东倒西歪,赢得了路经此地旁观了这一幕的戴宗、杨林的赞赏:"端的是好汉,此乃'路见不平,拔刀相助',真壮士也!"

欺负杨雄的主叫踢死羊张保,这是和泼皮牛二一样的货色。金圣叹在点评《水浒传》说:"杨志被'牛'所苦,杨雄为'羊'所困,皆非必然之事,只借勺水,兴洪波耳。""没毛大虫"牛二和"踢杀羊"张保,他们都是破落户泼皮。这两个人物有个性、也有代表性,是泼皮类的典型人物,但不是作者真心要刻画的对象,而是借题发挥,其艺术的意义就在于"兴洪波",引出情节、引出人物,像催化剂一样,只起着故事情节的催化作用。牛二、张保这两个泼皮并不参与主体故事情节的活动。当主体故事发展和人物活动波澜壮阔地发动起来后,他们的使命终结,也就失去了本身存在的价值。牛二更重要的作用是将杨志送到梁中书那里,引出杨志"大名府校场比武"、"智取生辰纲"的故事等,从而突出杨志多侧面、多层次、立体化的性格特征和复杂的生活经历,此外牛二没有任何存在的意义。"踢杀羊"张保本身也无多大价值,他的作用就是让石秀和杨雄认识、结拜兄弟,引出"智杀裴如海"、"大闹翠屏山"的情节,从而和杨志一样,促使他们完成逼上梁山的使命。其实水浒里的很多汉子,是和踢杀羊张保相似,如穆弘外号"没遮拦",与弟弟同是揭阳镇上的一霸,专拣外地人欺辱。但杨雄作为刽子手确实窝囊,以杀人为职业,天天靠在刀头上舔血过活,杀了人还要收人家的红包,在街头流氓踢杀羊张保把红包抢走了,打也打不过人家。杨雄是刽子手却"生得好表人物,露出蓝靛般一身花绣,两眉入鬓,凤眼朝天",

而且好打扮"鬓边爱插翠芙蓉",真是温柔一刀。

于是杨雄石秀便结拜为兄弟,在《水浒传》里,人们的结拜是很普通的一件事,但王学泰先生在《中国流民》里分析说:"《水浒》虽然到处以兄弟相称,很多萍水相逢的好汉,一见如故,情逾骨肉,但这并不普施于所有人。贪官污吏不必说,他们是水浒英雄的打击对象。就是许多无辜的平民也常常死在好汉们的板斧或朴刀之下,他们心中决不会产生半点兄弟之念。因此,'兄弟'这个称呼仅仅是给予能够互相救助的自己人,或有可能加入自己的群体的游民的。换句话说,就是属于自己帮派或有可能属于自己帮派人的。"

既然是兄弟,那就要替弟兄们做事,于是杨雄就把游民身份的石秀弄到家里,为老丈人潘公的肉铺打点。于是好戏上演,我一直以为石秀有点暗恋潘巧云的意思,这从他第一次见潘巧云就可看出蛛丝马迹。只见布帘里面应道:"大哥,你有甚叔叔?"杨雄道:"你且休问,先出来相见。"布帘起处,摇摇摆摆,走出那个妇人来。

然后以石秀的眼睛看去,一连用了十七个排比写面前的嫂子:黑鬒鬒鬓儿,细弯弯眉儿,光溜溜眼儿,香喷喷口儿,直隆隆鼻儿,红乳乳腮儿,粉莹莹脸儿,轻袅袅身儿,玉纤纤手儿,一捻捻腰儿,软脓脓肚儿,翘尖尖脚儿,花簇簇鞋儿,肉奶奶胸儿,白生生腿儿。更有一件窄湫湫、紧绉绉、红鲜鲜、黑稠稠,正不知是甚么东西。

石秀见那妇人出来,慌忙向前施礼道:嫂嫂请坐,石秀便拜。这石秀慌忙向前施礼我们也可看出,石秀此时内心的早已如汤煮,有点打熬不住,施蛰存先生《石秀之恋》对此有过铺陈:

石秀分明记得,那个时候,真是窘乱得不知如何是好,自己是从来没有和这样的美妇人(卖见)面交话过,要不是杨雄接下话去,救了急,真个不知要显出怎样的村蠢相来呢。想着这样的情形,虽然是在幽暗的帐子里,石秀也自觉得脸上一阵的燥热起来,心头也不知怎的像有小鹿儿在内乱撞了。想想自己年纪又轻,又练就得一副好身手,脸蛋儿又生得不算不俊俏,却是这样披风带雪地流落在这个举目无亲的蓟州城里,干那低微的卖柴勾当，生活上的苦难已是今日不保明日，哪里还能够容许他有如恋爱之类的妄想；而杨雄呢，虽说他是个豪爽的英雄，可是也未必便有什么了不得的处所，却是在这个蓟州城里，便要算到数一数二的人物，而且尤其要叫人短气的，却是如他这样的一尊黄皮胖大汉，却搂着恁地一个国色天香的赛西施在家里，正是天下最不平的事情。那石秀愈想愈闷，不觉地莽莽苍苍地叹了一口浩气。

潘巧云确实是美女，但美貌不是错。潘巧云的名字内有一巧字，这字是和我国一个节日有关，就是农历的七月初七，这一天据说是牛郎和织女在天上相会的日子，但是对于的普通年轻的女性在这一日向老天乞讨一点女红的技艺，讨一点"巧"，称为乞巧节。宋元时代的旧历七夕，乃是民间盛节。《东京梦华录》说，初六初七日晚，贵家多在庭院中结彩楼，谓之"乞巧楼"。铺陈瓜果、酒炙、笔砚、针线，女士们各自呈巧，焚香列拜，谓之"乞巧"。妇女望月使针，或把小蜘蛛放在盒子内，次日看之，若小蜘蛛结网圆正，谓之"得巧"。又《梦粱录》记，南渡后的杭州，民间亦

有此俗，"此东都流传，至今不改。"由是可证，以七夕为"乞巧"，风行于两宋，而七月七日生人，则多以巧为名，这大概就是潘巧云取名的缘由。

潘巧云的美貌石秀见了，心猿意马，而把女人当成老虎的和尚见了呢，书中写潘巧云把和尚请到家里做法事，这些和尚一来，就象猫见了腥：

但见：班首轻狂，念佛号不知颠倒。阇黎没乱，诵真言岂顾高低。烧香行者，推倒花瓶。秉烛头陀，错拿香盒。宣名表白，大宋国称做大唐。忏罪沙弥，王押司念为押禁。动铙的望空便撇，打钹的落地不知。敲铃子的软做一团，击响磬的酥做一块。满堂喧哄，绕席纵横。藏主心忙，击鼓错敲了徒弟手。维那眼乱，磬槌打破了老僧头。十年苦行一时休，万个金刚降不住。那众僧都在法坛上，看见了这妇人，自不觉都手之舞之，足之蹈之，一时间愚迷了佛性禅心，拴不定心猿意马。

就象潘金莲遇到了武松西门庆，她的丈夫偏偏是三寸钉，而潘巧云的丈夫偏是病关索。《水浒传》里杨雄的绰号是病关索，杨雄，其绰号在《宣和遗事》和元杂剧《诚斋乐府》中，本作赛关索。龚圣与《宋江三十六人赞》也作赛关索。两宋时武人，多喜用关索为己之别号，或相互指称，如小关索(《过庭录》)、袁关索(《林泉野记》)、贾关索(《金陀粹编》)、张关索(《金史突合速传》)、朱关索(《浪语集》)；又《三朝北盟会编》记有岳飞部将赛关索李宝、镇压方腊义军的宋将病关索郭师中《武林旧事》。据称此关索，即三国关羽之子，但查《三国志》和裴松之注，均无有此记载。元代至治《全相三国志平话》、明代弘治《三国志通俗演义》也未记有其人其事，而民间传说则甚多。西南地区多有取地名为关索岭、关索庙。"云贵间有关索岭，有祠庙极灵"(《池北偶谈》)，关索岭在州城西三十里，上有汉关索庙。旧志：索，汉寿亭侯子，从武侯南征有功，土人祀之。"也有认为关索非人名，"西南夷人谓爷为索（关索即关老爷），讹传为蜀汉勇将姓名，宋人遂纷纷取以为号。"近人余嘉锡则称，"宋人之以关索为名号者，凡十余人，不唯有男而且有女矣。其不可考者，尚当有之。盖凡绰号皆取之街谈巷语，此必宋时民间盛传关索之武勇，为武夫健儿所钦慕，故纷纷取以为号。龚圣与作赞，即就其绰号立意，此乃文章家擒题之法，何足以证古来真有关索其人哉？"

我以为病关索是从身体来说的，书里说是因为他"面貌微黄"，这是身体不健康的颜色。杨雄这人，有点脑袋进水，娶一个寡妇，还让这妇人在家中操办仪式来追荐前夫，真是心胸广大。身体不好，再加上晚上在单位加班，女人心中的怨气可知。书里潘巧云说："我的老公，一个月倒有二十来日当牢上宿"书里里还专门描写过，杨雄难得在家里住一晚，两个人在一起唠家常，唠完以后分头就睡觉了。巧云实际上是在守活寡，成了家庭的一件摆设，而杨雄呢，空有一身本事，再加上耳根子软，对潘巧云极其宠爱，张恨水曾评为"武大第二也"……，也许这可能是电视剧《水浒传》潘巧云临被杀前，给老公丢下一句令男人不堪的话，"跟我师兄一晚，胜于跟你十年。"在封建道德下，一个女人敢于背叛自己的丈夫去寻找真正的爱情，其意义和成本也绝不低于男人拉起大旗来杀官造反。这句话真让人同情潘巧云。

于是，潘巧云就和原先青梅竹马的师兄吊膀子也是水到渠成的事。潘巧云不愿意做一个花瓶整日整日地被摆在家里。但是潘巧云偏偏遇到了石秀，石秀何等人，一是敏感心细，再就是下手准和狠。说石秀的敏感，水浒写石秀帮杨雄的老丈人潘公做杀猪的买卖，一日见了铺店不开，肉案砧头等工具也收起来了。石秀就猜度为："常言'人无千日好，花无百日红。'哥哥（杨雄）自出外去当官，不管家事，必是嫂嫂见我做了这衣裳，一定背我有话说。又见我两日不回，必然有人搬口弄舌。想是疑心，不做买卖。我休等他言语出来，我自先辞了回乡去休……"。而石秀的心细，当时潘巧云和和尚还未上床，潘巧云一句夸奖裴如海的话令他警觉。和尚上门做法事的时候，施耐庵写道，只见那妇人从楼上下来，不敢十分穿重孝，只是淡妆轻抹，便问："叔叔，谁送物事来？"石秀道："一个和尚，叫丈丈做干爷的送来。"那妇人便笑道："是师兄海阇黎裴如海，一个老实的和尚。他便是裴家绒线铺里小官人，出家在报恩寺中。因他师父是家里门徒，结拜我父做干爷，长奴两岁，因此上叫他做师兄。他法名叫做海公。叔叔，晚间你只听他请佛念经，有这般好声音。"石秀道："原来恁地。"自肚里已有些瞧科。只一句话，石秀就瞧出苗头，于是格外留心起来了，于是发现了潘巧云的奸情，于是就去杨雄那里告状。但杨雄这人在枕边漏了口风，潘巧云就反诬石秀。杨雄第二天撵了石秀。石秀为了还自己的清白，先杀了敲着木鱼为潘巧云裴如海站岗放哨的胡道人，后又杀了裴如海。然后让杨雄把潘巧云劫持到翠屏山上对质，书中石秀说：

"小弟先在那里等候着，当头对面，把这是非都对得明白了。哥哥那时写于一纸休书，弃了这妇人，不是上着？"杨雄道："兄弟何必说得？你身上清洁，我已知了。都是那妇人说谎！"

这时石秀非但让杨雄"写与一纸休书"，却撂下句："今日三面说得明白了，任从哥哥心下如何措置。"他怕杨雄下不了手杀潘巧云，于是就让杨雄杀了使女迎儿铺垫，且看石秀递过刀来，说道："哥哥，这个小贱人留他做甚么！一发斩草除根！"当潘巧云在树上叫道："叔叔，劝一劝！"石秀道："嫂嫂！哥哥自来服伺你！"杨雄向前，把刀先挖出舌头，一刀便割了，且教那妇人叫不得。杨雄却指着骂道："你这贼贱人！我一时误听不明，险些被你瞒过了！一者坏了我兄弟情分，二乃久后必然被你害了性命！我想你这婆娘，心肝五脏怎地生着！我且看一看！"一刀从心窝里直割到小肚子下，取出心肝五脏，挂在松树上。杨雄又将这妇人七件事分开了，却将钗钏首饰都拴在包裹里了。杨雄是刽子手出身，刀法熟练却惨不忍睹。

潘巧云死掉了，为了一份感情。金圣叹批点说，石秀杀潘巧云，大大不同于武松杀潘金莲，"武松之杀二人，全是为兄报仇，而己曾不与焉；若石秀之杀四人，不过为己明冤而已，并与杨雄无与也。观巧云所以污石秀者，亦即前日金莲所以污武松者。乃武松以亲嫂之嫌疑，而落落然受之，曾不置辩，而天下后世，亦无不共明其如冰如玉也者。若石秀，则务必辩之：背后辩之，又必当面辩之，迎儿辩之，又必巧云辩之，务令杨雄深有以信其如冰如玉而后已。呜呼！启真天下之大，另又有此一种？刻狠毒之恶物欤？"

石秀怂恿杨雄要杀潘巧云？为了证明自己的清白，"务令杨雄深有以信其如冰如玉而后已"；但金圣叹也分明感到，仅此不足以解释，天下为什么会"有此一种？刻狠毒之恶物？"朋友的老婆偷情，恼怒的却是局外的石秀，本来先前让哥哥休掉那夫人，但当潘巧云说出实情，却对杨雄说：哥哥，含糊不得。与其说潘巧云死于杨雄，莫如说死于石秀。各人自扫门前雪，莫管他人床上事。人们不管的往往是瓦上霜那些小事，但却管起了大事，插手别人家里，这样的朋友要警惕。

石秀的绰号拚命三郎，汪曾祺很喜欢这样的排列，说："拚命和三郎放在一起，便产生一种特殊的意境，产生一种美感，大郎、二郎都不成，就得是三郎。这有什么道理可说呢？大哥笨，二哥憨，只有老三往往是聪明伶俐的。中国语言往往反映出只可意会的潜在复杂的社会心理"而《大宋宣和遗事》有名无事迹。石秀绰号拚命三郎，也不见他书载，似由"拚命"加"三郎"拼合而成。石秀为何拚命？龚圣与《宋江三十六人赞》说："石秀拚命，志在金宝，大似河豚，腹果一饱。"原来的石秀拚命，只为钱财，竟如贪食之河豚。

"拚命"一词，始见宋章定《名贤氏族言行类稿·章惇》，说苏轼曾与章惇（字子厚）游南山，章惇（拚命爬山）鞋跟折断于壁下。"轼拊子厚之背曰：'子厚异日得志，必能杀人。'子厚曰：'何也？'轼曰：'能自拚命者能杀人也。'"史载章惇此人，为北宋末代之名臣。北宋英宗皇帝去世时，无嗣，朝臣议立端王赵佶（即后来的宋徽宗），独章惇抗议，力陈"端王为人轻佻！"但是章惇之议不获通过，如果没有了宋徽宗，否则《水浒传》便要泡汤了。

石秀被称为"三郎"，盖"郎"已从唐五代时对贵族官僚子弟的称呼，转而成为宋元以来对市井小民等而下之的称谓。清人王应奎《柳南随笔》说："江阴汤廷尉《公余日录》云：明初闾里称呼有二等，一曰秀，二曰郎。秀则故家右（大）族，颖出（优秀）之人；郎则微裔末流，群小之辈。称秀则曰某几秀，称郎则曰某几郎。人自分定，不相逾越。"

妩媚的摽兔
——说猎户摽兔李吉

李吉

出身籍贯：

职业：猎户

基本经历：李吉是在史家庄外，"靠山吃山"，爱在少华山一带打野味卖些小钱的猎户，常打些獐子兔儿之类的送到史家庄上供史进等消费。王四醉酒丢信瞒报，李吉见利贪财报官，被史进一朴刀斩做两段。

身高：不详

相貌：不详

星座：不详

性格：心眼小，贪财。

爱好：不详

社会关系：无

基本评价：一个时时想发大财，到处撞发财运气的人，人为财死，鸟为食亡。

这是一个给史进常送野味的猎户摽兔李吉，是他告诉史进："如今山上添了一伙强人，扎下一个山寨，聚集着五七百个小喽罗，有百十匹好马。

为头那个大王唤作"神机军师"朱武,第二个唤做"跳涧虎"陈达,第三个唤做"白花蛇"杨春,这三个为头打家劫舍。"强盗的地盘李吉不敢造次,所以獐啊兔啊的野味也就阙如,李吉引出了史进和朱武等的撕杀打斗,然后史进和朱武的来往,又被李吉用作向官府告发的诱因。他看到史进的庄客王四在月下醉倒,有银两和朱武等写给史进的书信,于是李吉想到他到史进乘凉的树下,史进对他的盘问,感到人格的侮辱,在今天可找到了发泄的管道"我做猎户,几时能够发迹?算命道我今年有大财,却在这里!华阴县里现出三千贯赏钱捕捉他三个贼人。叵耐史进那厮,前日我去他庄上寻矮邱乙郎,他道我来相脚头屉盘,——你原来倒和贼人来往!"

所谓得罪君子,不得罪小人。有时是一个不好的眼神,有的人会记你一辈子,等到风云际会时,那就睚眦必报。历史上因为一顿饭没有吃到的佣人被主子呵斥,后来佣人在一次叛乱时,首先举刀砍向主子,口口声声"还记得那顿饭否?"得志猖狂的小人又出现了,施耐庵的笔只是轻轻一扫,总共不过百字,就把一个小人的形象留在了文学史上。

我感兴趣的是李吉的绰号"摽兔"。摽,是一个古词,现在还作为文字化石,留存在民间。我还不习惯使用比赛这个词。在童年,我接受的是"摽"这个词,一直顽固地在记忆中,和某人比赛,我们叫和他"摽",后来知道"摽"是绑在一起的意思,桌子腿活动了,用绳子摽住;而狼狈为奸的宵小之徒,在一个壶里吃喝撒尿阴私的主,人们也称他们老摽在一块。"摽",这个词用到猎户身上,我感到极妩媚,让人联想。摽兔,我们可以想到猎户的长腿追赶兔子翻山越涧,履险如平地的身手,总让人想起夸父逐日,文学史最古的诗行是"断竹,续竹,飞土,逐肉"。人们说这是黄帝时的谣曲,这是狩猎的情景,那追逐的肉,我想可能就是兔,人们和兔子摽着跑啊,一直到兔子口吐鲜血仆倒在地,做了先民的猎袋里的物件。摽兔是一个比喻,但比喻本身就有形象的意义,比喻的本身就是目的。钱钟书先生有一段论比喻的文字,我以为大妙:《易》之有象,取譬明理也……求道之能喻而理之能明,初不拘泥于某象,变其象也可;及道之既喻而理之既明,亦不恋于象,舍象也可。到岸舍筏,见月忽指,获鱼兔而弃筌蹄,胥得意忘言之谓也。词章之拟象异乎是。诗也者，有象之言，依象以成言；舍象忘言，是无诗矣，变象易言，是别为一诗甚且非诗矣。"

有一些拗口的理论，人们一读脑袋就大，于是用比喻，理论明白了，比喻就寿终正寝，即是所谓"到岸舍筏，见月忽指"。而诗行散文和小说呢，要讲究辞章的，新鲜的比喻辞章本身就是文章的血肉，人们一读就吸引眼球，就有会心，就有心折，文学是不能无比喻的。比喻不应仅看作是修辞，其作用也大哉，有些诗歌通体比喻，去掉比喻也就无施矣，而比喻一换，则又成了另一作品了。钱先生还有妙论说，理论文章的比喻如旅客的过亭，而文学作品的比喻则如骨肉团聚的家室。若把理论文章的比喻视为文学作品的比喻，则未尝不可"撷我春华，拾起芳草"；但若把文学作品的比喻视为理论文章的比喻，则比必陷于索引附会，痴人说梦。

从此处看，比喻兔子的学问也大了去了。钱钟书先生自己也有关于兔子的比喻，说人生的虚幻和苦难，他下笔处，说的是快乐。"快乐在人生里，好比引诱小孩子吃药的方糖，更像跑狗场里引诱狗赛跑的电兔子。几分钟或者几天的快乐赚我们活了一世，忍受着许多痛苦。我们希望它来，希望它留，希望它再来——这三句话概括了整个人类努力的历史。在我们追求和等候的时候，生命又不知不觉地偷度过去。也许我们只是时间消费的筹码，活了一世不过是为那一世的岁月充当殉葬品，根本不会享到快乐。但是我们到死也不明白是上了当，我们还理想死后有个天堂，在那里——谢上帝，也有这一天！我们终于享受到永远的快乐。你看，快乐的引诱，不仅像电兔子和方糖，使我们忍受了人生，而且仿佛钓钩上的鱼饵，竟使我们甘心去死。这样说来，人生虽然痛苦，却并不悲观，因为它终抱着快乐的希望；现在的帐，我们预支了将来支付。为了快活，我们甚至于愿意慢死。"兔子是十二生肖之一，在人们眼里是温顺和阴性的，但它的利落从"静若处子，动如脱兔"，可以看出，但我却知道兔子的老道和处世的哲学，不是"狡兔三窟"可以涵盖。那是父亲在世时讲的，在平原的秋天，霜天寥廓，村里的财主放鹰追逐野兔，父亲也在呐喊助威的行列。那是一只小鹰，在一个干涸的河道里，人们和鹰同时发现了野兔。从兔子的毛皮的颜色，大家知道这是一只老兔,去年也和庄里的人打过照面。猎狗呼啸,人声鼎沸,但老兔胜似闲庭信步,优游自在,在大家布好的罗网逃脱,把耻辱留给了村里的人。今年,天空有鹰,地面有人和猎犬,先是猎犬看见了影子似的目标,但狗败下了阵。后来,那只鹰从空中象黑石跌下,呼啸着扑向老兔,兔子的鼻尖开始流血,老兔从河道出来,在宽阔的麦田里暴露。这时人们欢呼,老兔的末日到了,但那老兔却不慌不忙地踱步,它盯着地上鹰的投影,又抬头看见前面有密密的灌木,它一点一点接近灌木,这时鹰俯冲下来,爪子一下子攫住了老兔的前胛,老兔只是停顿一下,接着却忍痛钻进灌木丛,也许是鹰的爪子深入到兔子的骨髓,鹰来不及躲避,翅膀被灌木撕裂了,兔子又是在人们的眼里摇晃着逃脱了。

真的,兔子是越来越妩媚了。它不再仅仅是文静温婉,也不再是乖乖小兔,我们可以从《花花公子》每期的兔女郎彩页和从《花花公子》第一期封面女郎玛丽莲·梦露,到现在的兔女郎及各大型选美会获奖佳丽们,都是腰臀比例为七成的"七成女郎"。遍布世界各地的"花花公子俱乐部",他们规定打工的兔女郎们穿着紧身露胸的小衣,屁股上缀了一个大绒球,脚上是镂空的黑色丝袜与高跟鞋,头上还绑了一个特大号的蝴蝶结,手捧着酒壶、巧笑倩兮、美目盼兮,兔女郎的生活逻辑象钱钟书先生《论快乐》中所申明的:行乐要及早,快乐就像兔子一样溜得飞快!

而现在风靡的流氓兔呢,这显然象一个有点坏坏的痞子性格的人,没有力气,正面看是一只正常的兔子,但是从背面看起来却是狗脸。不爱卫生、爱耍流氓、狡滑又恶劣,随身携带马桶、马桶刷、啤酒瓶等各种下三滥的攻击性武器,甚至以放屁和拉屎杀敌于无形。但这只兔子有时还关怀一下弱者,打一下抱不平,有时也谈谈恋爱,赚取别人眼泪的时候自己也撒下几滴,但总的评价,还是没有进化到老虎的水平。从这个意义上说,我还是怀念那些机智的兔子,依然是在原野上,一只兔子碰到一只鹰俯冲下来。这个时候,它没有想起某个哲人的讲话,而只是脑海里闪出,弄不好,晚饭就吃不上了。当鹰下跌到离兔子还有一米五远的时候,兔子回头一笑"哈哈,你今天怎么没有穿裤头?"只是一个反问,羞涩的鹰伦理化的鹰把两个翅膀紧急收缩,紧紧护住自己的大腿部,以免春光外泻,惯性使它一头栽在地上,气绝而死。活该!这时,我想起美国作家厄晋代克的代表作《兔子,跑吧》,我说:兔子,跑吧!

那时的兔子是何等得从容?

想说爱你不容易

——说金莲

潘金莲在我们文化里早已成了一种符号。像是一个筐，随便什么东西都可以装似的。你说她是妖女？神女？可怜？可鄙？是追求性的先驱，还是举着爱的大纛？赞之者说为爱而亡，贬之者说以性为命。

潘金莲的原名是何？《水浒传》里没说，只是这样介绍潘金莲的，"原乃清河县一大户人家侍女，小名唤作潘金莲……"这里的小名并非其本名，其真名绝对不叫潘金莲，甚至姓不姓潘也没有把握。其实所谓"潘金莲"是有其出典的。南北朝时，南齐有一昏君叫萧宝卷，他有一姓潘的妃子，十分妖娆，体态轻盈，常于其寝宫中翩翩起舞，就用金条在宫中地上嵌出莲花图案，让潘妃在上面走。潘妃走在金莲上分外高兴。所以萧宝卷称赞："潘妃，步步皆金莲。"故而后世人常以"潘金莲"来代称淫邪,放荡的女子。《水浒》中的潘金莲本是清河县中张大户家中的丫鬟，被张大户买来时因为看中她的美色，就用潘金莲来给她取了一个新名字，借指好似南朝的潘金莲。"潘金莲"这个小名，实际是绰号。

潘金莲有媚态，媚态在于小脚一双。小脚之于女人,犹如花粉之于花朵。但金莲一双，眼泪一缸，这是男权社会里对女性的亵玩羁绊，一方面是男人自私的所谓的变态的审美，如梅树有病，以曲为美，直则无姿；以欹为美，正则无景；以疏为美，密则无态；于是：使天下之民，斫直、删密、锄正，以夭梅病梅为业以求钱也；于是鬻梅者，斫其正，养其旁条，删其密，夭其稚枝，锄其直，遏其生气，以求重价：而江浙之梅皆病。

从梅花染上梅毒可以看出古代的女人的小脚，是千年男人通知的最大阴谋。

缠足在中国起于何时何地，何人之手，学界说法上下差了千年。较可信的看法是，南唐后主令他的嫔妃以帛缠足，使脚纤小屈上做新月状，尔后穿上素袜在六尺高的金莲台上歌舞，"回旋有凌波之态"。事见元人陶宗仪《南村辍耕录》。

女子缠足通常从四五岁开始，其做法非常残忍：先将脚拇趾以外的四趾弯屈在足底，以白棉布条裹紧，固定脚型；尔后穿上尖头鞋，在家人挟持下行走。夜晚以针线密缝裹脚布，不使松脱。这样裹至七八岁时，再弯曲趾骨，使之成为弓形，并加强裹缠力度，一天紧似一天，务使其最后只能靠趾端的大拇趾行走。小脚要缠到合格，验收标准是"小、瘦、尖、弯、香、软、正"。实际上许多女子在被野蛮裹缠的过程中弄得皮肉溃烂、脓血淋漓，是很常见的事。还有许多由于溃烂而失去了小趾。

就是这人为致残的畸形残肢，却一度成为中国文人如痴如醉的嗜好，以致形成了一门品味鉴赏小脚的特殊学问——莲学！例如，莲学探讨的品莲方法就多达几十种，诸如：嗅、吸、舐、咬、吞、食、搔、捏、捻、承、索、脱、剥、缠、洗、剪、磨、拭、涂、暖、拥、扶、悬、肩、排、推、玩、弄……之类。喜莲文人达于疯魔时，竟会脱下美妓的三寸金莲鞋，当做酒杯盛酒传盏，更多的是将金莲鞋、裹腿之类跟脚有关的东西留作藏品把玩。

说到底，中国文人为何对小脚如此迷恋？原因恐怕来自性幻想和性虐待交织起来的潜意识。从《采菲录》《葑菲闲谈》之类"莲学著作"中，可发现专家们的一些独到见解：一是认为，纤足足底的凹隙合成孔洞，可作"非法出精"（插入阴茎）的工具。二是认为，纤足并含女人全身之美："如肌肤白腻，眉儿之弯秀，玉指之尖，乳峰之圆，口角之小，唇色之红，私处之秘，兼而有之，而气息亦胜腋下胯下香味。"清末学者辜鸿铭也是个莲迷，他说："中国女子裹足之妙，正与洋妇高跟鞋一样作用。女子缠足后，足部凉，下身弱，故立则亭亭，行则窈窕，体内血流至'三寸'即倒流往上，故觉臀部肥满，大增美观。"（《采菲录》）而性学博士张竞生则进一步引申："缠足对女子的身体会产生影响。她摇晃的步态吸引着男人们的注意力。裹小脚的女人在行走的时候，她的下半身处于一种紧张的状态，这使她大腿的皮肤和肌肉还有她阴道的皮肤和肌肉变得更紧。这样走路的结果是，小脚女人的臀部大，并对男人更具性诱惑力……"

据此说来，女子缠足的最终目的，是为了在性交中使男子感觉阴道更紧，臀部更觉肥大性感。博古通今的辜鸿铭对小脚的看法，可说是代表了绝大多数中国士人的看法。他的辩说虽然在理，但这种亵玩的态度让人不敢苟同。对于男人来讲，女人就是玩偶。易卜生笔下的娜拉是他丈夫的玩偶，可是她要是跟中国以前的女人相比，她会觉得生活在天堂里，根本不用愤而出走。

其实欧洲女子的束腰，跟中国女子缠足是同一回事，是为悦己者而下地狱。她们把自己的腰肢紧束到整个体形如同一只蚂蚁，常常需要力大者帮忙"施刑"。因此，欧洲女子在交际中昏厥过去是常见的小问题，当她们昏厥时，总是有人早就准备好了嗅盐之类应急物品。她们对胸腹部的残酷压迫，常常使她们呼吸不畅，胸闷窒息，脸色苍白，而这正是男人乐意见到的"美"——高耸的乳房，肥大的臀部，纤细的腰，弱不禁风的步态……可笑的是，陋习传至今日，仍有许多人乐此不疲，高跟鞋即是女人的"刑具"之一。

在一个男权社会里，一个善良女人的命运就是任人宰割。在狼群里，没有羊的生活法则。狼群的生活法则就是要有利爪，要会撕打，没有这些能耐被打被杀。在狼群里生活，就得是狼，不想做狼也得做狼，也许这可以作为我们解读潘金莲的一个入口，她说她是一个不戴头巾的男人，从羊变成狼，最后要吃人，也就有了必然性。

不了解潘金莲不知道中国偷情文化的壶奥，了解了潘金莲，你就会对偷情报以了解的同情，为这些女人们掬一捧热泪。潘金莲是《水浒》里的第一美女，西门庆见潘金莲其实如没有"积年通殷勤、做媒婆、做卖婆、做牙婆，又会收小的，也会抱腰，又善放刁"王婆的撺和，那也许彼此留下温暖的惊鸿一瞥。如果王婆是红娘，那竹竿下的场面也堪比《西厢记》"惊艳"中莺莺与张生"怎当他临去秋波那一转"的动人。

然而造化的黑手把人扒拉地如陀螺，旋转不由己，停止不由己。一个失手的小小竹竿，酿成了一桩奸夫奸妇谋杀亲夫的命案。美国加利福尼亚州一只蝴蝶翅膀的一次震动，可以引起北京天安门的一场大雨。

有人说：金莲不是人。有人说：潘金莲者，专于吸人骨髓之妖精也。若潘金莲者，则可杀而不可留者也。赋以美貌，正所谓倾城倾国并可倾家，杀身杀人并可杀子孙。是也非也，红颜祸水一直是男人的中心话语。鲁迅先生是不信这套鬼话的。鲁迅夫子说：我一向不相信昭君出塞会安汉，木兰从军就可以保隋；也不相信妲己亡殷，西施沼吴，杨妃乱唐的那些古老话。我以为在男权社会里，女人是决不会有这种大力量的，兴亡的责任，都应该男的负。但向来的男性的作者，大抵将败亡的大罪，推在女性身上，这真是一钱不值的没有出息的男人。先生的这话正和吾意。

其实，偷情，是因为在家庭生活里没有情爱可言。中国人是讲究过日子，讲究礼法，情不情的那是奢侈。在古代，所谓的爱，总是和偷情相连，一种是婚前的，叫"私奔"；一种是婚外的，叫"私通"。

未婚男女的偷情，有一个十分雅致的说法，叫"偷香"。偷香的故事发生在晋代，晋代贾充的女儿贾午，与韩寿相恋而私通，竟偷了其父收藏的晋武帝所赐之奇香送给韩寿。贾充发现后，便干脆把贾午嫁给了韩寿。所以，后来人们便把男女（主要是未婚男女）的偷情，叫做"偷香"，也叫"偷香窃玉"。中国古代常把女人的身体，称为"温香软玉"，那"偷香窃玉"的说法，其实和身体相连了。

所以，我们在施耐庵笔下，看不到爱情的笔墨，多的是偷情。也许他心里压根就没有爱的这根弦，也许偷是一种刺激，施耐庵写起来，就像在品味，在体验。《水浒》里的偷情可以说在古代小说里式样各异，手法多样，写得云霞满纸，荡人心魄。

西门庆和潘金莲的偷；潘巧云和裴如海的偷；白秀英和郓城知县的偷；

卢俊义老婆与管家李固的偷；阎婆惜和张文远的偷；李巧奴和张旺的偷；四柳村太公的女儿与邻村王小二的偷；王庆和童贯侄女娇秀的偷；大宋天子和大宋第一"二奶李师师"偷，你偷我偷，官家偷，奴才偷，和尚偷，公人偷，整个一个情感饥渴的社会。

而其中最精彩的莫过于潘金莲和西门庆的偷。其实在潘金莲和西门庆勾搭上之前，潘金莲就有了精神出轨。潘金莲在遇到武松时候，有一段心理活动，"那妇人在楼上，看了武松这表人物，自心里寻思道：武松与他，是嫡亲一母兄弟，他又生得这般长大。我嫁得这一个，也不枉了为人一世！你看那三寸丁谷树皮，三分像人，七分似鬼，我直恁地晦气！据着武松，大虫也吃他打死了，他必然好气力。"武大郎和武松比较可以说乏善可陈，无一丝优势。他的懦弱也就因自己"矮人一头"而具有了某种根性的特征。所以潘金莲说他"人无刚骨，安身不牢。奴家平生快性，看不得这般三答不回头，四答和身转的人"；人弱被人欺，马弱被人骑，在清河县呆不下去，只得迁居阳谷；武大郎的的懦弱是体现在潘金莲面前的畏缩。武松还家，入得门来，潘金莲便道："我陪侍着叔叔坐地，你去安排些酒食米，管待叔叔。"武大的回答是："最好。"果品菜肴买回来，本待让老婆操持，而老婆却说了一句："你看那个不晓事的，叔叔在这里坐地，却教我撇了下来。"于是武大便自去隔壁找了王婆帮忙。即使是天寒大雪，老婆为勾引武松故意赶他出去卖炊饼，武大郎依然忍气吞声地去了，并无什么怨言或不满。这样的一个男人，果然就如人们评价的潘金莲"好一块羊肉，到落在狗口里"。

西门庆出场了，他的偷情的手段简直是八段高手，言语得体，身架柔软，从古及今，能及西门大官人这样档次的怕也没有几人，连金圣叹都佩服西门庆向潘金莲套磁的功夫。金圣叹评价为："妙于叠，妙于换，妙于热，妙于冷，妙于宽，妙于紧，妙于琐碎，妙于影借，妙于忽迎，妙于忽闪，妙于有波砾，妙于无意思，真是一篇花团锦簇文字。""真所谓其才如海，笔墨之气，潮起潮落者也。"

说实在的潘金莲在做使女的时候，还是一个纯真的少女，因为反抗主人的纠缠而被记恨，白送给"身材短矮，人物猥琐，不会风流"的武大郎。但武大郎既不能满足潘金莲的感情需要，亦不能满足其性欲需要。于是满园春色红杏出墙，但我们看福楼拜笔下的包法利夫人，我们看老托尔斯泰笔下的安娜卡列尼娜，那些爱情的小说，也是通奸和偷情。一个日本作家说：所有的伟大的爱情小说，都是通奸小说，此言不虚，但我们却没有丝毫谴责包法利夫人和安娜卡列尼娜的意思，我们报着同情的理解。潘金莲情挑武松，和男人见了美女心动，没有两样，但武松却说"嫂嫂，休要恁地不识羞耻！""武二是个顶天立地、噙齿戴发男子汉，不是那等败坏风俗、没人伦的猪狗，休要这般不识廉耻。倘有些风吹草动，武二眼里认得嫂嫂，拳头却不认得嫂嫂！"我们为武松视美色为石头的梗直所感动，真男子也。但武松站在道德高地教训人就有点过了，潘金莲幽怨地说了句"好不识人敬重！"那女人的那颗心，开始滴血，即使受到了武二如此的辱骂，当武二即将押送礼物上京时，前来向哥嫂告别，潘金莲对武松爱情的幻想还未破灭："莫不是这厮思量我了？却又回来？那厮一定强不过，我且慢慢地相问他。"可武松当着武大，也是如此警告了潘金莲。其实武松也是肉身，在他杀嫂之后到了十字坡，面对孙二娘，却说起了这话，先是说："我见这馒头馅肉，有几根毛，一像人小便处的毛一般"，又接着问："娘子，你家丈夫却怎地不见？"更挑逗曰："恁地时，你独自一个须冷落。"再对比他斥责潘金莲，何以一个道德的维护者，一个道德的毁弃者？武松不是不好色，他重的是家族的人伦伦理，而到了江湖，他却把这伦理放在脖子后边。

在潘金莲落寞的时分，西门庆出来了，你看西门庆的那份温柔体贴、那份善解人意。当潘金莲埋怨自己嫁错了丈夫："他是无用之人，官人休要笑话。"可西门庆是这样回答的："娘子差矣。古人道：'柔软是立身之本，刚强是惹祸之胎。'似娘子的大郎所为良善时，'万丈水无涓滴漏'。"他决不是跟着贬大郎而是夸奖大郎。当西门庆说到自己的亡妻时，充满了敬佩感激之情："小人先妻，是微末出身，却倒百灵百俐，是件都替得小人，如今不幸他殁了已得三年，家里的事，都七颠八倒。为何小人只是走出来？在家里时，便要怄气！"然后再提到自己已养的几个"二奶"张惜惜和李娇娇，没有一个及得上潘金莲。这样知热知冷，有情有意的男人打着灯笼哪里找？

　　于是：两情鱼水，如胶似漆，潘金莲和西门庆"天下从此多事矣"，以致后来酿成血案，我们说任何人都有追求自己生活幸福的权利和自由，但是任何人同样没有权利把自己的幸福建立在他人的痛苦和鲜血之上。我们应该从人的生命本身出发，潘金莲和武大郎拥有相同的生命价值，潘金莲有追求爱情的自由，这是铁板钉钉的自由；武大郎的生命权利需要最起码保障更是不容置疑。就象假设武大郎为了维持没有爱的婚姻是不道德的，应该受到谴责一样，潘金莲为了自己的一欲之私，而残害武大的性命，同样也不可饶恕。情虽可恕，法却难恕。

　　潘金莲，在《水浒》里，你承认也好，否认也罢，她是一个不戴头巾男子汉，叮叮当当响的婆娘。但她是一步步走向别人的圈套走进深渊，王婆和西门庆暗地里精心设计圈套，潘金莲事先是不知晓的。潘金莲同意为王婆缝衣，起初她是考虑了武松临行前的叮嘱的，故此她提出"将过来做不得"；待王婆按计行事，找出借口后，逼使她背违武松叮嘱，乐于到王婆家缝衣，不是为了去偷汉子；后来她和西门庆天天约会，还是瞒着武大偷偷干的；武大捉奸，她也慌做一团，至于唆使西门庆踢伤武大郎，的确是她狠毒之处；最后药杀武大郎，计乃王婆所出，药乃西门庆所供，鸩杀方法乃王婆所教，下毒前后，她多次表示自己手软，狠中还有片刻犹豫；她一步步走向犯罪完完全全是王婆、西门庆所逼致。如果没有西门庆无耻的勾引，没有王婆做就圈套，她是决不会同谋杀人，也决不可能造成最后被杀的悲剧结局。

　　在男人世界里，人们痛恨潘金莲，但不见金莲想金莲——这不爱财，裤带松的美女真是花中之蜜，那男人嘴馋是一定的了。

小聪明与大智慧

——说神机军师朱武

朱武

出身籍贯：定远人氏

职业：原为少华山大寨主，史进上山后降为二寨主。一同参赞军务头领。

基本经历：朱武，定远人氏，能使两口双刀，精通阵法，很有谋略。同陈达、杨春，一起在少华山落草。陈达攻打史家庄，被史进打败。朱武同杨春求史进放了陈达。史进和少华山绿林好汉来往密切，被华阴县县官得知，包围了史家庄，朱武等三人救了史进。后朱武等人投奔梁山。封为同参赞军务头领。受招安后，朱武随宋江征讨方腊，为生还的十五员偏将之一。被封为武奕郎兼诸路都统领。

身高：

相貌：脸红双眼俊，面白细髯垂。

星座：地魁星

性格：

爱好：

社会关系：

基本评价：朱武同吴用的同质性相当高，都是知识分子出身，都是吃军师这碗饭。从水浒露出的仅有的几个细节来看，朱军师未必不如吴用，朱武在黑道上当大哥、呼风唤雨的时候，吴用还在东溪村当他的乡村小学教师。但我们知道梁山的实际领导体制是宋吴体制。如同宋江多少要打压一下有老大气质的好汉，我们的吴军师也要打压一下有军师气质的兄弟，朱武的绰号本身就犯了吴用的大忌，知识分子玩阴的更厉害，所以朱武就落到地煞星去了，连中央委员都没混上。只要有吴用在，绝不会有朱武出头的这一天的，所以朱武后来也只能到卢俊义那里去立功了。朱军师的经历告诉我们，自己的技能千万不要同重量级的领导（特别领导是个小知识分子）完全重叠，另外，卡位很重要，有时候仅差一位，待遇就会天差地别，地煞第一始终不如天罡第三十六。

兵者，诡道也。项羽，这个永远长不大的赤子。当自己看着自己的红粉知已倒在帐下的黄土上，自己也把冷凛如秋水的剑趋向于脖颈时，那时他还没有写好临终的总结报告，"力拔山兮气盖世，时不利兮骓不逝。骓不逝兮可奈何，虞兮虞兮奈若何！"。自己一个气盖世的西楚英雄，"吾起兵至今八岁矣，身七十余战，所当者破，所击者服，未尝败北，"然而项羽却败在一个相当于乡级干部的吃拿卡要好酒好色有流氓习性的亭长的手下。事业为何到了如此不可收拾的地步？项羽只好怪罪"此天亡我，非战之罪。"临死还为自己找借口。所谓天，所谓"替天行道"，也只是遮人眼目的一贴膏药。所谓的战争的正义和非正义，也无非是写史者为胜者一方的评功买好，为败者一方的掘棺鞭尸，当不得真。

项羽真是天真得可爱。在乌江旁,本有小船以待,但项羽却自责起来"籍与江东子弟八千人渡江而西，今无一人还，纵江东父兄怜而王我，我何面目见之？纵彼不言，籍独不愧于心乎？"这和刘邦向他老父夸耀自己所置办的产业的得意，真实高下可判。其实，项羽败于刘邦，是败于不会玩弄阴谋，是败于不会低三下四，是败于正襟危坐不会发挥兵者的诡谋。

楚汉久相持未决，丁壮苦军旅，老弱罢转漕。项王谓汉王曰："天下匈匈数岁者，徒以吾两人耳，愿与汉王挑战，决雌雄，毋徒苦天下之民父子为也。"汉王笑谢曰："吾宁斗智，不能斗力。"在项羽一脸正经地以老百姓的苦楚向刘邦诉说时，刘邦却是一点正经没有，嬉皮笑脸地说慢慢来！

　　古人说：春秋无义战。那些成功的战例，皑皑白骨，尸体枕藉，流血漂杵，无不是欺诈、阴谋的展示。所谓的"神机妙算"，是玩弄心术的"斗智"；所谓的"神机军师"，也不过是出卖自己心术，拿别人鲜血为自己涂红史书一页的小摊贩。被人们认为"鞠躬尽瘁，死而后已"的诸葛孔明，在历史上被认为是"神机军师"的典范标本，"功盖三分国，名成八阵图。"但鲁迅先生一眼剥去诸葛亮身上的迷彩服和虚假的在冬天也不离手的鹅毛扇，"多智而近妖"。是的，"神机军师"们多的是小聪明，而不是大智慧，为的是小集团利益分配不公的一根骨头撕咬不已，而不是以天下苍生为念。

中国的那些"神机军师"很少见到伟岸的人格，多的是小鼻子小眼躲在幕后的叽叽喳喳，"策划于密室"的所谓的运筹帷幄，点火于千里之外的旁观者。

而《水浒》里的神机军师朱武的所谓的神机妙算，只是在对付九纹龙史进时用一回。史进这个长不大的青年，在把跳涧虎陈达绑缚后，朱武想出一条苦计。第二天，只见朱武、杨春步行已到庄前。"两个双双跪下，擎着两眼泪"。擎字用的好，把泪举着，不是流下，虚伪之极。然后朱武痛哭诉说，先是义字打头，取得道义的支持，然后表扬奉承史进："小人等三个，累被官司逼迫，不得已上山落草。当初发愿道：'不求同日生，只愿同日死。'虽不及关、张、刘备的义气，其心则同。今日小弟陈达不听好言，误犯虎威，已被英雄擒捉在贵庄，无计恳求。今来一迳就死。望英雄将我三人，一发解官请赏，誓不皱眉。我等就英雄手内请死，并无怨心。"这一下把史进陷进"不义"的坑塘，于是史进沉思：他们义气如此，拿去送官反教天下英雄耻笑，"大虫不吃伏肉"。于是史进舒舒服服地就擒于神机军师的糖衣炮弹下。而朱武在幽州辽国的阵法前的露脸，只不过是显示了大宋国的知识霸权。辽军的阵法我们也有，是小儿科，大宋的正义之师不屑于玩罢了，一副可怜的民族自尊相，但朱武也不是没有优点，毕竟是最后残存的十五个好汉，来怀念那些先死的先烈们了。到清明也可能借踏青的机会凭吊一下史进和宋江，擎着泪吧？

而到了民国年间，作家方方的祖父汪辟疆写了"光宣诗坛点将录"的文章，将诗坛人物一一点将，与《水浒》人物类比起来，以陈寅恪先生的父亲陈三立、郑孝胥为都头领宋江、卢俊义，以在晚年与钱钟书对谈为乐的陈衍石遗老人为神机军师朱武。钱钟书先生晚年出版的最后一本新书，是为《石语》，是陈衍先生谈诗的记录。一个年过七旬诗坛长者，一个清华才子，老少二人，恣意月旦近世文人，如曹操与刘备闲话时枭雄孟德"天下英雄惟使君与操耳"。《石语》有点象刘义庆的《世说新语》，实是解颐醒脑的尤物。陈衍老人对那些名家严复、林纾、陈三立、郑孝胥、梁启超、章太炎多有快论，如老吏断案，又如庖丁解牛，牛体无完肤。

郑孝胥是光绪八年的解元，诗坛中的巨擘，近代书法家。辛亥后，以遗老自居。"九一八"事变后追随溥仪到东北，任满洲国"国务总理兼文教部总长"，书写"满洲国"界碑，"可惜污了他一手好字！"

陈衍和郑孝胥是旧交，同为闽人，但陈衍鄙视郑孝胥的为人，在与钱钟书对谈时说郑诗"专作高腔，而少变化，更喜作宗社党语，极可厌"。陈衍说苏戡（郑孝胥）堂堂一表人才，可是他的妻子（是一淮军将领的女儿）其貌不扬，又秃发跛足，侏身麻面，性又悍妒无匹。郑孝胥后来讨了一妾，陈衍想见，其妻在屏风后面大吼"我家无此混帐东西。"

晚清国事蜩螗，郑孝胥闻鸡起舞，托词锻炼身体，以备万一为国出力可以上阵，其实是溜到小妾处宿也。以爱国的名义爱女人，以政治和女人为天下最脏的东西的男人，最爱搞的就是这两件事。石遗对郑氏评曰"苏戡大言欺世，家之不齐，安能救国乎！"确实石遗老人在73，76岁时，姬人小妾尚举两男，郑孝胥是不入神机军师的法眼了。

其实入钱钟书先生法眼的有几？人说只有李拔可、陈石遗而已，在晚年钱钟书把青年钱钟书与老年陈衍的对谈刊布，这个回头看，却也发人深思了。

小人物吝啬的理由

——说打虎将李忠

读水浒的人，多数人不喜打虎将李忠，他的不爽直和抠唆，在人们眼里是一个闯荡江湖卖狗皮膏药的，但就是在这里我们读出了施耐庵的笔力遒劲，写小人物，笔下是同情的理解，如果戈里契诃夫笔下的小人物，世界的分母永远是小人物，这部分人的哀痛往往是被人忽略的，李忠和薛永一样，都是闯荡江湖卖艺的，在揭阳岭我们看到了薛永的无奈。说起来，李忠的祖先也是了得，他的打虎是真是假，水浒里没写出，但祖先的射虎却是史有记载，白纸黑字，他的血脉的上游是李广，和关胜的上游是关羽一样显赫，但李忠可能是营养不良或者天生是瘦肉型，水浒里有押韵的七言文字：

头尖骨脸似蛇形，
枪棒林中独擅名。
打虎将军心胆大，
李忠祖是霸陵生。

霸陵是飞将军李广，祖上射虎，他打虎，也许是借祖上的光，揩祖上的油，但作为江湖人，有个祖先作幌子也是正当，就如现今时代，我们每每口吐白沫说祖先的指南呢罗盘呢，说黄帝内经本草纲目，当不得真，只是遮一下羞做一下秀而已。

李忠是九纹龙史进的开山师傅，但武艺稀松平常，也许，就如乡村的塾师为史进发蒙耳。在江湖上卖膏药多的是花架子，这点史进的花拳绣腿可能继承的就是李忠，好看不好用。但看史进的棒，舞得四处生风，煞是好看，但八十万禁军教头王进逃难到史家庄，看见史进在耍棍，却说史进的棍法不精，赢不得真好汉，于是史进大怒，便要和王进比试，结果才三个回合就被王进打翻，史进于是拜王进为师，王进便把十八般武艺：矛锤弓弩铳，鞭锏剑链挝，斧钺并戈戟，牌棒与枪杈，全部传授给了史进。

李忠刚一出场是在渭州街头使枪卖药的时候，仗着十来条杆棒，地上摊着十数个膏药，一盘子盛着，插些纸标儿在上面，史进见了，却认得他。原来是教史进开手的师父，鲁提辖道："既是史大郎的师父，也和俺去吃三杯。"师徒相逢，当是祝贺的事，哪能没有酒，于是一醉方休，况且还有鲁达尽地主之谊不用从自己腰包里掏银子，但这时我们看出了李忠的小人物的憨厚，也许是小人物的自尊，当时李忠正在使枪弄棒，招徕观众，正所谓江湖卖艺也。李忠不忍放弃刚刚召集到的看客，这是潜在的衣食父母，要知道江湖卖艺者是仅比乞丐好不到哪里的角色，是属于底层和草根，于是李忠就向鲁达表示，""待小子卖了膏药，讨了回钱，一同和提辖去"。在李忠看来，朋友相聚固然重要，但"卖了膏药，讨了回钱"才是硬道理。对鲁达的催促，李忠解释这是"小人的衣饭，无计奈何"，是啊，这是"衣饭"，史进是庄主，鲁达是有编制的国家的军人序列，不用为吃饭着劳什子操心，在鲁达看来，吃饭有何难事，于是就轰走了李忠的看客，强拉李忠去吃酒。对于鲁达，李忠的反应是"敢怒而不敢言，只得陪笑道：'好急性的人'"。

这就是小人物，搅了自己的生意，还要陪笑脸，在人家一亩三分地上，就得装孙子，弱者，你的本事就是陪笑脸，他没有别的选择，于是。李忠只好偃旗息鼓，收拾家伙一同到酒楼了。

喝酒本是快乐的事，但在酒楼的隔壁却传来哭声，这有点晦气憋气，鲁达的急躁脾气上来了，就唤酒保将金翠莲父女叫了过来。问过得知他们是外地流动人口，母亲染病身亡，无钱回家，在这里被一个号称镇关西的郑姓屠户欺压敲诈。闻此不幸，鲁达立即掏出五两银子，作为那父女的返乡路费，史进也掏出十两银子相帮，声明不要鲁达还，而李忠却无动于衷。鲁达第二次发话，看着李忠道："你也借些出来与洒家"，他才慢吞吞摸出二两银子来，待李忠摸出二两银子时，鲁达终于按耐不住说话了："也是个不爽利的人。"是啊，不爽利，这是我们应该给的同情的理解，指头有长短，颜色多参差，按一个尺寸丈量人，难免会有豁达吝啬之分，也许是李忠的不爽利让鲁达看不起，最后鲁达将这二两银子丢还给他。

我们知道，这样的场面是令李忠这类人尴尬的，但李忠的钱是血汗钱，不像李逵硬吃硬拿，也没有开黑店，把来往的客商宰了，其实二两银子在当时不是小数目，我们看薛永在揭阳岭的遭遇：

那教头（薛永）把盘子掠了一遭，没一个出钱赏与他。那汉又道："看官高抬贵手。"又掠了一遭，众人都白眼看，又没一个出钱赏他。宋江见他惶恐，掠了两遭，没人出钱，便叫公人取出五两银子来（见第三十六回）。

五两银子，是宋江接济给病大虫薛永的。此时的薛永，也像李忠一样在街头耍枪卖艺。但他因没有给当地霸主穆弘、穆春兄弟送好处费，没人敢给薛永赏钱。宋江看不过去，接济了薛永。

而李忠摸了半天，才摸出二两银子送人，这已经是他的极限，施耐庵写李忠是为了写鲁达的出手大方，但评价的标准不应一律，豪侠仗义是应该赞扬的，但老实本分也未尝不可，社会的大多数都是地层的这些讨生活的人，鲁达人们不好效仿，李忠就是身边的弟兄。

应该说，李忠合法挣钱，本分生活，其行事风格是社会中的常态。而鲁达出手阔绰，也到处赊账，非地位不高拳头不硬的平头百姓所能效仿。

应该说是鲁达的三拳头砸烂了李忠的饭碗，在鲁达三拳打死郑屠后，李忠为了躲避官府的连坐，逃到了青州桃花山，和下山剪径的小霸王周通大战三百回合，最后入伙，做了老大。

桃花山上住的强人，也符合桃花的本意，"桃之夭夭，灼灼其华。"小霸王周通好的就是桃花的颜色，但这好色经不住鲁达的老拳，但这一顿好

大，把李忠打了出来，于是就有了李忠和鲁达的相会，于是就有了周通、李忠、鲁达相聚在桃花山。

李忠和周通想把鲁达拉入伙，壮大革命力量。但鲁达觉得二人都太小气，执意要走，理由是当了和尚不能再落草为寇。这理由勉强，狗肉都吃得，烧酒都喝得，强盗却做不得，这只是哄骗李忠和周通的，只是性情不同，鲁达从骨子里看不起李忠而已。

李忠、周通竟然相信鲁达的话，也不再强留，不是当即送上盘缠，却傻冒到去下山抢劫来为鲁达凑路费。这下子更令鲁达不满意，嫌二人"把官路当人情"，就趁着二人下山，就把陪着自己的两个小喽啰打翻、捆好并在嘴里塞上麻核，手法很老练。然后，又把山上待客的许多金银酒器的金银酒器用脚踩扁、打了包，溜之乎也。

最后，免于有可能正回山的李忠、周通碰头而尴尬，鲁达竟然从没有路的后山滚了下去，事后周通大叫："这秃驴倒是个老贼！"

但李忠的表现很有意思，李忠因这件事向二当家的周通表示歉意："是我不合引他上山,折了你许多东西,我的这一分(刚下山抢来的)都与了你。"

李忠不让弟兄吃亏，但举止就像过日子的庄稼汉，不像好汉的作派，但透出真实可爱。其实李忠的小气，虽然令鲁达不快，但鲁达何许人也。

当桃花山遭呼延灼攻打，抵挡不住时，李忠提出向二龙山鲁达等求援。周通却怀疑鲁达会记前仇。李忠笑道："不然,他是个直性的好人,使人到彼,必然亲引军来救我"，从这点来看，李忠是欣赏和认得英雄的，眼光是独到的，李忠，是个小人物，桃花山也是个小山头，李忠没有把山寨做强做大的本事，只是小富即安地过过日子。但他却招惹上了双鞭呼延灼。这是坏事也是好事，把他的家底合伙到了二龙山，然后奔向梁山。

小乙哥

——说浪子燕青

水浒里,我最喜欢的一个人就是燕青。虽然他出身奴才,是玉麒麟卢俊义的跟班,卢俊义唤他:小乙。小乙,是宋代对贱民的称呼,但卢俊义和我们在阅读水浒的时候,都没有把他当成奴才。燕青是个百伶百俐的复合型的人物,卢俊义把他有时看作兄弟,有时看作儿子。卢俊义对待燕青不象宋江对待李逵,李逵是宋江的心腹,更像一只狗。

燕青先天素质好,先是老娘给了一副好身板和好脑壳:"六尺以上身材,二十四五年纪,三牙掩口细髯,十分腰细膀阔。不止一身好花绣,更兼吹得弹得,唱得舞得,拆白道字,顶真续麻,无有不能,无有不会。亦是说得诸路乡谈,省得诸行百艺。"燕青自幼父母双亡,在卢俊义家里长大。他受到了好的教育并且在卢俊义的身边经历了许多,文武兼备,黑白皆通,有仁有义。书中有一首《沁园春》描写燕青:"唇若涂朱,睛如点漆,面似堆琼。有出人武艺,凌云志气,资秉聪明。仪表天然磊落,梁山上端的驰名。伊州古调,唱出绕梁声。果然是艺苑专精,风月丛中第一名。听鼓板暄云,笙声嘹亮,畅叙幽情。棍棒参差,揎拳飞脚,四百军州到处惊。人都羡英雄领袖,浪子燕青。"

燕青是个在民间广为传播的人物。在宋末元初龚开的《宋江三十六人赞》里提到燕青时就已说到,"平康巷陌,岂知汝名,太行春色,有一丈青"。

在《水浒传》成书之前，燕青的故事已经在民间"见于街谈巷语，不足采著。"《水浒传》中，浪子燕青出场是比较晚的。《水浒传》第七十一回便是梁山伯英雄排座次。而燕青出场已经是六十一回。但他排在三十六天罡星之末，是天罡星的"孙山"，但是，燕青的故事与人物形象在人们心目里可谓风流倜傥，睿智洒脱。

有时，我对燕青的绰号——浪子，颇多疑惑。浪子——不务正业、专事游荡的人。燕青这人游荡江湖，但不胡来，我以为这个绰号是借用，是反面做文章。浪子这名号可能来自和水浒同时代的徽宗时宰相李邦彦，《三朝北盟会编》："邦彦尝自言赏尽天下花，踢尽天下球，做尽天下官，而都人亦呼季彦为浪子宰相。"宋人著作中，凡冠以浪子名号的，无不是迷恋勾栏瓦舍、轻薄无行的。还是这个李邦彦《宋史》里说他："善谐谑，能蹴鞠，用市语为词曲，人争传之，自号李浪子。拜少宰，惟阿顺趋诣，充位而已。都人目为浪子宰相。"《三朝北盟会编》有："韩之纯累薄不顾士行之人也，平日以浪子自名，喜嬉游娼家，好为淫媟之语，又剌淫戏于身肤，酒酣则示人，人为之羞而不自羞也。"不管李邦彦还是韩之纯，其行径和燕青都不相类。

而李邦彦是北宋末年（靖康之难）投降派奸臣之首，直接造成北宋灭亡。李邦彦和燕青的容貌有得一拼。史书记载，他是大观二年（1108年）进士。外表俊爽，美风姿，为文敏而工。然生长市井，习惯猥亵卑鄙，应对便捷。有人弹劾其行为不检，罢符宝郎，又复为校书郎。不久以吏部员外郎领议礼局，出知河阳，召为起居郎。李邦彦善奉承人，不少人争荐誉之，累迁中书舍人、翰林学士承旨。

宣和三年（1121年），拜尚书右丞，两年後转左丞。与王黼不和，私下里勾结蔡攸、梁师成等，攻击王黼并罢之。第二年，拜少宰，无所建明，惟阿谀诌媚白占个位子，东京开封的人视其为"浪子宰相"。

李邦彦的出身和燕青比，也好不到哪里。他的父亲做过银匠，等他读书有成，加官进爵做了宰相，有人就拿他的出身讥笑他，弄得李大官人面带羞色。回家告诉了老娘，老娘说：要是宰相家出银匠，值得羞；而银匠家出宰相，何羞之有？李邦彦的老娘作为一个足不出户、目不观书的母亲见识确实非凡。

李邦彦身上也有雕青。他常"应召"参加宫中秘戏，徽宗喜欢听开封街面上流传的"荤笑话黄段子"，他们穿上戏服，化上妆，竞相为徽宗献上新"段子"。

李邦彦有一次侍宴，他事先在身上贴上生绡画的龙纹，皇帝出来，便裸衣让皇帝欣赏文身，并且口里还说些不三不四的笑话。皇帝举杖想打他，他却嘻嘻笑着爬上柱子避开。皇后在里边看见了叫他下来。他嬉皮笑脸的答道："黄莺偷眼觑，不敢下枝来。"逗得徽宗笑弯了腰，命宦官传圣旨："可以下来了，没事儿了！"

皇后曾经碰巧看到过这样的场面，看得皇后暗自摇头叹息："宰相就这样，国家能治理好吗？"

其实浪子这名号给李邦彦合适，给小乙哥燕青不咋合适。其实，细细分析小乙哥，我以为他身上表现的忠义令我等动容。

卢俊义从梁山放回到家乡的时候，李固实现他筹谋已久的阴谋，占了卢俊义的家产并夺了卢俊义的妻子，赶走了燕青。燕青是一副"头巾破碎，衣裳褴褛"的样子出现在卢俊义的眼前。燕青告发了李固并劝主人返回梁山泊躲避，但卢俊义喝道："我的娘子不是这般人，你这厮休来放屁！"燕青又道："主人脑后无眼，怎知就里？主人平昔只顾打熬气力，不亲女色；娘子旧日和李固原有私情；今日推门相就，做了夫妻，主人回去，必遭毒手！"卢俊义大怒，喝骂燕青道："我家五代在北京住，谁不识得！量李固有几颗头，敢做恁勾当！莫不是你歹事来，今日到来反说明！我到家中问出虚实，必不和你干休！"燕青痛哭，爬倒地下，拖住员外衣服。卢俊义一脚踢倒燕青，大踏步，便入城来。

忠而见疑，信而被谤，说的是实情，却被主人认为是诬陷，为了不使主人陷于绝地，燕青选择"痛哭，爬倒地下，拖住员外衣服"不让有卢俊义身赴险地。

随后卢俊义因陷害身陷囹圄，燕青更是在跪在蔡福面前，眼泪如抛珠撒豆请求蔡福把自己城外化得半罐子饭送于牢中为卢俊义充饥。在卢俊义押解途中又多亏燕青不辞辛劳紧随其后用箭射死了企图谋害卢俊义的董超、薛霸，救了卢俊义一命。在背着卢俊义一路逃亡的过程中，就在没有吃的时候，《水浒传》写了燕青对于卢俊义的感情的诚挚：

"燕青轻轻取出弓，暗暗问天买卦，望空祈祷，说道'燕青只有这一枝箭了，若是救得主人性命，箭到灵鹊坠空；若是主人命运合休，箭到，零鹊飞去。'"

到了最后燕青看破世事，劝卢俊义功成身退，远祸全身，但卢俊义执迷不悟。这时燕青离开卢俊义，卢俊义问了他一句话："你辞我，待要哪里去？"燕青道："也只在主公前后。"

就算燕青选择上与卢俊义选择相背，燕青依旧是"也只在主公前后。"

燕青有好武艺，但不张狂，燕青的看家本领是"相扑"和使"川弩"。他自幼跟卢俊义学得相扑，江湖上不曾逢着对手。黑旋风李逵在梁山上天不怕地不怕，翻了脸宋江也敢骂，唯独怕燕青。"李逵若不随他，燕青小厮扑，手到一交。李逵多曾着他手脚，以此怕他，只得随顺"；擎天柱任原身长一丈，貌若金刚，有千百斤力气，在泰安摆擂两年未遇对手，结果被燕青"头在下，脚在上，直撺下献台来。燕青还有一手绝活：拿着一张川弩，只用三枝短箭，百步穿杨，箭到物落。在林子里救卢俊义，一箭一个，结束了董超、薛霸的性命。后来学弓，向空中射雁，箭箭不空，须臾之间，射下十几只鸿雁。这功夫，梁山好汉中也只有小李广花荣堪比。

梁山是粗人窝，但燕青却是一雅人。吹拉弹唱，样样精通。与一代名妓李师师琴箫和奏，玉佩齐鸣，黄莺对啭。师师不住声喝彩："哥哥原来恁地吹得好箫！"唱起歌来，声清韵美，字正腔真。宋徽宗听了，青眼有加，"命叫再唱"。徽宗、师师何等人物，燕青以一不速之客，仅凭几分才艺，让二人喝彩，水平之高，自不待言。

并且，他在音韵上，和现代汉语古代汉语教授有一比。在古时候，虽然有韵书统一文字发音，但识音韵的只是少数人。燕青在交际时却没有这些隔阂，他和谁都有共同语言，都能说到一块。如在东京万寿门，燕青"打着乡谈"学着公人口吻虚张声势,顺利混进城去,这时戴宗只能一声不响跟在后面。扮个山东货郎,"一手拈串鼓,一手打板,唱出货郎太平歌,与山东人不差分毫来去"。

水泊头领宋江魂牵梦绕的大事就是进入体制,弄个编制,就是招安,而招安的关键人物就是燕青。而在燕青说动李师师答应为水泊梁山帮忙的时候,谁知李师师爱上了小乙哥,这时的燕青如果把握不好,就会坏了梁山的大事,帅哥引得美女爱恋,是十分正常的,况且,作为风尘女子,阅人多矣。但论综合素质,燕青绝不在宋徽宗之下。于是酒席之间,李师师就用些话来嘲惹燕青;数杯酒后,一言半语,便来撩拨。燕青是个百伶百俐的人,如何不省得?他却是好汉胸襟,怕误了哥哥大事,那里敢来承惹?李师师道:"久闻的哥哥诸般乐艺,酒边闲听,愿闻也好。"燕青答道:"小人颇学的些本事,怎敢在娘子跟前卖弄?"李师师道:"我便先吹一曲,教哥哥听!"便唤丫鬟取箫来,锦袋内掣出那管凤箫。李师师接来,口中轻轻吹动,端的是穿云裂石之声。燕青听了,喝采不已。李师师吹了一曲,递过箫来,与燕青道:"哥哥也吹一曲,与我听则个!"燕青却要那婆娘欢喜,只得把出本事来,接过箫,便呜呜咽咽也吹一曲。李师师听了,不住声喝采,说道:"哥哥原来恁地吹的好箫!"李师师取过阮来,拨个小小的曲儿,教燕青听,果然是玉佩齐鸣,黄莺对啭,余韵悠扬。燕青拜谢道:"小人也唱个曲儿,伏侍娘子。"顿开咽喉便唱,端的是声清韵美,字正腔真,唱罢又拜。李师师执盏擎杯,亲与燕青回酒谢唱,口儿里悠悠放出些妖娆声嗽,来惹燕青;燕青紧紧的低了头,唯喏而已。

数杯之后,李师师笑道:"闻知哥哥好身纹绣,愿求一观,如何?"燕青笑道:"小人贱体,虽有些花绣,怎敢在娘子跟前揎衣裸体?"李师师说道:"锦体社家子弟,那里去问揎衣裸体!"三回五次,定要讨看。燕青只的脱膊下来,李师师看了,十分大喜,把尖尖玉手,便摸他身上。燕青慌忙穿了衣裳。李师师再与燕青把盏,又把言语来调他。燕青恐怕他动手动脚,难以回避,心生一计,便动问道:"娘子今贵庚多少?"李师师答道:"师师今年二十有七。"燕青说道:"小人今年二十有五,却小两年。

娘子既然错爱，愿拜为姊姊！"燕青便起身，推金山，倒玉柱，拜了八拜。这八拜是拜住那妇人一点邪心，中间里好干大事。若是第二个，在酒色之中的，也把大事坏了。因此上单显燕青心如铁石，端的是好男子。当时燕青又请李妈妈来，也拜了，拜做干娘。

宋代社会文身之风盛行。徽宗时候腿上有刺青的恶少在东京大街上骑马追逐妓女，人们称之为"花腿马"。南宋初，大将张俊选少壮高大的士卒为他在杭州营造太平楼酒肆，为防止其逃亡，让军士"自臀而下文刺至足，谓之花腿。"文身的人还有专门的"俱乐部"，叫"锦体社"。锦体社团之间，还经常有赛事，比赛还有奖品。水浒里写燕青，"若赛锦体，由你是谁，都输与他"。

《水浒传》中描写的有文身的好汉共有七位，其他因为犯罪而脸上被刺字的不算，例如宋江、武松等。第一个是帅哥九纹龙史进，肩臂胸膛总有九条青龙，是他父亲史太公专门请高手匠人刺得他这一身花绣。第二个出场是花和尚鲁智深，也是一身花绣，绣在脊背至后臀。我们的鲁提辖，威武粗犷的外表下还隐藏着一颗爱美的心哟！后面陆续提到的还有：短命二郎阮小五胸前刺着"青郁郁一个豹子"，病关索杨雄"蓝靛般一身花绣"，双尾蝎解宝"两只腿上刺着两个飞天夜叉"，花项虎龚旺"浑身上刺着虎斑，脖项上吞着虎头"。

最性感的文身要推浪子燕青，"为见他一身雪练也似白肉，卢员外叫一个高手匠人，与他刺了这身遍体花绣，却似玉亭柱上铺著软翠。"如同"凤凰

踏碎玉玲珑，孔雀斜穿花错落"，真是美不胜收。第74回泰山天齐庙打擂时，燕青把布衫一脱，吐个架子，看客登时"如搅海翻江相似，迭头价喝彩，众人都呆了"，擂主擎天柱任原只是"看了他这花绣，急健身材"，就已经有"五分怯他"，尚未动手，那全身的花纹就已经被对手压倒了。

  燕青的文身驰名江湖，不但男人艳羡，连李师师也赞叹不绝。李师师身为京师行首，见多识广，但她也被燕青的"文身"美名给迷住了。所以就有了上面的引文"数杯之后，李师师笑道：'闻知哥哥好身纹绣，愿求一观如何？'燕青笑道：'小人贱体，虽有些花绣，怎敢在娘子跟前揎衣裸体？'李师师说道：'锦体社家子弟，那里去问揎衣裸体！'三回五次，定要讨看。燕青只得脱膊下来，李师师看了，十分大喜，把尖尖玉手，便摸他身上。"

  燕青征服了李师师，这一点燕青自己心知肚明，可是燕青知道自己此行的目的，不是燕青不解风情，若不解风情也虚担了浪子的虚名。李师师在燕青眼里的第一印象："别是一般风韵：但见容貌似海棠滋晓露，腰肢如杨柳袅东风，浑如阆苑琼姬，绝胜桂宫仙姊。"燕青也懂得欣赏李师师，可他更懂得自己的使命，在酒色面前一般男人很难把持。在自己要犯错误的时候，燕青情急之下，灵机一动，拜了李师师为姐姐，这既阻挡住了李师师，也阻挡住了自己的身体欲望。

  其实最值得大家赞赏的是梁山好汉受招安后，征方腊，打田虎，死的死，伤的伤，得善终的，没有几人。燕青是少数得了善终的人中的一个。

  双林镇燕青遇到故人许贯中，看似闲笔，实有深意在焉。"树木丛中，闪着两三处草舍。内中有几间向南傍溪的茅舍。门外竹篱围绕，柴扉半掩，修竹苍松，丹枫翠柏，森密前後。""数杯酒後，窗外月光如昼。燕青推窗看时，又是一般清致：云轻风静，月白溪清，水影山光，相映一室。"许贯中告诉燕青："今奸邪当道，妒贤嫉能，如鬼如蜮的，都是峨冠博带；忠良正直的，尽被牢笼陷害。小弟的念头久灰。兄长到功成名就之日，也宜寻个退步。自古道：'林鸟尽，良弓藏。'"

  征讨方腊之后，梁山中人死的死，伤的伤，原本是要回去加官晋爵，衣锦还乡的。燕青却在劝说卢俊义不成的情况下，自己悄悄走了。同时给宋江留书一封："辱弟燕青百拜恳告先锋主将麾下：自蒙收录，多感厚恩。效死干功，补报难尽。今自思命薄身微，不堪国家任用，情愿退居山野，为一闲人。本待拜辞，恐主将义气深重，不肯轻放，连夜潜去。今留口号四句拜辞，望乞主帅恕罪：雁序分飞自可惊，纳还官诰不求荣。身边自有君王赦，摆脱风尘过此生。"

"林鸟尽，良弓藏"，功成身退的人物，每一个朝代都有。春秋时就有越国大夫范蠡，灭吴之后，最后与美人西施泛舟五湖，庄子说"携至美游乎至乐，是至人也"；与范蠡相对应的，是等着封侯而掉了脑袋的大夫文种。汉代又有个张良，灭秦克楚之后，激流勇退，避免了韩信、英布、彭越以及萧何等人身首异处的下场。《水浒》里又多了一个小乙哥，也许，我们给他设计一个结局，最后他结伴李师师归隐，那是多么良好的结局，但这只是我们善良的愿望，当不得真。

英雄离泼皮无赖只一步

——说没遮拦、小遮拦穆弘、穆春兄弟

穆弘、穆春

出身籍贯：江州

职业：地主、恶霸

基本经历：穆弘是穆家庄的大公子，与弟弟穆春称霸揭阳镇，谁去他们地盘做营生都得先拜谒他们兄弟，宋江出征常带着他。

身高：

相貌：

星座：天究星、地镇星

性格：

爱好：

社会关系：属于宋江的铁杆派系

基本评价：在大宋朝做恶霸要比在梁山做强盗好，恶霸可以在街面上公开活动，打打杀杀，强盗却要躲到山寨，从穆氏兄弟身上可以得出一个结论，做人不能太规矩。

索引：

（词目）没遮拦

（发音）méi zhē lán

（释义）遮拦：1.亦作"遮阑"。亦作"遮兰"。亦作"遮栏"。 2.犹阻拦。3.阻挡；抵御。4.遮蔽；遮盖。5.遮护；庇护。6.排遣。7.遮蔽物；拦阻物。

没：无，没有。

例举：

1.没有阻挡。引申为没有掩饰。元王实甫《西厢记》第三本第二折："小孩儿家口没遮拦，一味的将言语摧残。"明吴炳《绿牡丹·倩笔》："蝇头半纸被人轻篡，询求仓卒，语句没遮拦。"《红楼梦》第四十九回："我说呢，正纳闷'是几时孟光接了梁鸿案'，原来是从'小孩儿口没遮拦'，就接了案了。"

2.指管束不住的人。《水浒传》第三十七回："这弟兄两个富户，是此间人，姓穆名弘，绰号'没遮拦'。"

没遮拦，是一个常青又常用的词汇，从西厢记到现在，把满嘴跑火车、无顾无忌的人还就叫做：口没遮拦，就是口没把门，直来直去。但在水浒里，没遮拦和小遮拦，不是耍嘴皮功夫的人，他们弟兄是比牛二还要牛二的江湖混混，黑道袍哥，是大一号的牛二，只因牛二命运不济，没有遇到江哥哥，才成了杨志的倒下的倒霉鬼，但穆弘、穆春弟兄遇到了宋江，如摸彩票中了大奖，才一路凯歌，混到了山寨坐了把交椅，其实，这些人，欺行霸市，欺男霸女，是官府奈何不得，小老百姓奈何不起，他们是革命依靠的对象，是与好汉特亲近的不得了的一伙，在水浒里，有功夫，能杀人，敢冲撞官府，敢大碗喝酒，拳头硬，弄些枪棒，腾挪手脚，就在江湖上有了资本。

牛二那些小泼皮，是小一号的好汉，他们没有进入好汉的序列，还处在被被道德谴责的一群，一旦进入好汉的行列，即使你杀人越货，卖人肉包子，偷鸡摸狗，人们也开始以宽容的目光打量你，好汉是光棍中的光棍，泼皮中的泼皮。

穆弘、穆春兄弟无疑就是这样的泼皮无赖，江湖的好汉"病大虫"薛永来揭阳镇打拳卖艺推销膏药，但围观者皆白眼相看，薛永把要赏钱的盘子掠了两糟，就是没要出一个钱，这时宋江见薛永惶死，便叫公人取出五两银子来。宋江叫道："教头，我是个犯罪的人，没甚与你；这五两白银权表薄意，休嫌轻微。"薛永接了银子，托在手里，感慨道："恁地一个有名的揭阳镇上，没一个晓事的好汉抬举咱家！"就是这句话惹了祸，只见人丛里一条大汉分开人众，抢近前来，大喝道："兀那厮是甚么鸟汉！那里来的囚徒？敢来灭俺揭阳镇上威风！"

宋江应道："我自赏他银两，却干你甚事？"那大汉揪住宋江，喝道："你这贼配军敢回我话！"宋江道："做甚么不敢回你话？"那大汉提起双拳，劈脸打来。

宋江躲个过。大汉又赶入一步来，宋江却待要和他放对，只见薛永从人背后赶将来，一只手揪这那大汉头巾，一只手提住腰胯，望那大汉肋骨上只一兜，踉跄一交，颠翻在地。那大汉却待挣扎起来，又被薛永头只一脚踢翻了。

这个寻衅滋事的人，便是穆弘的弟弟穆春，薛永来到揭阳岭没有拜码头，于是就喝令围观者谁都不能理睬薛永的卖艺，无论薛永如何卖力，就是得不到一文赏钱，而宋江虽然在江湖惯了，但也不了解揭阳岭的民情，揭阳岭的人不出手，你却出头大胆放了赏钱，让揭阳岭老少爷们的脸面往哪搁？你算那个裤裆里的鸟，在老爷地盘上撒野，用现在的时髦话，我的地盘我做主，显然破坏了老爷的规矩，于是就出现了这样的一幕：宋、薛欲饮酒，无酒家敢卖，若卖，"把我这店子打得粉碎"，欲投宿，无客店敢收留，偌大的揭阳镇完全被穆氏淫威笼罩。夜里宋江为逃避穆氏兄弟的追杀，又上演了一幕极为恐怖的逃亡，薛永则已被穆春带人捉住，"尽力气打了一顿，如今把来吊在都头家里，明日送去江边，捆做一块，抛在江里，

出那口鸟气。"为报私仇，公堂私设到了都头家里，且肆无忌惮地欲将人投入江中害死，这样的手腕能力，又岂是牛二这等寻常泼皮可及？

中国社会的结构，向来是以流氓来管理社会，实行流氓政治，《商君书》早就提出"以奸民治"的理论：国家利用良民来统治奸民，国家必乱，以至于削灭。国家利用奸民来统治良民，国家必治，以至于强。

（原文：国以善民治奸民者，必乱，至削。国以奸民治善民者，必治，至强"。"奸民治善民"说白了就是"流氓政治"。商鞅提出让流氓地痞治理百姓，以奸御良，目的是维护专制统治的需要。现在，在城市开发，在乡村假设中，为拔掉工作中的所谓的"钉子户"，便纠集一批光棍、混混去"攻坚"，并美其名曰"以毒攻毒"。"以奸民治"影响之深，由此可见。

权力是一把双刃剑，既可以为善，也可作恶。一旦权力沦落到地痞村霸手中，便只剩下作恶的份了。他们可利用权力使其恶行披上"合法"的外衣更加肆无忌惮，他们还能利用权力为其获取非法收入创造条件。最终，他们会用权力、暴力、财力构筑一个巩固的"乡间帝国"，在这个"乡间帝国"中谈什么民主民生，小老百姓就如一群羔羊，只有低头吃草的权利，连嚎叫的功能也被剥夺。

在水浒里，比没毛大虫牛二还要可恶的穆弘、穆春兄弟，没有人杀，而牛二又何辜而遇上了杨志，假设，穆弘、穆春遇到了武松、鲁智深，难免不成刀下之鬼。

但穆弘、穆春要幸运的多，他们遇到了宋江，宋江却马上和他们打成一片，事情经过李俊等说合，被穆氏兄弟追杀的宋江有惊无险，化敌为友，住进了穆家庄。临行，穆氏兄弟送了金银，"洒泪而别"。穆弘穆春在梁山成了宋江的基本盘，在梁山排名的时候，穆弘居然排到了天罡的第 24 位，真的让人难以服气。

但穆弘的后台是宋江，我们知道江州城外白龙庙中梁山泊好汉劫了法场，救了宋江，这里面就有穆弘，后来好汉来到穆弘的父亲穆太公庄上，宋江提出要找黄文炳报仇，薛永自告奋勇去无为军探听消息并带回了黄文炳家的裁缝通臂猿侯健，此人也是 108 人之内，不过一个小角色，日后排名 71。侯健介绍了黄家情况后，第二天一伙人就杀向无为军，把黄文炳一家全给杀了。李逵杀的兴起连带着将黄文炳的哥哥，人称黄佛子的黄文烨的满门也给杀了。

应该说穆弘的家穆家庄是前敌指挥所，所以后来的穆弘的地位，早就在宋江心目中安下了根子，穆弘也由泼皮无赖成了金光灿灿的好汉了，但我想，这样的好汉，我们的社会不要也罢。

英雄失路，托足无门

——说青面兽杨志

杨志

出身籍贯：五侯之家，将门之后。

职业：殿帅府制使、大名府管军提辖使、二龙山头领

基本经历：林冲来到梁山，王伦不容，要他先下山取"投名状"杀一人上山。不想正巧碰见倒霉的杨志，杨志本来是殿帅府制使（中央直属警卫团），因押送花石纲在黄河里翻了船畏罪逃避。与林冲不打不相识，，但杨志一心想到东京找个官做，不肯入伙。杨志在东京花光身上的钱俩，只好卖刀，不得已杀了牛二，被发配到大名府充军。为梁中书护送生辰纲去东京，但被吴用的阴招所劫。在江湖上，武力是一个小指头，智力才是大拇指。杨志无奈和鲁智深打上二龙山，做了山寨之主，后归梁山泊。征讨方腊时在途中，患病寄留在丹徒县大后方的小县城，默默的死去，一个将军没死在战场，窝囊。

身高：七尺五六身材，约合1.8米。

相貌：脸上有快青色胎记

星座：天暗星

性格：骨子里流淌着英雄的血，求功求名心切，对上级巴结讨好卖力，对下属苛刻严酷，不善于团结。

爱好：一刀一枪在边疆上博一个封妻荫子。

社会关系：血液的上游是杨令公，佘太君；与杨家七狼八虎，穆桂英，有血的联系。

基本评价：命运不可说，杨志一生有很多机会，但命运不济环境作祟，最终都失之交臂，有的机会如泥坑，越努力，陷得越深，稀泥从脚脖到头顶。比如的遇赦回京，用银子打通关节，眼看官复原职，谁知高俅的几句训斥就让煮熟的鸭子飞走了，所有的努力化成了泡影。但刀挑牛二却使生命翻转，一个服刑犯让梁中书的赏识，但吴用的阴招把杨志打回原形，在江湖里只有扑腾的份了。

这怨谁？只有把恨记到社会的账上，一个社会黑暗的时候，个人只有沉沦，一个社会良性的时候，就有机会施展，但沉沦也是上升，是脾气的上升，是怨恨的上升，最后，黑暗的社会为这些苦孩子的劳动买单：那是这些苦孩子为社会织就的裹尸布。

秦琼卖马和杨志卖刀，是我小时候听的最多的故事。一个唱小曲的，是父亲的朋友。在文革专制年代，小曲也不许唱，戏瘾难耐，象吸毒。他总是在冬天夜晚到我的家里，在局促的地铺前唱秦琼卖马。把响马秦琼那种无限河山泪，谁言天地宽，一分钱难死英雄汉的悲慨演绎的惟妙惟肖。他一会儿是秦琼，一会儿是店家，一会儿是单雄信，一会儿是王伯当，现在还记得秦琼和店主的对词：（秦白）"店主牵马"。（店白）"哦！"（秦唱西皮慢板）"店主带过了黄骠马"，（店白）"你瞧你这个马呀，饿得都成了四根棒儿枝儿了罢，谁要它？"（秦唱）"不由得秦叔宝两泪如麻"。（店白）"好不歹样儿的，卖不卖就在你啊，你哭的是什么啊？"（秦唱）"提起了此马来头大"，（店白）"这么匹马，它有什么来头呀？"（秦唱）"兵部堂王大人相赠与咱。遭不幸困至在天堂下，欠你的店房钱无奈何只得来卖它"。（店白）"那么你到底卖不卖？"（秦唱）"摆一摆手儿牵去了罢"。小时，听到此处，就见父亲和他的朋友泪花涟涟，父亲的朋友把那时的压抑用卖马表现。神州萧条寰宇黑，英雄失路归何门。把自己的心爱之物出手，也是对自我价值的一种否定，也就是在那时，我知道杨志为了表示他怀抱的那口刀是要卖的，就在刀鞘里插了一根草标。这种用插草标来表示出卖意向的做法在民间一直流传。父亲就曾对我讲过，1942年的河南山东的饥谨，白骨遍野，野狗吃人，一个烧饼就能买到一个媳妇。有的人卖儿卖女，就在那孩子头上插根草标。

杨志的绰号里带着兽字，是说武艺高强，再就是在他颜面左侧上下眼睑、颧部有一巴掌大小的褐色色素沉着斑，故名为"青面兽"。西医学称此病为上腭褐青色斑痣，中医称之为青记脸。杨志是不愿落草，最后不得不落草，而落草后是消极处世，躲避在话语权之外。他本是北宋抗辽名将杨令公之孙，杨门之后，也算世家子弟；武进士，功夫扎实，跟林冲比赛过，打成平局。也希图为朝廷效力为皇帝放哨站岗，"在边关上一枪一刀，博个封妻荫子"。然而，作为殿前制使为那个只图苟安享乐的"道君皇帝"修艮岳押送花石纲而翻船。徽宗是个浪漫的诗人兼画家的皇帝，拿诗人的罗曼治国。在位25年，把一座锦绣江山，打造成破船漏屋，最后被女真骑兵掠到冰天雪地的黑龙江边，妻子被那些浑身膻气的胡人屡屡召去做"三陪"。这个创立"瘦金体"的皇帝有个爱好，就是喜欢石头，喜欢稀奇古怪的石头，于是导致北宋灭亡的"花石纲"就出现了。花石纲就是运送奇花异石的船，花石纲掠夺前后持续了20多年，形成了一场真正的灾难。史书说，在江河湖海惊涛骇浪中，人船皆没者，枉死无算。运到东京汴梁的石头数以十万计，最贵的一块石头，光是运费就达三十万贯，相当于一万户普通百姓一年的收入。杨志就在运送花石纲的行列里，这本是一个为皇帝效力露脸的机会，但杨志却时运不济，晦气塞满脑门，在黄河里偏是被风把船弄翻了个，就把花石纲弄丢了，无法交差。本来是赵官家的一条警犬，为主子看家护院，因为这事情，就变成了野狗，四处避难。杨志毕竟是见过世面的人，在大赦后，他打起了"跑官买官"的注意，就弄了一担儿钱物去东京去枢密院走后门。金圣叹于此评点道："文臣升迁要钱使，至于武臣出身，亦要钱使，岂止为杨志痛哉！"其实这是老金的书生的呆气发作了，只要领导手里有合法的分配权伤害权，你不送钱，别人会送，官场也如市场，你想获利就必须投资。从杨志的家教背景看，从小进行的是爱国主义教育，是圣贤的教育是满口的仁义道德，而社会却要教给他的是满肚子的男盗女娼。武官在送钱方面一点也不比文臣差，可是杨志却"将出那担儿内金银财物，买上告下，再要补殿司府制使职役。把许多东西都使尽了，方才得申文书，引去见殿帅高太尉。"也许是高太尉的那天心情不好，也许是勾起花石纲的旧帐，杨志就被这个足球国脚大骂一顿，赶出了办公室。拿钱没有消了灾，投资没有得到回报，杨志的落魄可知。旅店的钱到期，吃饭的钱不知何处，于是杨志就抱着祖传的宝刀，到了汴梁的街头，插上草标叫卖。"话说青面兽杨志丢了花石纲后去东京汴梁寻找高俅，因讨复殿刺使一职而用尽了钱财，穷困潦倒，万般无奈之下，只得去街上出卖家传宝刀"。这时我想到了童年冬天的夜晚，父亲的朋友一边唱着小曲，一边比划着杨志卖刀，一边介绍着刀的种类，刀有手刀、掉刀、屈刀、偃月刀、戟刀、眉尖刀、凤嘴刀及笔刀，还有砍向日本鬼子的二十九军的大刀片。什么"单刀看手，双刀看肘，大刀看刃"，劈、挂、撩、持、扎、砍、切、击、点、抽、抹、拖、拨、画、挑、削、架……等技法，玩刀要注意"刀不离身左右前后，手足肩背与刀俱转"，他当时说了一句"刀走黑"当时是不理解这话的，后来就觉出这不仅指刀法快疾，凶狠，刀下无情，其中也含有刀法诡诈、人莫能测之意。

  就在这天的上午时分，从胡同里一步一颠撞将过来一条吃得半醉的大汉，正是首都有名的泼皮，唤作没毛大虫的牛二。这人的特长就是在大街上使横撒泼，人们一见他来，就避之如虎。他拦住杨志，问这宝刀有甚好处，杨志道这宝刀能砍铜剁铁而刀口不卷，刀口锋利可吹毛立断，砍头杀人而刀口无血。牛二作为消费者，他有权利要杨志一一验过，头发吹断了，铜钱砍断了，都没问题，只是在验到第三件时杨志犯了难。牛二这时正是要横的时候，杨志遇到了一个真正的消费者，他就是让杨志杀一个人，杀鸡不行杀羊也不行，于是牛二便嚷道：你是汉子便剁我一刀。杨志陷入了困境怪圈，把牛二推了一跤。牛二爬将起来，挥起右手，一拳打向杨志。杨志一时性起，望牛二颈项根处便是一刀，接着又在牛二胸脯上连戳两刀，把牛二给杀了,而那刀上果然滴血未沾。

这点我们就看出了杨志作为一个武夫英勇而乏谋的一面。他使我们想到了淮阴侯韩信,《史记·淮阴侯列传》记载。淮阴城里有个无赖,一日在一座小桥上遇见韩信,见其一身破衣却又佩着一把长剑,便存心挖苦道:"若虽长大,好带刀剑,中情怯耳。""信能死,刺我;不能死,出我胯下!"说完便叉开双腿,挡在韩信面前。面对无赖的挑衅,是用手中的长剑刺过去,该出手时就出手还是按他所说,真的从他胯下钻过?韩信看了看地痞,摇了摇头,叹了口气,俯下身子,从那地痞的胯下爬了过去,全然不顾围观的人群发出的阵阵哄笑。

杀了牛二,一逞匹夫之勇,免不了牢狱之灾。同是路遇无赖挑衅,韩信则显出了他那大将气度,他想到了自己有大事要做,犯不着为跟这样的无赖斗气逞一时之勇而枉送了自己性命。正是如此后来方能登坛拜将,统领百万大军,横扫大秦,战败项羽,打下了汉室江山,被封为淮阴侯,成为汉初三杰。

记得张孝祥《六州歌头》有:"念腰间箭,匣中剑,空埃蠹,竟何成!"而杨志的刀竟刺向了泼皮牛二,真是脏了一口宝刀。但我们看杨志杀牛二,真是大英雄报国无门,无法马革裹尸,只有杀狗尔,一腔愤怒,万种低回,地厚天高,托身无所,写英雄失路之悲,至此极矣。

其实这一切,怨不得杨志,只是大宋的机器出了故障。任用中国历史上掌兵权时间最长、军权最大、爵位最高、代表国家出使、唯一被册封为王的宦官童贯,再就是任用了所谓的才子,在书法、绘画、诗词、散文方面均有辉煌表现的蔡京。蔡京的书法跻身于北宋苏黄米蔡之中,然蔡京通过童贯,两人上下其手,将政敌打进地狱。蔡京曾为皇帝提供了一份元祐奸党名录,其中就有人品官声享誉当时、以文化分量震古烁今的苏东坡、司马光、苏辙、黄庭坚、程颐。甚至蔡京的手下还提议皇帝把司马光的坟刨开鞭尸三百。而蔡京的手法没有这么小儿科,而是让皇帝以自己的高超的书法,书写元祐党人碑刻,蔡京以自己的书法颁示天下。所以,我们看杨志的遭遇也就不再稀奇。

杨志开始有点觉悟，开始对大宋江山的合法性提出了质疑："王伦劝俺，也见得是。只为洒家清白姓字，不肯将父母遗体玷污了，指望把一身本事，边庭上一枪一刀，博个封妻荫子，也与祖宗争口气，不想又吃了这一闪。高太尉，你忒毒害，恁地刻薄！"于是就卖刀，卖刀不成就流放。杨家将啊，这"三代将门之后，五侯杨令公之孙。"最后也免不了流离失所。杨志毕竟有薄技在身，于是水浒中最关键的一幕拉开，杨志刺配到大名府后，蔡太师的女婿梁中书慧眼识珠，在犯人堆中发现了杨志的潜在的价值。

杨志乔装打扮，假做客商，隐匿行迹为太史送生日的特大蛋糕生辰纲。而蔡京的女婿却天真得可爱，想把这特制的大蛋糕让天下人看看。当初梁中书本拟"着落大名府差十辆太平车子；帐前拨十个厢禁军监押着车；每辆上各插一把黄旗，上写着'献贺太师生辰纲'"，如此象宣传队播种机，杨志摇头连说不可，梁中书遂"恁地时多着军校防护送去便了"，这时候杨志说了句人心向背的话，显示了大宋的公司向心力的缺失和耗散，"恩相便差五百人去也不济事；这厮们一声听得强人来时，都是先走了的"。真是，你的老丈人的生日蛋糕，让底层好好看护，而且护送蛋糕不但不能吃，还有风险，这里面的人自然会盘算。

烈日下身负重担，匆忙赶路的众军汉和手持藤条、一路催逼的杨志终于来到了我的故乡地面，现在还有遗迹的郓城地界黄泥冈。久在江湖的人都明白，这是强人出没的最好的自然之所。但在身负重担，筋疲力尽的军士眼中，这里阴翳蔽日，却是歇

脚避暑喝汽水吃雪糕的天堂，于是军士们就撂了挑子了。且看《水浒》的描述："一行十五人奔上冈子来，歇下担仗，那十四人都去松林树下睡倒了。杨志说道：'苦也！这里是甚么去处，你们却在这里歇凉？起来快走！'众军汉道：'你便剁做我七八段，其实去不得了！'杨志拿起藤条，劈头劈脑打去。打得这个起来，那个睡倒，杨志无可奈何。"

关键人物白日鼠白胜，他上场时的唱的那首郓城民歌很有挑拨离间的妙用。"赤日炎炎似火烧，野田禾稻半枯焦。农夫心内如汤煮，公子王孙把扇摇"。"农夫"自然暗示一路不胜重负的军士，"王孙"便是一路严加催逼的杨志，可一旦军士们象钟表一样停摆了，不走了，"如汤煮"就是王孙，农夫反倒可以"把扇摇"了，所以白胜的民歌可以如此挑逗地理解说："别听那个拿藤条的家伙，他站着说话不腰疼，"于是乎，买酒的时候杨志阻止，军士们老实不客气地回敬道："没事又来鸟乱！我们自凑钱买酒吃，干你甚事？也来打人！"杨志最后只得让步。军汉们不是不知道世路凶险，即使真有强人来了又如何？扔下担子，发一声喊，四下逃去，不就成了么？即便被捉了，跪地求饶，喊几声爷爷，命也是保的住的，说不定还发回家的路费呢。杨志和众军汉此时是两个阶级，杨志考虑的是如何把生辰纲快速通过郓城地界，有了"政绩"，然后会有"一套富贵"在招手。

明代意大利传教士利马窦在《利玛窦中国札记》说当时的现状"这个国家中大概没有别的阶层的人民比士兵更堕落和更懒惰的了。军队必定过的是一种悲惨的生活，因为他们应召入伍并非出自爱国心，又不是出于皇上的忠诚，也不是出自任何想获得声名荣誉的愿望，而仅仅是作为臣民不得不为雇主劳作而已。"

杨志确实是难的，再加上谢都管的制肘。当杨志催打军士快速脱离黄泥岗时，老都管显出了他的威风，"我在东京太师府里做奶公时，门下军官，见了无千无万，都向着我喏喏连声。不是我口划，量你是个遭死的军人，相公可怜抬举你做个提辖，比得芥菜子大小的官职，直得恁地逞能！……"主子不在，奴才就是主子。当杨志说："如今须不比太平时节。"于是上纲上线的一幕滑稽地出现了："你说这话，该剜口割舌，今日天下，怎地不太平？"真是到处莺歌燕舞，大宋的江山何处有一点的污秽，形势大好，不是小好，更不是中好。说大宋江山坏话要"剜口割舌"的。

家乡有句话"不怕贼偷，就怕贼惦记"。杨志一起身，就开始向着吴用缝制的金口袋了钻了。在众多贩枣汉子"倒也，倒也"的声中，杨志也没能躲过这场有心报恩却召来泯天大祸的劫难。

杨志吃得酒少，便醒得快；爬将起来，兀自捉脚不住；看那十四个人时，口角流涎，都动不得。正应俗语"饶你奸似鬼，吃了洗脚水"。前有高太尉安排的花石纲的丢失，现在有梁中书安排的生辰纲的丢失，时也？命也？

杨志此时感到在大宋的江山里再也没有活着的必要，"如今闪得俺有家难奔，有国难投，待走那里去？不如就这冈子上寻个死处。"撩衣破步，望着黄泥冈下便跳。

刚要跳，猛然醒悟，寻思道："爹娘生下洒家，堂堂一表，凛凛一躯。自小学成十八般武艺在身，终不成只这般休了？比及今日寻个死处，不如日后等他拿得着时，却再理会。"杨志刚要跑，回身再看那十四个人，东倒西歪，烂泥一般。杨志指着那群蠢猪骂道："都是你这厮们不听我言语，因此做将出来，连累了洒家。"说完，拿了朴刀，跑了。

平生以功业自许，但英雄失路的又何止老杨家的后代，"短灯檠，长剑铗，欲生苔。雕弓挂壁无用,照影落清怀。"陶潜在《感士不遇赋》说"雷同毁异，物恶其上。妙算者谓迷，直道者云妄、坦至公而无猜，卒蒙耻以受谤。"政客结党营私，毁谤异己，妒贤嫉能，是非不分。无耻之辈平步青云，正直之士反遭迫害诽谤。英雄失路、怀才不遇的悲凉之情尽在笔端。杨志不容于朝廷，封妻荫子的美梦犹如孩子的肥皂泡，在大宋的罡风里吹的七零八落，他就象是故意地贬低自己，彻底地灰心，勉强到了二龙山，随着大伙去了梁山泊，只是混饭吃，不再想着作为。随着宋江招安后，就请了病假，病死而已。"呜呼！ 时运不济，命徒多舛。冯唐易老，李广难封"，多少英雄失路，托足无门，以七尺之躯埋没蒿莱，展转沟壑，真是良可浩叹！

英雄天下尽归吾

——说董超、薛霸

董超、薛霸

出身籍贯：不详

职业：开封府押送公人

基本经历：董超和薛霸一起押送林冲去沧州，受高太尉指使在途中野猪林陷害林冲。幸有花和尚鲁智深保护，林冲才安全到达沧州。会开封府后被高太尉寻事刺配北京大名府，大名府梁中书因其能干而把他留用府内。后来薛霸又和董超一起押送梁山好汉卢俊义去沙门岛，李固送与50两银子让二人在途中结果卢俊义。结果二人在下手时被卢俊义的仆人燕青杀掉。

身高：

相貌：

星座：

性格：一样争奇，各自入妙。

爱好：雪白的银子，给人洗脚。

社会关系：

基本评价：没有最坏，只有更坏，董超、薛霸的命就是不得不在"坏"和"更坏"之间来回走钢丝，或侥幸不掉下来，最终要掉下来摔死。

董超、薛霸者，这一对大宋朝公安战线的哼哈将，在京剧《野猪林》里很是火了一把，但他们的身份却非常可疑。在宋元小说戏剧里，这两人出镜率特别高。一会和张龙赵虎并列出现在包拯的帐下，一会又在狄青的手下和张千李万听唤。在罗贯中的《三遂平妖传》中，董超薛霸也是押解犯人的公差。在冯梦龙的《三言》里，也有他们的份子。这两个名字不知怎地也被施耐庵一眼看中，拽到了《水浒传》里跑龙套。也许在施耐庵看来董超、薛霸者是当时司法腐败的一个象征，一个符号，于是随手拈来为水浒增加些花色品种。也许历史上确曾有两个猪狗模样的公人，叫过董超、薛霸，后来臭皮囊没有了，人们就把这四个字，当成了恶谥，成了通用的东西。因之我也就在谈绰号时，理所当然地把他们拉来捧场。

这两位是大宋开封府手持警棍（时称水火棍），身着制服专司押解犯人的在编公安干警。他们的一滴水可以看出大宋朝的法律的模样来。不要小瞧了他们的能量，若是普通的干警也就罢了，他们像是双簧的高手，有手段有胆量，专找大宋朝的法律的空子，在空子里游刃有余，呼风唤雨，吃香喝辣。聂甘弩曾有一诗专写这一对牛黄狗宝：

解罢林冲又解卢，英雄天下尽归吾。
谁家旅店无开水，何处山林不野猪？
鲁达慈悲齐幸免，燕青义愤乃骈诛。
佶京俅贯江山里，超霸二公可少乎！

汉初开国元勋绛侯周勃见疑入狱，后来出狱，感叹道："吾尝将百万军，然安知狱吏之贵乎！"。这"狱吏之贵"的意思也见于《水浒》中的两名小解差董超、薛霸身上。别看他们微不足道，但凡英雄好汉犯到他们手里，那就糟了，轻则脱层皮，重则送了命。就凭那根呼呼生风的警棍，就可以八面威风，这棍下不知滚来了多少金银，也不知断送了多少性命。试想，若不是鲁智深和燕青二位分别随之相救，那豹子头林冲和玉麒麟卢俊义岂不都成了他们的棒下之鬼！

司法腐败，无论在哪里无论在何时，都是可能存在的。自小母亲就告诉我"哪庙里没有屈死的鬼"。"屈死不告状，饿死不做贼"。在老家那些父老眼里，对穿制服的人最好是别招惹，但我想，这应该是个案，是反常的现象，如果是普遍是正常，那这个王朝的统治的合法性就值得怀疑了。可是水浒里，司法的腐败就象一件破棉袄，再也找不出一块好棉花。从通风报信的宋押司；到抓捕时雷横、朱仝的上下其手徇私舞弊，私放罪犯的都头；再到判案时，开封府尹、阳谷知县、登州知府虽然头上"明镜高悬"，但昧心判案的法官；再到那些牢营里的一些规矩。记得方苞写过《狱中杂记》，而宋朝的监狱也不比清朝好坐多些。鲁迅也曾感叹说中国的监狱难坐，要想想渣滓洞的那些志士把铁牢坐穿，也难矣哉。林冲到沧州的牢营时，有好心的老犯人对教头说"此间管营、差拨，十分害人，只是要诈人财物，若有人情财物送与他时，便觑的你好；若是无钱，将你撇在土牢里，求生不生，求死不死。若得了人情，入门便不打你一百杀威棒，只说有病，把来寄下；若不得人情时，这一百棒，打得七死八活。"当差拨来见林冲，没看到给银子时，大骂："你这把贼骨头，好歹落在我手里，教你粉骨碎身，少间你便见功效。"当林冲掏出银子时，差拨的脸就绽开了温暖的笑容："林教头。我也闻你的好名字，端的是个好男子！想是高太尉陷害你了。虽然目下暂时受苦，久后必然发迹。"钱能通神，从黑脸马上就变成笑脸！连在京城混事的林冲也感叹："'有钱可以通神'，此语不差"。假设要不送钱呢？那可能就叫你挖厕所修下水道，脏活累活都是你的，上楼攀高的危险活也跑不了你；要是送了钱，可能就是管理管理图书或者跟着差拨到菜市场买些菜，到伙房帮炊，闻到鸡鸭鱼肉香，那要比厕所的味道直不可以道里计。

于是押送罪犯时，董超、薛霸这样的牛黄狗宝被钱财收买，半路谋害押犯的勾当就是正常的了。董薛两人在押解林教头上道前，即被高太尉心腹林冲不提防的朋友陆虞候陆谦请到了酒店。两个小警察无端被有来头的约到酒店喝酒，自是内心忐忑不安，"不敢动问大人高姓？"得知是高太尉的属下心腹，这两个小子是冷汗淋漓，大气不敢多出一口，多么谦恭，"小人何等样人,敢与您老一块吃饭!"。陆谦门头高,身子硬,开口就谈交易:杀了林冲,给二位十两金子。当时董超还有点胆怯,象新警察一样,手脚有点放不开:"这怕使不得,开封府公文只叫解活的,却不曾教结果了他。"还是薛霸老道,他说:"老董,你听我说:高太尉便叫你我死,也只得依他,莫说使这官人送金子与俺,落得做个人情。"当下收了金子。是啊,在一个浑浊的池塘里,那里还有清流。你想做一个清白的人,说不定明天就会下岗待业,况且,高太尉这棵大树谁不想乘凉?于是就有了这一对牛黄狗宝的绝妙活出场了:

第二日天明起来,投沧州路上来,时遇六月天气,炎暑正热,棒疮却发,路上一步挨一步,走不支。薛霸道:"好不晓事,去沧州二千里有余的路,你这般样走,几时得到。"林冲道:"小人在太尉府里折了些便宜,前日方才吃棒,棒疮齐发。这般炎热,上下只得担待一步,"董超道:"你自慢慢的走,休听咭舌。"薛霸一路上喃喃咄咄的,口里埋冤叫苦,说道:"却是老爷晦气,撞着你这个魔头。"住得店来,薛霸去烧一锅百沸滚汤,提将来,倾向脚盆内,叫道:"林教头,你洗了脚好睡。"林冲挣得起来,被枷碍了,曲身不行。薛霸便道:"我替你洗。"林冲忙道:"使不得。"薛霸道:"出路人那里计较得许多。"林冲不知是计,只顾伸下脚来,被薛霸一按,按在滚汤里,林冲叫一声:"哎呀!"急缩起时,泡得脚面红肿了。

这还不算,第二天天不亮便走,薛霸还教林冲套上新草鞋,走不上二三里,便鲜血淋漓,唉声不止。董超薛霸真是折磨人的高手:薛霸假意替林冲洗脚,"烧一锅百沸滚汤",将林冲的脚烫得"脚上满面都是潦浆泡";董超也不示弱,就拿一双新麻鞋给林冲穿,使得林冲脚上的泡都被麻鞋打破。但这些都是在好心好意的堂而皇之的幌子下不动声色地进行。第一天,当林冲棒疮发作时,董超斥骂林冲,薛霸却装好人:"你自慢慢走,休听咭舌。"可晚上,却是薛霸使坏将林冲的脚烫坏;第二天上路,林冲脚痛走不动,薛霸凶狠狠恶骂,董超却装好人,说:"我扶着你走便了。"可那双新麻鞋却是他给林冲穿的。这其实都是这一对难兄难弟设计的蓝图的具体实施。在这两个人渣跟前,林冲却是忍气吞声。公差骂他,他只说:"上下只得担待一步。""上下方便。"甚至薛霸骂了他半夜,他也不敢回话,又总是自称"小人"。住店后,不等公人开口,便掏钱买酒买肉请公人吃。真是是可忍孰不可忍?林冲啊,一只在狼群中的羊。

来到野猪林,董超薛霸用计把林冲绑上,就露出了本来面目。两人一人一根水火棍,看着林冲大声宣判曰:"不是俺要结果你,自是前日来时,有那陆谦,传着高太尉钧旨,教我两个到这里结果你,立等金印回去回话,便多几日,也是死数,只今日就这里,倒作成我两个回去快些。休得怨我弟兄两个,只是上司差遣,不由自己。你须精细着,明年今日,是你周年,我等已限定日期,亦要早回话。"

正林冲生死关头,忽然一条禅杖飞来,隔开水火棍,跳出一胖大和尚来,后在林冲的求情下,董超薛霸总算免得一死。鲁智深喝道:"你这两个撮鸟!洒家不看兄弟面时,把你两个都剁做肉酱!"但后来,董超薛霸在押送卢俊义时,这一双笨蛋,还是见钱眼开,犯下同样的错误,说收钱替人免灾,最后在燕青的箭下送掉了卿卿性命。人为财死,鸟为食亡,金圣叹评点董超、薛霸说:"林冲者山泊之始,卢俊义者山泊之终,一始一终,都用董超、薛霸作关锁,笔墨奇逸之甚。"是啊,董超、薛霸从这点说是梁山的功臣,是梁山的运输队长,把人才一个个输送到梁山,象一架抽水机,把有用的精英从朝廷的池子里抽出,为梁山的革命事业输送人才,董超、薛霸对梁山的贡献也大了去了。但是,我总也喜欢不上这两个不入流的牛黄狗宝来,还是送一首诗作结,祭奠一下这些丑恶的灵魂,伏维尚飨!诗曰:

穷凶极恶为薛霸,假善真残是董超。
出解分担红黑脸,贪赃共享白黄包。
手中水火无情棍,天下英豪断命刀。
甘自窝囊麟与豹,险因二鬼赴阴曹。

井掉在笤里

——说阎婆惜

阎婆惜

籍贯出身：东京（今河南省开封市）

职业：皮肉生意

基本经历：阎婆惜原是首都户口，后随父母流落到郓城县。谁知老父得病身亡，无钱安葬，这是宋朝的雷锋宋江出现了。在母亲阎婆的领导下下，阎婆惜被作为消遣品送与宋江。但宋江对床底事不是十分爱好，引起阎婆惜抱怨。结果阎婆惜喜欢上宋江的同事，同为押司的张三，并放电明铺暗枕。最后，劫了生辰纲的晁盖写给宋江的信件及酬谢黄金碰巧为阎婆惜所获；宋江发觉后要其交出，阎婆惜矢口否认；情急之下，宋江将其杀死。由此，手上犯下命的案的宋江，开始了江湖大逃亡。

性格：贪婪、敢恨敢爱

相貌：星目浑如漆，酥胸真似截肪。眼睛勾人，胸器惹人。

身高：不详

基本评价：都是寂寞惹的祸，宋江和阎婆惜开始的时候，和当下的被包养的女人何其相似耳，先是有一段消魂的日子；但不能风雨同舟，如果威胁到官员的前程，那就会痛下杀手，有官员把情妇炸死于车上和宋江把情人杀死在床上，如复印的一般。

一

在农村生活的人，都明白井，在城里生活的人也明白井，但不明白筲，农村的人对这个从井里汲水，用扁担挑在肩头的农具，十分亲切。

在小时候，母亲常盼望，什么时候，我能用筲到井台挑水，那就意味着大了，成人了，肩膀头可以承重了，母亲就稍稍心安。

但就有一次，我作为新手到井台挑水，把筲用井绳放到贴近水面，然后摇晃，但筲却脱离了井绳的钩子，筲就沉在了井底，我急急地跑到家，由于紧张，就告诉娘：井掉在了筲里。其实这是不可能的事，就好比骆驼从针鼻穿过，井多大啊，而筲该多大？但我却偶然说出了一句富有哲理的话。

自然界不可能的事，往往在人世就可能发生：井掉在了筲里，就如宋江和阎婆惜，一个江湖枭雄，一个超级女生模样的二奶，阎婆惜是个追求感官刺激的爱情至上者，她不是红拂套牢李靖，自然她的眼里是看不到三郎宋江的价值，她只把自己的青春栓在三郎张文远的腰带上赌明天，结果把宋江白刃蹈血，送给张文远的玫瑰真的是鲜血染红了。

在京戏《乌龙院·坐楼杀惜》里，阎婆惜是唤作阎惜娇，我想这是对的，阎婆惜本名应是阎惜姣，"婆惜"是我国宋、元时期青楼女子的称呼，元代黄雪的《青楼集》有载："陈婆惜，善弹唱，声遏行云，然貌微陋，而谈笑风生，应对如流，省宪大官皆爱重之。在弦索中，能弹唱曲者，南北十人而已。女观音奴亦得其仿佛，不能造其妙也。刘婆惜，滑稽歌舞，迥出其流。则元时倡妓，名婆惜者多矣。"具体说到宋代的阎惜姣吧，清人程穆衡《〈水浒传〉注略》第十九巷《阎婆惜》引录南宋孟元老《东京梦华录》称："崇（宁）、（大）观以来，京华瓦肆主张小唱，李师师、徐婆惜……。"作者注曰："徐与李并称，必系衙院中出色妓女，正与阎同时也。"

有人把《水浒》里的女性分为三类：妖女、魔女和无面目女性。自然阎婆惜属于妖女，这是指那些美而不好的女性，如毒死武大郎的潘金莲，如私通裴如海的潘巧云，如私通管家并陷害卢俊义的贾氏，如卖俏行凶的白秀英，如陷害史进的妓女李瑞兰，这些女人大都薄有姿色，但一个个都是艳帜高挂，不安于室，总想把自己男人的帽子变成环保的颜色。

人们说《水浒》的作者，一定是与姓潘的有仇，要不《水浒传》里两个姓潘的女人潘金莲和潘巧云怎么都是淫妇而且还不得好死？其实施耐庵是和女性过不去，我们从施公笔下看他如何写阎婆惜的，一般来说《水浒传》刻划形象常是通过日常生活情状的白描，摹仿人物真实的声口动作，再现人物的神态形貌，但在叙述中隐含了作者明显的评价与倾向。写阎婆惜，施耐庵用的却是反讽的笔墨。

阎婆惜的性格形象是通过阎婆的介绍来表现的："我这个女儿，长得好模样，又会唱曲儿，省得诸般耍笑，从小儿在东京时，只去行院人家串，那一个行院不爱他！有几个上行首，要问我过房了几次，我不肯。只因我两口儿，无人养老，因此不过房与他，不想今来倒苦了他……"介绍自己的女儿说好往妓院跑，说老鸨喜欢，那潜台词分明说阎婆惜爱这一口。

施耐庵对阎婆惜的评价："酒色娼妓"，确实，宋江长得黑黑胖胖无生活情趣，光胸怀壮志心忧江湖怎能哄女孩子欢心。阎婆惜除了被宋江养活外，既无趣，如笼子的鸟儿，在情上满足不了，又满足不了性，在欲望上如干柴望火星，再说也没有什么名份没有合法的手续，红杏出墙是自然的了。

小说第十九回写道：初时，宋江夜夜与婆惜一处歇卧，向后渐渐来得慢了。却是为何？原来宋江是个好汉，只爱学使枪棒，于女色上不十分要紧。这婆惜水也似后生，况兼十八九岁，正在妙龄之际，因此宋江不中那婆娘意。

于是，这出墙的红杏就被张文远的灵眼一觑，伸手摘下，朋友妻，不客气，就含在了嘴里，阎婆惜与张文远"搭识上了，打得火块一般热，并无半点儿情分在这宋江身上"。小说第二十回，宋江被阎婆强拖上门，阎婆惜一心只在张文远身上，一点儿也不搭理宋江。当阎婆惜发现宋江拉下的鸾带与招文袋时，小说写道：

床面前灯却明亮，照见床头栏干子上，拖下条紫罗鸾带。婆惜见了，笑道："黑三那厮，乞嗹不尽，忘了鸾带在这里，老娘且捉了，把来与张三系。"便用手去一提，提起招文袋和刀子来，只觉袋里有些重，便把手抽开，望桌子上只一抖，正抖出那包金子和书来。这婆娘拿起来看时，灯下照见是黄黄的一条金子，婆惜笑道："天教我和张三买物事吃。这几日我见张三瘦了，我也正要买些东西，和他将息。"将金子放下，却把那纸书展开来，灯下看时，上面写着晁盖并许多事务。婆惜道："好呀！我只道'吊桶落在井里'，原来也有'井落在吊桶里'。我正要和张三两个做夫妻，单单只多你这厮，今日也撞在我手里！原来你和梁山泊强贼通同往来，送一百两金子与你。且不要慌，老娘慢慢地消遣你！"

拿阎婆惜做情人真是福分，男人瘦了，买东西补身子骨，但这样的女人却犯了二奶最致命的错误，一边从宋江的身上吃着物质的鱼，一边还想着张文远身上的熊掌，左手一只鸡，右手一只鸭，想学苏东坡左牵黄，右擎苍，既要金钱还要爱情，吃东家住西家，所谓爱情到来的时候，二奶的智商是最低的，阎婆惜像兴奋的血液冲红了鸡冠的母鸡，她紧紧攥着那封"梁山来信"，提了三个条件：第一，争取婚姻自由，让宋江拿还典身文书，允许自己改嫁张文远，并写下不来乌龙院骚扰的保证书，宋江爽利地答应了；第二，保护财产所有权，"头上戴的，身上穿的，家里使用的"，都归自己，也写下不准讨还的保证书，宋江也爽利地答应了。就这两个条件而言，阎婆惜显得很有经济头脑，也有律法眼光，既为自己今后的生活保障了基本条件，也避免了今后可能出现的产权纠纷。但就是第三条她要宋江把那100两黄金贡献出来。事实上，尽管这100两黄金宋江没有照单全收，但凭宋江在江湖上的为人，他不可能讹下这金子，他也不可能在乎这点金子，但阎婆惜却把井看得太小了，即使井落在吊桶里，要拿捏不好，吊桶会被井撑破的。阎婆惜讹诈勒索一点金子不要紧，为爱情储存一点积蓄也不错，但得饶人处不饶人，何况兔子急了也咬人，你竟然扬言要立马给钱，不然拿着书信去公厅告官。阎婆惜是按大宋朝一般的人来推断枭雄宋江，"公人见钱，如蝇子见血"，没有将送来金子退回的一般规律，也知道"歇三日却问你讨金子,正是'棺材出了讨挽歌钱'",要一手交钱,一手交货。

最后井撑破吊桶的时辰到了,宋江忍下了你给他的环保的帽子,但当阎婆惜一再将宋三哥推向律法审判的边缘时,身份、地位、经济乃至生命都面临着威胁的宋江这时考虑的是,杀一个二奶比作为一个公务员放走晁盖的罪名要轻得多,于是水浒传宋江唯一的一次杀人的大戏就上演了,已经走投无路的宋江,将刀抹向了阎婆惜的脖子。

阎婆惜不是个哲人,但她说出了一句哲理:井落在吊桶里,但这正如骆驼钻针眼,井落在吊桶里,那是因为宋江喝酒喝得脑袋大的缘故,没有人天天泡在酒缸里。但井毕竟是井,吊桶毕竟是吊桶,老虎生了病,你就别把它当猫踢,那样,桶还是桶,井还是井。

想到年少时候在家的井台挑水,筲掉在井里,这是多么生活而值得怀念的场景,而社会上的井掉在了筲里,那就要小心了。

二

对阎婆惜,自小,我身怀同情,在乡间,父亲的一个朋友在冬日晚间,到我们憋促的住处聊天度过漫漫长夜,这朋友会唱戏,但文革的时候,一切的帝王将相才子佳人戏都被禁止,但在晚上,这朋友就在我家的堂屋里,用手拍着穿着棉裤的大腿做节奏,唱活拉张三郎,后来才知道,活拉是我们的方言,京戏有一折《活捉》,是说阎惜娇与张文远,一人一鬼,爱的执著突破阴阳两界,但这戏把鬼气重,在被窝里听得我尾巴根子只紧,半夜起来解手,就吓得撒水撒半截,觉得阎惜娇就在门外站着。

活人爱活人属于正常,是吊桶在井里,而死人爱活人,则反常到井落在了吊桶里,但正是如此,让我们看到了另一个阎婆惜,对爱的不依不饶和执著,鲁迅说的纠缠如毒蛇,执著如怨鬼,就是对阎婆惜们的最好的评定.

美国有一部电影《人鬼情未了》,把相爱的人分成阴阳两界,而爱却超越阴阳,弥补了阳间的遗憾,也许爱使人生死肉骨,这是最好的在艺里的表达,《牡丹亭》中的杜丽娘、《李慧娘》中的李慧娘、《长生殿》里杨贵妃之类的作品,大都是痴情的女鬼执着于对爱情的追求,生前爱情遇到阻碍,死后其情不泯,继续寻找自己的爱情。鲁迅写的女吊,也是"人鬼恋",聊斋志异更是鬼话连篇,清人冯远村评《聊斋》:"试观聊斋说鬼狐,即以人事之伦次,百物之性情说之,说得极圆,不出情理之外;说来极巧,恰在人人意愿之中"。

阎婆惜因为讹诈宋江而性命断送在宋江的刀下。成了女鬼的阎婆惜日思夜想张三郎,因此决定到阳间活捉张文远,与她到阴间团聚做夫妻。

女鬼阎婆惜登场开始,举手投足间就透露出一股灵异的模样。她穿着一件黑色的长背心,白色的裙子,脚下碎步快走,整个身子纹丝不动,令人感到她是飘荡而出的。更令人惊心动魄的,是她黑色长衣下面那一件艳红的长背心,随着身形飘动,红色在黑色长衣下面隐隐闪现,更添诡异之气。在见到张文远后,她要脱掉黑衣露出红衣,显示出她内心的火热,这又会给人一种突然间的惊艳。

这样一个女鬼,怀着自己的衷情与不甘,重新走到张文远的门前,她愁肠百转,想着自己的前世悲凉。敲门的时候,她很轻盈,娇嗲妩媚。张文远起先不敢开门,反复猜测门外到底是什么人。两个人隔着一扇门,一个付角和一个扮成女鬼的旦角一问一答。阎婆惜有些感伤,她日思夜想的三郎竟然听不出她的声音。张文远终于打开了门,一阵阴风吹过,他心下不由害怕。张文远不同于《嫁妹》中钟馗的妹妹与杜平,后二者因为内心坦荡、善良而充满温情,人与鬼之间没有丝毫芥蒂;张文远的内心猥琐,一个瑟瑟缩缩胆战心惊的丑,一个妩媚娇艳的旦,真是愈加显示了阎惜娇对爱的执著。

阎婆惜现形,张文远第一个反应是害怕、躲闪,"冤有头,债有主。宋公明杀了你,不关我事"!随着两个人的言语往来,他们逐渐想起以往的亲密,便又重新靠近。张文远掌起灯来,阎婆惜说,你就不想看看我的模样么?张文远壮胆看去,不由感叹她比活在人间的时候更加妩媚娇艳。此话不是什么溢美之词,我们可以想见鬼身上的那种妖娆之美是达到了极致的,她比人间的女子有更多的婉约风情,这种风情令张文远忘乎所以,忘记了对鬼的惧怕。两个人在阳间时候的生活场景在他们的唱段中徐徐展开。这时,张文远开始感到口干舌燥,这意味着他的魂魄已经渐渐被阎婆惜抓住了。两个人开始回忆初次相见时张文远借茶的情景,此时的张文远已全然忘却了害怕,又回到了对于旧情的追缅中。张文远感到阎婆惜冰凉的手放到了自己的脖子里,这是阎婆惜在索取他的魂魄。他的脸一次又一次地发生着变化,刚出场的时候他是白脸,渐渐地脸上出现炭黑,直到最后彻底被炭黑抹花。他的魂魄最终心甘情愿地随着阎婆惜的一缕香魂而去,两个人到阴间恩爱去了。

这样一场"活捉",我们今天听来不可思议。仅仅是这些情节就令人有点不寒而栗,好端端的一个人,在自己家里面竟然被鬼魂抓走了,直接就做了鬼!但是中国的戏曲美学之美就在于能够让你在面对这样一个不可思议的故事时,忘记心中忧怖,穿越生死,发现人心中的至情牵挂。

当我看到阎惜娇的鬼魂夜敲张三郎的房门时候,自己的心就吊到了嗓子眼。听到深夜敲门,张文远问是哪个?阎惜娇自然答道,"是奴家!"张文远以为是天上掉下的艳遇,"是奴家?格也有趣。我张三官人桃花星进命哉,半夜三更还有啥子奴家来敲门打户。喂,奴家,你是哪个奴家?"这阎惜娇就有点郁闷,"我与你别来不久,难道我的声音听不出了么?……你且猜上一猜。"这张文远听说是一位奴家要他猜猜,就动了迷糊,一曲【渔灯儿】唱出他的心声:"莫不是向坐怀柳下潜身?莫不是过男子户外停轮?莫不是红拂私在越府奔?莫不是仙从少室,访孝廉步陟飞尘?"

这时,我不禁对阎惜娇起了同情,在世间,她所托非人,三郎张文远本是个寻花问柳的登徒子,阎惜娇却倾心以之。阎惜娇夜探三郎,是因为她既已经为三郎身死,以为三郎也必会生死以报;她渴望与三郎有真正天长地久的感情,为此毅然放弃了看起来更忠厚可靠的宋江;但她可不愿意在奈何桥上等她的情郎,一心只想着既然人间不成眷属,就到阴间去成就夫妻。她要携张文远的魂魄一起赴阴曹,了其夙愿。面对阎惜娇的鬼魂,三郎战战兢兢,既为其姿色所迷惑,又惧其鬼魂的身份。一面是阎惜娇回想两人当时偷情，多么缠绵，一面是张文远不敢不顺口敷衍，要对情人表白自己，"我一闻小娘子的凶信，我泪沾襟，好一似膏火生心，苦时时自焚。正揸剩枕残衾，值飞琼降临。聚道是山魈显影，又道是鲲弦泄恨。把一个振耳惊眸，博得个荡情怡性，动魄飞魂。赴高唐，向阳台，雨渥云深，又何异那些时和你鹈鹈影并？"谁知道阎惜娇是当真的，张文远的套话正中她下怀："何须鹏鸟来相窘？效于飞双双入冥！"你不是说灵魂儿相会也很好吗？那么还等什么，请啊。在老家农村听父亲的朋友讲唱《活拉》，他说这出戏的戏眼，说是浑身吓得筛糠似的张三郎，两条鼻涕长达尺余，收放自如，学名叫做"玉箸双垂"，但他不会表演，如今的舞台也不见了这绝活，现在是阎惜娇一手拎着三郎的衣领，惊惧不已的张文远以矮子步围着她团团打转，那也已经足够精彩。风流的女鬼阎惜娇缠着她的三郎，一声声要与他同生共死，三郎口不应心，一边应付着阎惜娇，顺口说着一些调情的话，一边想着脱身之道。阎惜娇既是女鬼，张文远如何能逃脱她的掌握？

《坐楼杀惜》一出戏，宋江被逼无奈，只好杀了他的二奶阎惜娇，但无论是剧作者、表演者还是观众，全部的同情都在宋江；《活捉三郎》是阎惜娇索了张文远的性命，全部同情的砝码却都压在阎惜娇一边。如果说《坐楼杀惜》的阎惜娇对宋江步步紧逼，让人感到她最后的被杀，多少让人感到这娘们一直纠缠井落在吊桶里，欺辱男爷们，挨刀子是该，那么到了《活捉三郎》里的阎惜娇就表现出了她可怜又可敬的执著，她的红杏出墙就不再是普通的水性杨花，而对方的轻薄恰好是反衬与讽刺，她因此成为"多情却被无情误"的悲情女子，一片真情，都付予流水。

但阎惜娇认为爱情到来"生者可以死，死可以生"的理念。凭着爱情的翅膀，生与死在阎惜娇眼中不再是一道不可跨越的门槛，她一脚就可以跨过。

一个执着于情的人，一个真正感悟了生命辽阔的人，当他看这样鬼戏的时候，首先不是斥责它荒诞不经，而是定下心来，感受其中细致入微的美妙。这也是鲁迅赞扬的女吊无常"敢说，敢笑，敢哭，敢怒，敢骂，敢打，在这可诅咒的地方击退了可诅咒的时代"的疯狂之气吧。

　　谁说井不能落在吊桶里，在阎惜娇这里，第一次，井把吊桶撑破了，但她不气馁，最后是以活捉的方式，成就了自己的爱情。《活捉三郎》留给给张文远们留下的箴言就是，尽管生死以之的爱情很美丽，但假如没有真正做好生同衾死同穴的精神准备，千万不要轻言什么执子之手与子偕老的鬼话。随随便便的事情女人会当真，男人爱调情，女人爱情调，可不要红口白牙地发什么誓，那样女人最后会来拉你的。

知识的双刃剑

——说智多星吴用

一

我说〈水浒〉作者施耐庵是司马迁一样的人物,有史家情怀,离骚巨笔,金圣叹说:《水浒传》方法,都从《史记》出来,却有许多胜似《史记》处。若《史记》妙处,《水浒》已是件件有。

施耐庵像司马迁玩古今将相才子佳人于股掌之上,把那些地皮流氓黑道混混,风流皇帝脂粉英雄,写得风声水起,描谁是谁,画谁像谁,一个个顾盼自雄,立在纸上,如吴用一出场,就是另类人物,左不是,右不是,上不是,下不是,一如咸亨酒店穿长衫站着喝酒,为小朋友谝回字有四样写法的孔乙己。施耐庵写得吴用是文人,但有个细节,让人感到有黑色幽默的喷饭的冲动:

只见侧首篱门开处,一个人掣两条铜链,……看那人时,似秀才打扮,戴一顶桶子样抹眉梁头巾,穿一领皂沿边麻布宽衫,腰系一条茶褐銮带,下面丝鞋净袜,生得眉清目秀,面白须长。这秀才乃是智多星吴用。

这里,吴用的出场,施耐庵用了"似秀才打扮"几个字。头巾、宽衫、銮带、丝鞋、净袜等,分明就是典型的秀才行头,为何偏说他"似秀才打扮"?是否是因为"掣两条铜链"?像孔乙己穿长衫而站着喝酒,这里让人隐隐觉得作为一个知识者，吴用的脚踏两只船，不纯粹，做文人不心甘，做武人不情愿，在一般人眼力，文人是应该手拿书本，子云诗曰，抑或拿把鹅毛扇，再不济。手拿卦布或者如老残拿着转铃为人瞧医看病。

再有更噱头的细节，作为民办乡村小学的老师，看到邻近村的村长晁盖相邀：

吴用听得晁盖相请，连忙还至书斋，挂了铜链在书房里，分付主人家道："学生来时，说道先生今日有干，权放一日假。"

也许，吴用一直把自己作为一个孩子王而憋屈，总想弄出点动静来，见到晁盖来了，工作也不干了，而且我们看到他教书的房子还是租来的。租来的就租来的，但一有事就放假，让孩子自学，真不是负责人的民办老师的作为，虽然工资低，但教师是良心活，糊弄不得。虽然吴用的生活没有失意，但施耐庵还是为吴用写了七字八行的律诗一首，不知是褒扬还是贬损：

文才不下武才高，铜链犹能劝朴刀。
只爱雄谈偕义士，岂甘枯坐伴儿曹。
放他众鸟笼中出，许尔群蛙野外跳。
自是先生多好动，学生欢喜主人焦。

看到此诗时不禁让人拍髀仰天而笑，"文才不下武才高，铜链犹能劝朴刀"，是文才高还是武才高？文武兼资？我们知道，水浒传虽是写的宋朝的人物，但很多都是明代生活的折射，明代（特别是晚明）的文人中多"狂人"，多另类，如王艮、李贽、汤显祖、徐渭、"公安三袁"等等。这些"另类狂人"们的"狂与另类"气中多多少少可以看出士人对自身处境所感到的困惑和尴尬，他们努力想改变自己的身份和角色仪式，改变不了社会，就改变自己的服饰言行，美国学者黄仁宇把李贽，描述成一位始终在矛盾冲突和困惑中挣扎的"自相冲突的哲学家"，就是说在李贽这样的人身上一方面表现出强烈的叛逆性——这种叛逆性既有主张个性自由的内容；另一方面却仍然是"儒家的信徒",也就是说仍然属于士人阶层。李贽的"自相冲突"可以说正是当时士人对自身尴尬处境的意识和价值观念中矛盾的一种表现。另一位"狂人","公安派"的代表人物袁宏道在谈到自己心目中的人生五种快活时,则把作为传统士人生活理想的著书立说和市井浪子的声色之娱混在了一起。我们从吴用的铜链上,似乎看到明代文人的不能超然物外,一心志于道的情怀,而是被社会裹挟,没有一定定性,在诱惑面前的那种怦然心动的袍子下的小来。

明代的文人不好做,我们看和水浒传有血缘近亲的《金瓶梅》中所写的和吴用一般文凭的秀才,《金瓶梅》中屡屡写到一些知识分子,包括有功名地位的官僚士大夫或皓首穷经的酸腐书生。这些知识分子形象应当说在中国文化传统中是很普通的、也是很有代表性的形象,但《金瓶梅》中的知识分子却与传统的士人形象大不一样。《金瓶梅》中提到的秀才主要有两个:一个是第五十六回应伯爵举荐的水秀才,另一个是倪鹏引荐的温必古。水秀才在书中未露面,据应伯爵介绍"他胸中才学,果然班马之上。就是他人品,也孔孟之流"。而实际上这位水秀才的才学不过打油,人品则专事偷鸡摸狗,其实是一个无耻之徒。至于另外一位温秀才,从相貌上看"生的明眸皓齿,丰姿洒落,举止飘逸",而谈到行藏则是:和光混俗,惟其利欲是前;随方逐圆,不以廉耻为重。峨其冠,博其带,而眼底旁若无人;席上阔其论,高其谈,而胸中实无一物……而且这位温秀才最后和水秀才的下场一样,因为鸡奸书童而被赶出门去。这两位秀才虽然着墨不多,但几乎可以说是书中最卑贱猥琐的小人形象了。写吴用"只爱雄谈偕义士,岂甘枯坐伴儿曹。"与其说他是个文人,不如说是个戴方巾的有点江湖气的黑道边缘人更为恰当。

但这样的知识分子其实是一瓶子不满半瓶子咣当的醋,眼高于顶,我们从智多星吴用一出场,作者便介绍他的道号是"加亮先生",就有点好笑,其实国人有个心结,即使八竿子打不着也爱和诸葛亮攀亲,就连臭皮匠也和诸葛联系,就连做错了事,也把评点者称做事后诸葛,城市乡村布满诸葛,真是卧龙何幸!我们在《小二黑结婚》中,小二黑的爹还没亮相,赵树理也是先点出他的"二诸葛"绰号；清朝时左宗棠"雅喜自负，与友人书翰，恒于其末自署'老亮'"；民国时张作霖的总参议杨宇霆，自负力度也不亚于"老亮"，于是起了个表字叫"邻葛"，和诸葛亮相比邻作对门邻居的意思。这一连串的别号、绰号、自署、表字，一律遵循一条线索，即一个人物的姓名转成一个公共符号，一个符号又化生出更多人物的名字别号；而且毫无例外，都以这符号所概括的足智多谋为指归，使人一目了然，一闻即明。好像连一双袜子贴上诸葛牌子，那脚气就芳香四溢不再掩鼻。

二

吴用的绰号：智多星，就是为人多智，但我以为绰号里着一"星"字，把他和众白肚皮的黑道哥们划开来，古代的社会是颇尊重知识分子的，不把他们看成人，而是天上的星宿，但吴用还有一别名：在龚圣与《宋江三十六人赞》里称吴用为智多星吴学究，有几句表扬：古人用智，义国安民。惜哉所予，酒色粗人。但龚圣与也看到吴用可惜处，和那些粗人没有混出名堂。

学究并不是好词，最早，"学究"一词是专门名称，出於唐代的科举制度。唐代科举有进士、明经等科，其中明经这一科又分为五经、三经、二经和学究一经几种。经，指经书。五经就是《易》、《诗》、《书》、《礼》、《春秋》。应科举考试的人可以应五经考试的，叫做"学究"。从字义上说，学究一经，就表示学通一部经书。

据《谷山笔尘》记载，宋神宗时改革科举制度，应进士考试经义论策，取中的分为五等：第一等和第二等"赐进士及第"，次之应"赐进士出身"，再次"赐同进士出身"，最后一等"赐同学究出身"。后来"学究"作为书生的美称在民间得到广泛使用。随著词意的变迁，"学究"一词也渐渐产生了贬意，人们开始把读古书、食古不化的人称为"老学究"、"村学究"了。

吴用是不甘作孩子王，也不愿意去作一个老学究，吴用是个投机者或者好听的话叫机会主义，一切以自己的穷达来算计来称秤，他把自己比成诸葛亮，但宋江却非卖草鞋而又大志的刘备，虽然刘备好哭鼻子，但刘备也算是个枭雄，而宋江却是无大志，小打小闹，一心想做大宋公务员，由吏变成官的有心计的强盗而已，所以吴用的投机表面是扶着竹竿想腾达，但到头却发现扶着的是一根立不起来的井绳，文人造反，十年不成，萨孟武先生在《水浒与中国社会》中说：

"在中国历史上，有争夺帝位的野心者不外两种人，一是豪族，如杨坚、李世民等是。二是流氓，如刘邦、朱元璋等是。此盖豪族有所凭借，便于取得权力，流氓无所顾忌，勇于冒险。"

出身豪门的文人不行，底层的文人也不行，为何那些打家劫舍偷鸡摸狗鸡鸣狗盗之徒却成了气候？其实没有什么秘诀，文人不敢担当，心里孱弱，我们对比萧何曹参与刘邦即可明了，《史记·高祖本纪》，在陈胜、吴广起兵天下汹汹之际，沛县子弟也怂恿县令"反正"，并与因私放刑徒、斩白蛇而拉了杆子在外流窜的刘邦取得了联络。可这沛县令一度答应后又旋即反悔，关闭城门，搜拿图谋造反分子。这时刘邦闻讯带人来到城下，威胁城中说如果城里人不杀了县令起兵，等他刘邦攻进城去那可就要挨家灭门。于是沛县父老率子弟杀了县令，造反遂成定局。但是谁来挑头呢？有人把目光投向了萧何、曹参——他们后来成了中国历史上第一流的宰相，可是他们却无法担当起这历史的使命，"萧、曹等皆文吏，自爱，恐事不就，后秦族其家，尽让刘季（即刘邦）。"他们是文吏，害怕事情不成，秦廷灭他们的族，于是，这支逐鹿天下的队伍的大旗上就飘扬起了大大的"刘"字，而不是"萧"或"曹"，历史重任便落在了刘邦这个充满传奇色彩的流氓身上。刘邦可以拿着儒生的帽子当成小便的溺器，但儒生只敢脱光了屁股在朝堂擂击鼙鼓泄泄愤而已，流氓脑子少牵挂，敢赌命，文人就差的远。

吴用命运不济，先选择晁盖的原始股，劫了生辰纲竖起了大旗，但旗帜没飘扬多久就改变了颜色，后来就转而把宝押给宋江，但这宝最后也黄了，我想，作为谋士，比成诸葛孔明的人，对自己和自己依靠的人，吴用并没有清醒的认识，晁盖只是吃吃喝喝之辈，脑子也不想杀到东京夺了鸟位，只是在梁山满足口腹之欲。但吴用的所谓的谋略却有时让人担心，由于吴用的小聪明遮蔽了大智慧，到头只是在小地方扣扣摸摸，用阴招损招，即使智劫生辰纲，细究起来其实漏洞百出差点阴沟翻船，本县作案这是要慎之又慎，劫夺生辰纲的总共八人，除公孙胜、刘唐外，其余的都是郓城县人，且晁盖更是郓城的知名人士，手托青石宝塔而被江湖人所钦佩。吴用是个秀才，在当时学历还被看好的时候，一个郓城县也不会有几个秀才，更要命的是在安乐村王家客店住店登记时，当负责填写住客登记簿身份证的何清问："客人高姓"？是吴用脑袋一热抢着回答："我等姓李，从濠州来，贩枣子去东京卖。"人家只问你姓什么？并没有问你是做什么买卖的，吴用说这么多废话，是心虚还是多动症？生辰纲事发后，沸沸扬扬地传说是"一伙贩枣子的客人，把蒙汗药麻翻了人，劫了生辰纲去"，晁盖明明姓晁，非要说姓李，又正是个贩枣子的，推着七辆江州的车儿，事情就这么巧，给联系上了，何清不就是把这一系列巧合的事连在一起，告诉了其兄何涛，何涛不就很快破案了？！还有错用了白日鼠白胜，白胜就住在安乐村，晁盖等人又偏偏选中住在安乐村。吴用智取生辰纲时，又是请他挑了担酒，在黄泥冈上下蒙汗药的，挑的明明是酒，见人问，说是醋，酒是香的，醋是酸的，这怎能骗人？

于是生辰纲案发，白胜被捕，晁盖、吴用等逃之夭夭，最后无处可藏，只好遁上梁山。

吴用缺少悲悯苍生的情怀，没有道德底线，多的是流氓下三烂手段，只问结果，不问手段，"看我略施小计"挂在嘴上，残忍不让李逵。宋濂曾概括此类人说：

量天下之权，度诸侯之情，而其所欲动之揣摩也，是皆小夫蛇鼠之智，家用之则家亡，国用之则国偾，天下用之则失天下。学士大夫宜唾去不道。

为了逼朱仝上山，吴用宋江定下的计策让人心寒，李逵的利斧活活劈死四岁的小衙内。这手段正与宋江屠灭一村来逼反秦明相似，残忍毒辣全无人性；又如为了强拉卢俊义上山，就去骗卢俊义题反诗，又对卢的管家李固谎称卢已立意上山造反，嗾使李固去出首，险些害了卢俊义的性命，这恐怕也只能用阴险二字形容。吴用使的尽是些下三滥手段，首先道德先亏了，这样的人怎能服众，怎能收拾世道人心，所谓的替天行道在梁山人心中就是一句哄小孩的屁话，指望这样的谋士梁山的事业就可想能混到何种程度。

吴用短视，在谋划夺取生辰纲时候，他对三阮明言："取此一套富贵，不义之财，大家图个一世快活"，吴用是一个玩小了的聪明人，而诸葛亮隆中三策，那分明是敢担当的大英雄情怀，所以，《水浒传》只是写了吴用的聪明，而与智慧无涉，他干的只是事，不是事业，可以说吴用是小人情怀，很多的事情是拿不到台面，见不得眼光，有点像老鼠，聪明也聪明矣，也是肩膀上扛了猎枪，那尾巴还是要露出的。

而《三国》中的诸葛亮则是智慧的化身，也是知其不可而敢向命运抗争的死而不已的大英雄，诸葛亮年仅27岁，为报答刘备三顾茅庐的礼贤下士的知遇之恩，虽面对曹操的谋士如云，仍呕心沥血，一心志在恢复汉室，所以我一读到诸葛临终秋风五丈原，就不仅悲从中来，诸葛不是机会主义者，否则他要是投靠曹操，那历史就会改写，诸葛是悲剧英雄，出师未捷，英雄扼腕啊：

孔明强支病体，令左右扶上小车，出寨遍观各营；自觉秋风吹面，彻骨生寒，乃长叹曰："再不能临阵讨贼矣！悠悠苍天，曷此其极！"

罗贯中写诸葛是崇敬，施耐庵写吴用，有时是嘲笑，秋风五丈原的悲慨，在水浒中，只有写林冲的时候，我们能感受到，到了吴用，只有黑色幽默的味道。

在《三国》中，我们常为诸葛亮的人文情怀所感动，如诸葛亮南征孟获，设伏火烧藤甲军时，罗贯中写到：

满谷中火光乱舞，但逢藤甲，无有不着。将兀突骨并三万藤甲军，烧得互相拥抱，死于盘蛇谷中。孔明在山上往下看时，只见蛮兵被火烧的伸拳舒腿，大半被铁炮打的头脸粉碎，皆死于谷中，臭不可闻。

孔明垂泪而叹曰："吾虽有功于社稷,必损寿矣！"左右将士，无不感叹。

若是换了吴用，他不会体察无辜者的苦难之深，这是吴用的道德之失，他会为自己开拓，绝不会自责，面对一个个的死亡者，作为施暴的一方，心灵是应该受到灵魂的拷问，但吴用，一直迷信的是"用"，是："术"，而不是"智"。

说白了，知识是把双刃剑，如用不好，在斫杀别人的时候，也会伤及自身。我想到了电视剧《水浒传》吴用的出场，很是觉得吴用的好笑：

电视剧《水浒》在吴用一出场，有他和农夫的对话：

农夫：我娘跟我媳妇呕气，都让我说个公道，我想了一夜也想不出个办法来，难死我了。

吴用：不难不难。在娘跟前顺着娘说，在媳妇跟前顺着媳妇说。

农夫想了想：娘跟媳妇都在怎么说？

吴用：低着头，一句也别说。

是的，最后吴用在宋江的墓前和大宋的庙堂之间，也就没有了话说。

武松断臂，

林冲气绝，

鲁智深坐化，

时迁万马践踏而亡，

张顺万箭穿心而死……各位弟兄死死伤伤，凄凄惨惨，真是白茫茫大地一片真干净，没有了可以驱使的弟兄，也就没有了吴用。

吴用，无用乎？要是有用，何故如此，要是无用，何必折腾。

包子什么馅？

——说母夜叉孙二娘

我这个人吃食不挑剔，喝酒也从容。酒无论黄白，地不分东西，只是吃将下去，而饭食却从全面接受到些许保留。有毒的不吃，不象孔夫子肉割不正不食，但我对带馅的东西是颇长几分警惕的，其中就有包子饺子的份，一是这东西的外像不雅，让人联想到某些隐喻，再是因童年的乡间，知道了包子用人肉作内涵的可恶，伤了胃口。

"大树十字坡，客人谁敢那里过？

肥的切做馒头馅，瘦的却把去填河。"

在乡间的牛屋，偎在麦草窝里，听着牛的反刍声，外面有北风呼啸或是雪花飞舞，老少爷们就围着一部破烂的水浒，听王新高（我村的一个老初中生，因为家庭身份无法再上学，一生就沉沦在乡下）读水浒，于是人肉包子就象刀斧刻下了。那时也第一次从王新高的嘴里知道了乡下人诠释的孙二娘的形象：这媳妇左耳上插一朵血红象太阳一样的喇叭花，头上乱七八糟的窝着一把钗环，脸上粉擦的象早起地上的霜雪。鲜绿色的衣衫，被一条大红色的腰纱松松垮垮的扎着，吃力的兜着胸脯上的两块肉疙瘩。像极了村上把老婆婆打下坑说话凶狠的王四家里的娘们。童年对夜叉的来路不甚了了。但也知道了夜叉就是恶的女人凶顽的女人。女性在男权的奴役下本已成为柔弱驯服的象征，有些富有个性、厉害强横的女人与传统妇德（女人低眉善目，话不腔大笑不露齿）格格不入，为社会所不喜，就被称作悍室、泼妇、骄妇、泼辣货、河东狮、甚至是刁妇、刁婆、母老虎、胭脂虎、母夜叉、夜叉婆等，我也对此也愤慨同情。"夜叉"是梵语yaksa的译音，也叫药叉，本指佛经中一种形象丑陋、勇悍凶恶且能食人的鬼，后经佛之教化而成为护法神，列为天龙八部之一，此词被音译借入汉语后，就成了一类女人的专名。我有一位大学老师，幽默诙谐，在妻子面前瑟瑟如鼠，年轻时节壮着胆子与猫恋爱，后一直害上了与猫同眠胆怯之软骨症，晚年看到外面的花绿世界，曾戏做一首小曲，借用"我想有个家"的调调，"我家有母夜叉，又是打来又是骂，我还在家干什么？不如花上一百元（市场价），买个烧鸡和肘子，蹲在墙角啃啃它，哎咳吆，啃啃它"。烧鸡肘子之类是一种对风月女子操皮肉生涯人的借代，但也看出一个饿汉见到油水的激动，就如羊看到了青青麦苗的欢呼！

应该说十字坡孙二娘的人肉包子比天津的狗不理名声要大些，因为后来的许多作品都跟在尾巴后面借用这人肉包子做道具，就是明证，徐克电影《新龙门客栈》中张曼玉扮演的老板娘金镶玉也是经营这一主打产品，不料被林青霞扮演的仇莫言吃一口就发现有问题，追问之下，回答一句："包子里包的是十香肉"。

但这样的回答远不如《水浒传》的原汁原味精彩：武松扒开包子一看，叫道："酒家，这馒头是人肉的，是狗肉的？"那妇人笑嘻嘻地道："客官休要取笑，……我家馒头，积祖是黄牛的。"

武松道："我从来走江湖上，多听得人说道：'大树十字坡，客人谁敢那里过？肥的切做馒头馅，瘦的却把去填河。'"那妇人道："客官，那得这话？这是你自捏出来的。"武松道："我看包子里有几根毛，像是人小便处的毛，所以才猜疑。"

无论是看《水浒》还是《金瓶梅》，武松都是一个不苟言笑不通风月脑袋里进水缺少幽默细胞而心里阶级斗争弦却绷得十分紧的人物，怎料这里也幽了孙二娘一默，饭桌上讲黄色笑话，似不从今日始，宋代的餐桌上就开始了。

包子的发明者人说是山东籍贯的诸葛亮，七擒孟获班师途中，江面上狂风大作，孟获这厮是少数民族出身，借用巫术，要用人头来祭天，诸葛亮这个人道主义装在心间的先进文化的代表，决定掉包，骗骗神灵，改用面团包上肉蒸作成人头模样蒸熟代替，于是就有了包子，不过当时把包子叫做馒头。

在中国饮食史上，很长的一段时间里馒头指的就是包子，直到近代包子和馒头才正式分家。今天许多地方依然把包子叫做"肉馒头"。因为包子馒头名称的纠纷，于是一天，包子和馒头还打了一架，头破血流，处处挂彩，馒头身子弱，肚里没有油水，打不过包子，就纠集了面条和烧饼一伙把包子揍了个鼻青脸肿，包子一怒之下说"老子也找几个有肉的来"，于是约了饺子和热狗等操着家伙满大街找馒头寻仇，谁知撞到了花卷，包子气更大了："烫了头发就以为认不出你啦？弟兄们，给我打！"

看了这个故事，我却幽默不上来，我知道中国的饮食文化之发达，是世界上少有的。吃人肉也是竖板史书里不绝如缕写满的，鲁迅《狂人日记》里说五千年写满了歪歪扭扭的"吃人"，确乎哉。就水浒里，稍加注意你会看到除"母夜叉"孙二娘开了一家黑店，"……盖些草屋，卖酒为生。实是只等客商过住，有那入眼的，便把些蒙汗药与他吃了便死。将大块好肉切做黄牛肉卖；零碎小肉，做馅子包馒头。"

细心人会看到在第三十一回里，宋江被强盗抓住后，强盗王矮虎大叫说："孩儿们，……快动手，取下这牛子的心肝来，造三份醒酒酸辣汤来！"；在第四十二回里，你又可看到造反英雄"黑旋风"李逵在杀掉冒牌货伪装李逵商标的李鬼后，"三升米饭早熟了，只没菜蔬下饭。李逵盛饭来，吃了一回，看着自笑道：'好痴汉！放着好肉在面前，却不会吃！'拔出腰刀，便去李鬼腿上割下两块肉来，把些水洗净了，灶里抓些炭火来便烧，一面烧，一面吃。"这个吃人肉的李逵，早在前几回就吃黄文炳的人肉了，就象现在十字街头的烤羊肉串："只见黑旋风李逵跳起身来，说道：'我与哥哥动手割这厮！我看他肥胖了，倒好烧吃。'晁盖道：'说得是，教取把尖刀来，就讨盆炭火来，细细地割这厮烧来下酒，与我贤弟消这怨气。'李逵拿起尖刀，看着黄文炳笑道：'你这厮在蔡九知府后堂且会说黄道黑，拨置害人，无中生有掇撺他。今日你要快死，老爷却要你慢死！'便把尖刀先从腿上割起。拣好的就当面炭火上炙来下酒。割一块，炙一块，无片时，割了黄文炳，李逵方才把刀割开胸膛，取出心肝，把来与众头领做醒酒汤。"

水浒中有的地方不吃人，但拿人做祭奠的牲畜也是别一种吃人。这和孙二娘也差不哪里去，如《水浒传》第二十五回，武松对他哥哥武大郎，"将两颗人头供养在灵前"；第六十七回"将史文恭剖腹剜心，享祭晁盖"等。这场面确实是少儿不宜。吃人肉的事，在《水浒》里，归类看来细分有的是经济考虑，降低成本（像卖人肉包子的孙二娘），有的是饥不择食，嘴馋（像吃李鬼的李逵），有的是嗜血，做菜肴（像要吃宋江肉的王矮虎），有的是仇恨的（像以武松以一双男女人头祭死人）。吃人肉的原因，虽各不相同，唯一相同的是：人不但吃动物的肉，寝动物的皮，还要吃人的肉；不但动物吃人，人也吃人。孟子说人异于野兽几稀。确然！

吃人的花样历史上翻新不已，一些人比孙二娘的手段高明不止几百倍，要是有个中华吃人排行榜，也会招惹世界的眼球，令人们眼睛发率。隋代末年，诸葛昂和高瓒是一对豪侈凶残的家伙。他俩争强赌富，彼此设宴相请，都千方百计夸耀奢华，以期超过对方为满足。有一天，高瓒宴请诸葛昂，将一对十来岁的孪生子烹熟，头颅、手和脚分别装在盘子里，端上宴席。满座客人见是人肉，举箸不食，掩口欲吐胆汁发绿，不久，诸葛昂宴请高瓒，让自己的一位爱妾敬酒，那妾无故笑了一下，诸葛昂怒叱她一顿，命令爱妾退下。不一会，把这位妾整个放在大蒸笼里蒸熟，摆成盘腿打坐的姿势，放在一只特大的银盘子里，爱妾的脸上重新涂好脂粉，身上用锦缎覆盖，有点像日本人的"女体盛"。这道"菜"抬上来后，诸葛昂亲手撕她大腿上的肉给高瓒吃，同席的宾客都捂著脸不敢看。诸葛昂神态自若，撕扯妾的乳房上的肥肉大吃大嚼、尽饱而止。我曾听父亲说过他亲眼见的吃人肉的故事，是国共争斗时，还乡团把一个农会的人抓住剖开胸膛，剜心炒吃，当时是晚上，还乡团的人到家里来借炒锅，父亲说没有，他看见还乡团的人手里掂着一个人心，就躲开了，父亲知道，这人心是我们街坊

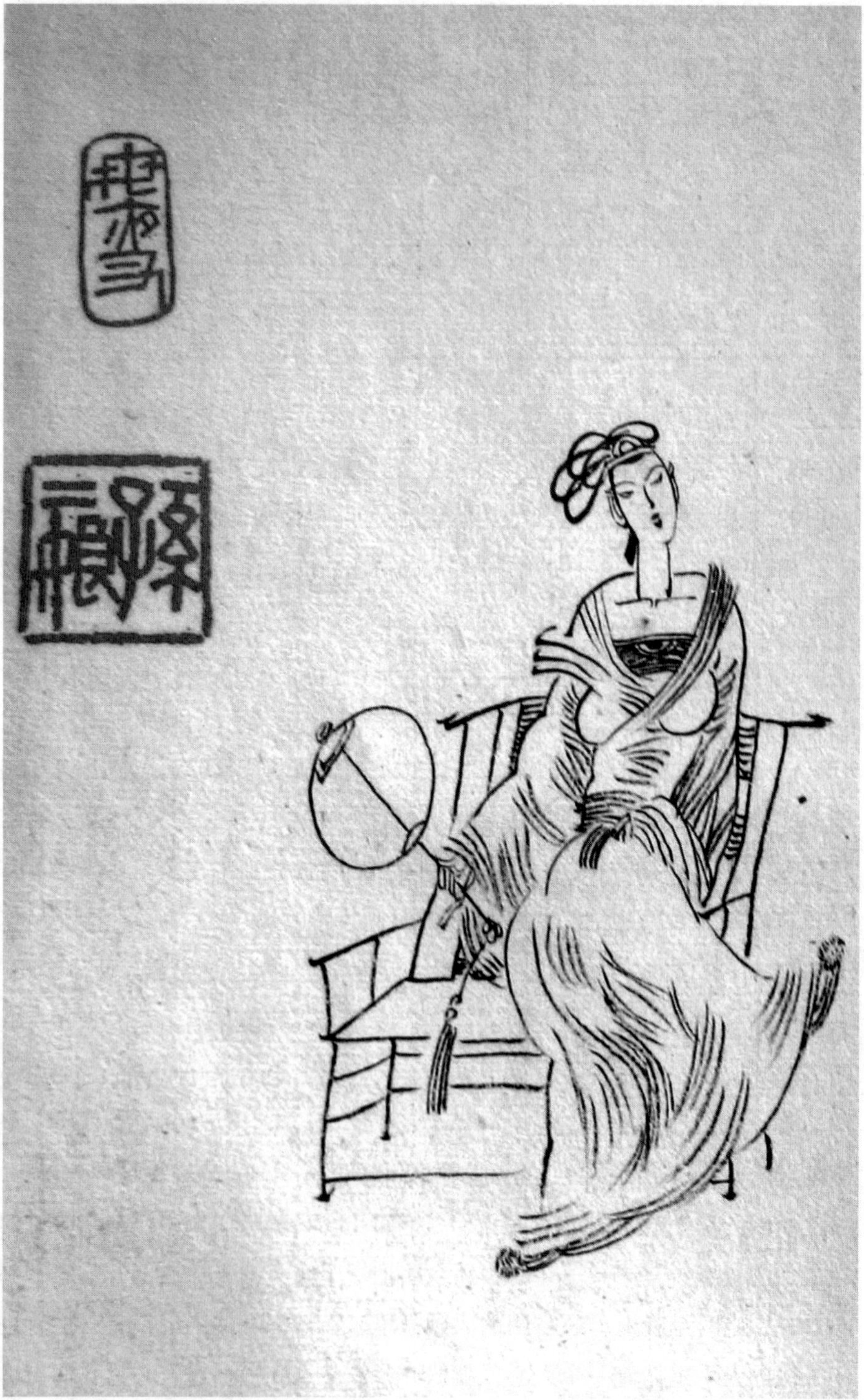

邻居，父亲晚年给我说起此事，他一辈子埋在心底，这邻居和我们隔墙，现在是他的子孙也不在了。我曾喜欢韩愈的一篇散文《张中丞传后序》，并把这篇文章选在我主编的《大学语文》里，现在我有点自责和后悔，"安史之乱"，张巡、许远的部队，被安禄山的军队包围在睢阳（商邱），后来因为围困得太久，城里的东西都吃光了，战马、老鼠、麻雀等等都没有了踪迹。于是大家互相换小孩子来吃（易子而食）。小孩子吃光了，张巡竟把他的小妾也杀掉，他对守城的兵士说："你们为国家拚命，好久没东西吃，可是你们仍旧忠贞。我自己的身体不能给你们吃，岂能可惜一个女人吗？"于是，从吃张巡的姨太太开始，大家又拚命吃女人。女人吃光了，又吃男人。全商邱城一共有六万人，最后被安禄山攻破的时候，只剩下几百人了。女人做军粮孩子做军粮，这样的战争到底是令人从心里感到可怕，商邱离我所在的地方只100公里，在千年前100公里的地方这样的惨事发生，在我握笔写这故事时，我的手下像无数的冤魂在吵嚷，商邱是我常凭吊侯方域的地方，想他和李香君的桃花扇底送南朝的旧事，而对张巡的事却不警惕，真是汗颜，史家记述张巡一事的时候，不仅未对张巡杀人、吃人的举止抱以丝毫谴责，对那些无辜的冤魂抱以丝毫同情，反浓墨重彩地赞样张巡"忠烈"。是这样的伦理，为了忠烈二字，可以吃人，可以吮血，但这样的忠烈何用？可惜臭烘烘的历史没有了司马迁的英雄巨眼，小民百姓的命不计算在历史成本里。还是我们旁边的事情，菏泽有个黄巢，一相是我们家乡的荣光，但他征战杀伐时不带军粮，把人肉充军粮的史实是无论谁也抹不掉的，他手下的大将朱全忠在唐朝昭宗天复二年（纪元九〇二），包围凤翔城，城里公开卖起人肉来。人肉的价钱不如狗肉，狗肉每斤五百钱，人肉每斤只一百钱。在《水浒》的年代吃人更是朝野普遍现象。宋朝高宗绍兴三年，杭州也有吃人肉的场面，同时还有了称呼，像现在的商标，李家烧鸡刘家烧鸡：瘦的男女叫"烧把火"；女孩子叫"下羹羊"，童龄小朋友叫"和骨烂"，这些被吃的人，统一被称做"两脚羊"。即使岳飞，他在《满江红》，不也唱到"壮志饥餐胡虏肉，笑谈渴饮匈奴血"，而现在人们还摇头晃脑把这首词吹捧的那么高，令人有点怀疑了，每次听到这首词，我总毛骨悚然，浑身起小米。吃人的办法在历史上也多了去了，岂止孙二娘把人剁成肉馅包包子？有的是把人放在一只大缸里，外面用火煨烤，直到把人烤熟；有的是把人放在一个铁架子上，下面用火烤，像烤羊肉串似的；有的是把人的手脚捆绑起来，用开水浇在身上，然后用竹扫帚刷掉人身体外层的苦皮，再割剥肌肉烹炒而食；有的是把活人装在大布袋里，放进大锅里煮；有的是把人砍成若干块，用盐腌上，随吃随取；有的是只截取男人的两条腿，或者只割下女人的两只乳房，其馀的部分扔掉。种种酷毒做法，难以详述。他们把这种人肉叫做"想肉"，意思是说吃了之后美味无穷，还使人想念。但父亲说，吃过人肉的人老年好咳嗽，不知确否？

鲁迅《狂人日记》中说历史每一页都写著"吃人"，那是指广义的吃人，是礼教和制度戕害、压抑人性，具有吃人的性质。而现在这种吃人的野蛮的东西还没有远去，仍然环绕在我们的身边，我读到一篇报道"广东三千元的婴儿汤：台商的壮阳胜品"，一个记者报道广东的台商，最近流传著一个骇人听闻的进补潮流婴儿汤。花三四千元人民币，就吃到一盅用六七个月大的婴儿炖成的补汤，台商则形容是壮阳胜品。在东莞开工厂的王姓台商，自诩是婴儿汤的常客，几个月大的婴儿，加入巴戟、党参、当归、杞子、姜片，加入鸡肉排骨，炖八小时，很能补气、养血。他一边紧搂身旁十九岁的湖南二奶，一边洋洋自得的说：以我六十二岁的年纪，每晚都可来一回（做爱），还不是靠这个。眼见记者满脸狐疑，他自告奋勇，带记者见识见识。

第一站，他带记者到广东佛山市，找到提供婴儿汤的餐厅，谁知主理的黎师傅却说：排骨（他们的暗语，指婴儿）不好搞，现货没有，胎盘倒有新鲜的，这东西不能冷冻，新鲜的好。

黎师傅告诉我们，真的要吃那个，有个外地来打工的夫妻，现在怀孕八个多月，由于两胎都女儿，再过几天准备盐水催生，如果又是女儿，到时候就可以吃了。

记者还是半信半疑，调查采访几个星期，还是听的多，没有亲眼见过，以为就此打住，谁知过不了几天，王姓台商来电：东西找到了，天气转冷，有几个朋友正想进补。

他带著记者来到台山，找到了餐厅，负责的高师傅带著我们一众人等，到厨房开眼界。但见那婴尸小小的比猫儿大不了多少，躺在砧板上，五个多月大，有点小。高师傅说著似乎有点歉意。

高师傅说女婴尸是朋友从乡下找来的，他不肯透露这女婴的搜购价，只说价钱是依据月份大小，死胎活胎而定。

王姓台商亦说，吃这一盅要三千五百元人民币，其他细节，他不理了。记者听他们在聊，流产或堕胎的死胎，中介人就包给产婆几百块红包，若是接近足月引产的活胎，则要付两千元红包给女婴的父母，当是收养；至于婴儿交到餐厅时，都已死亡，之前是死是活，已无从细考了。

这顿补汤记者无胆一尝，经厨房一役，久久无法吃东西，佯装不适离去。吃的都是女婴，是一子政策之害，还是中国人好进补的习性，已将到天谴的地步了！！！

吃婴儿的照片在网络都已公布，我是宁相信有，不相信无的，看到那些从容的大师傅侍弄婴儿的照片，我的泪流下，心也颤抖，我们身边吃胎盘的消息不也多多？我这人身子骨瘦弱，一个朋友曾推荐我吃胎盘，还说清水煮不加盐，不放葱花姜末，这样大补，我的心，在听到这，要吐了出来！在乡间，我亲眼看到过，遗弃的死婴的脑壳被打开，说是小孩的脑髓可以治疗偏头疼。这个画面是我小学时，和在牛屋听王新高的《水浒》同一时期，在春天的麦子地里，一个孩子很短的身体躺在一把谷子的秸杆上，头颅开裂，那孩子在我们上学的道旁。

鲁迅精辟地将中国的历史和文化概括为"吃人"两个字。我们不能把这"吃人"仅仅理解成先生的一个比喻，这也是历史的现实，历史也是有馅的，这个馅就是人的尸骨，我们一再说历史是公正的无私的，我想到孙二娘的一句话。"由你奸似鬼，吃了老娘的洗脚水"，是啊，我们难免不喝历史这个老太婆的洗脚水，何其臭的洗脚水啊！

鸳鸯拐，踢球踢出的帮忙

——说高俅

高俅

出身籍贯：东京，开封府，汴梁。

职业：书童，殿帅府太尉职事。

基本经历：宋末年人。初为苏轼小史（书僮），也就是小秘书一类的角色，《水浒传》中说是书童），他为人乖巧，擅长于抄抄写写。元祐八年（1093年）苏轼从翰林侍读学士外调到中山府，将高俅送给曾布后事枢密都承旨王铣，因善蹴鞠，获宠于端王赵佶（即徽宗）。宋徽宗即位后，官至开府仪同三司，在任时宋军政废弛，于靖康初病死。

身高：

相貌：不详

星座：不详

性格：心胸狭窄，阴险狠毒。

爱好：踢足球

社会关系：俅的老爹高敦复，因子而荣，当了节度使。高俅的兄弟高伸、高傑，一个进士及第，官至延康殿学士；一个当上了左金吾卫大将军。

高俅的几个儿子，高尧卿是岳阳军承宣使，高尧辅为安国军承宣使，高尧康为桂州观察使，真是满门朱紫！还有一个（存疑的）高柄，绍兴

十七年 (1147) 被封为昌国公，见《宋史》卷二十一。

基本评价：高俅是很有才华的，如蔡京严嵩和珅，但这样的运动性人才，只有把他放到合适的位置，才不至于出乱子，其实高俅也是遭了许多磨难的人，最后才爬到高位，人是自私的，不管怎么说高俅这匹千里马，终于遇到了伯乐宋徽宗。但千里马是在靖康之耻前病死，也算善终了，比起伯乐宋徽宗是幸运了，高俅的发迹不偶然，因为有这样的皇帝，自然就会有这样的大臣，所以认准一把手很重要。

金圣叹评《水浒》曰："高俅来，而一百八人来矣"，老金这话说得有些道理。我在下笔写绰号谈的时候，以谁打头颇为踌躇。好汉第一个出场的应是九纹龙史进史大郎，但儿子却说：高俅高二是有绰号的第一位登场的人物。于是黄口小儿的话就成了圣旨，于是尊办，觉得儿子和金圣叹的智商略仿佛。

高俅，本是个奴才，是个帮闲的角色。高俅是《水浒》写的帮闲浮浪之人，但真实的高俅是苏东坡的书童，深得东坡先生赏识，东坡外放后，推荐给了朋友。南宋王明清《挥麈后录》说"高俅者，本东坡先生小吏，草札颇工。"后来《水浒传》却写作小苏学士，由苏轼而苏辙，让弟弟背了口黑锅。高俅在《水浒》中本没有正二八经的名号，书中如此写高俅："且说东京开封府汴梁宣武军，一个浮浪破落户子弟，姓高，排行第二，自小不成家业，只好刺枪使棒，最是踢得好脚气毬。京师人口顺，不叫高二，却都叫他做高毬。后来发迹，便将气毬那字去了毛傍，添作立人，改作姓高，名俅。这人吹弹歌舞，刺枪使棒，相扑顽耍，亦胡乱学诗、书、词、赋。若论仁、义、礼、智、信、行、忠、良，却是不会。只在东京城里城外帮闲。因帮了一个生铁王员外儿子使钱，每日三瓦两舍，风花雪月"。

我们可以看出著者的态度，"高俅"本是绰号，由绰号而成了正经的写在档案上的名字户口上的名字，这里面是轻蔑和戏弄。"俅"者，是一句不雅的话，指男人的私处，现在我们还把那活儿喊作"老二"，由"高二"叫成"高俅"，就好比我的老家有人的绰号"二狗吊"如加上姓氏，"某二狗吊"办成身份证，一定是令人不堪。但高俅的名字里有男人的生殖器符号，却照样做到大宋朝的五星上将，指挥千军万马陆海空部队，这也可看出大宋朝的不堪来了。

但就是这样的一个市井无赖，因为一个机缘，用毛泽东的话"谁说鸡毛不能上天？"风云际会之时，一个"鸳鸯拐"就博得了举世的繁华，从足球国脚到军队混事，这反差玩笑确实也大了点。高俅本是听从主人的话给端王送玉做的笔架和镇纸，但偏巧端王踢球，高俅就在人丛观看，一个球飘飘忽忽飞来，"也是高俅合当发迹，时运到来；那个气毬腾地起来，端王接个不着，向人丛里直滚到高俅身边，那高毬见气毬来，也是一时的胆量，使个'鸳鸯拐'，踢还端王。端王见了大喜，便问道：'你是甚人？'高俅向前跪下道：'小的是王都尉亲随，受东人使令，赍送两般玉玩器来，进献大王，有书呈在此拜上。'"于是端王留下了高俅，后来端王成了宋徽宗，作为端王的旧臣，整天在足球场切磋技艺的哥们自然也入主朝庭，由帮闲而帮忙了。历史上的宋朝的文官是考试选拔，高俅这条路是走不通的。于是宋徽宗就让高俅带领军队，而军队的干部必须有地方工作的经验和功劳，于是宋徽宗就让高俅到地方挂职锻炼，《南渡十将传》卷一"刘錡传"中有，"先是高俅尝为端王邸官属，上即位，欲显擢之。旧法，非有边功，不得为三衙。时（刘）仲武为边帅，上以俅属之，俅竟以边功至殿帅。"高俅从一个奴才到军队的统帅，20多年宋徽宗宠幸不败，但这样的军队的战斗力可想而知。当金人的马队到来时，宋徽宗和儿子只有做阶下囚的份了。历史的辩证法就是如此得屡试不爽，宋朝开国把南唐后主李煜囚禁，后来赵家的子孙也被别人囚禁，试看剃头者，人也剃其头。

我想，不在宋徽宗提拔重用高俅，而在他自己败坏了自己的江山。东汉末期朝廷中的新贵，大半是市井流氓，许多厨子屠夫也都穿起锦服绣衣，大摇大摆。长安城中的父老编了一首歌谣讽刺他们："灶下养，中郎将；烂羊胃，骑都尉；烂羊头，关内侯。"形容这些不像样的新官儿。"其所授官爵者，皆群小贾竖，或有膳夫庖人。"这样的东汉的干部政策到了宋代又开始上演了。官爵王位不再是尊崇能力，而是家奴的象征，鸡鸣狗盗出其门，而正直之士呢自然就逃避，或者一些脑筋不开化的文臣武将还在那儿以热血修补江山，但你的血到底值多少钱一斤，这可使人怀疑了"直如弦，死道边。曲如钩，反封侯"。

官位的贬值败坏了世道人心，于是世道人心也不古起来。恶性循环，最后，好的为坏的殉葬，大家一块过三年，一块念悼词！

但是我还是有点想法，想赵匡胤一根军棍打遍天下，他那时帮忙的人一定不是高俅之类。皇帝也需要娱乐，也需要下围棋打桥牌需要歌星陪伴，但是帮闲的就是帮闲，帮忙的就是帮忙，两种事最好不要拧到一搭。象文革中戏子做到政治局委员，"李玉和"做到文化部长，庄则栋由小球而体育部长，这就有点不正常了。还是鲁迅先生的眼光毒辣犀利。他在《从帮忙到扯淡》中说：中国的开国的雄主，是把"帮忙"和"帮闲"分开来的，前者参与国家大事，作为重臣，后者却不过叫他献诗作赋，"俳优蓄之"，只在弄臣之列。不满于后者待遇的是司马相如，他常常称病，不到武帝面前去献殷勤，却暗暗的作了关于封禅的文章，藏在家里，以见他也有计划大典——帮忙的本领，可惜等到大家知道的时候，他已经"寿终正寝"了。然而虽然并未实际上参与封禅的大典，司马相如在文学史上也还是很重要的作家。为什么呢？就因为他究竟有文采。但到文雅的庸主时，"帮忙"和"帮闲"的可就混起来了。所谓国家的柱石，也常是柔媚的词臣，我们在南朝的几个末代时，可以找出这实例。

其实先生也是替那些杂碎的王朝瞎费心，中国人"学好文武艺，货于帝王家"，哪个瘸腿驴不想卖个马价钱？我想到我小时侯，父亲让我学炸丸子学做凉粉学做羊肉汤，父亲说，有个好的手艺，以后就能混社会。想高俅也是学一门手艺，他的手艺的价值达到了最大化。这也是许多的鸟人羡慕的。但话说回来，帮忙还是应该和帮闲分开好点，武则天好男宠，只供床头的欢乐，但绝不叫他们穿朱戴紫坐到案头。有一次，男宠挨了宰相的一顿奚落和暴打，于是夜间就吹起枕头风。聪明如武则天确实是不世出的政治家，她只是轻描淡写地说"你以后避开他就是。"帮闲的在床头，帮忙的在案头，大唐的江山是案头那些大臣的事情，帮闲的只是一些出力流汗的小人，这如泾渭分明！

在路上

——说行者武松

如果要发起国人投票，把《水浒》好汉弄个人气指数排行，我敢说前三名都是：武松，武松，武松。

但我们读《水浒》，觉得武松的身份是可疑的，是官是民？是和尚是囚徒？王学泰先生把武松、李逵等归入游民序列，这真是为我们认识水浒，提供了一把利器。

游民者也，是由游侠的末梢支流蜕变而来。司马迁在《史记》中说："今之侠，其行虽不轨于正义，然其言必行，其行必果，已诺必诚，不爱其躯，赴士之厄困。"路遇不平一声吼，拔刀相助，急人所难。但后来这一类游侠渐渐绝种，只留下取巧的挤眉弄眼的侠，在气度在心胸都与古之侠者如美玉之于土块。取巧之侠身上古侠的"侠"气渐隐渐消，被盗气、匪气、流氓气、江湖气所代替。但是，古侠身上的一些变异的因子"不轨正义"、"杀戮斗狠"被保留下来。武松是游民的代表，从某种意义上，他也是水浒好汉乃至后来一些好汉的缩影。

宋朝由于社会动荡，异族入侵，皇帝骄奢淫逸，官吏横行不法，社会失去了正常的秩序，逼得一些士农工商和城市底层军队的下僚脱离了生存的基础，没有了正当的职业和饭碗，成为游离于主体社会以外的游民。游民越来越多，游民的队伍壮大了起来，形成了一个阶层。游民的特点是：

只讲帮派同伙，不论是非曲直，只要是同帮同派干什么都有理，怎么干都有理。不承认现存的社会秩序，并千方百计地破坏它打倒它；主动出击，"该出手时就出手"，决不手软尿裤裆。

鲁迅对有些游民习气看得透，是满脸的不屑。在《流氓的变迁》里，鲁迅夫子说："强盗起了，但也是侠之流，他们的旗帜是'替天行道'。他们反对的是奸臣，不是天子，他们所打劫的是平民，不是将相。李逵劫法场时，抡起板斧来排头砍去，而所砍的是看客。一部《水浒传》，说得很分明：因为不反对天子，所以大军一到，便受招安，替国家打别的强盗——不'替天行道'的强盗去了。终于是奴才"。鲁迅在这里指出《水浒传》中的英雄们是"侠之流"转变成了游民。

但我们回头来看武松，其实武松有两个版本，一是水浒传里的，再就是民间流传演义神话的武松。我的老家，在集市在冬闲季节，一声清脆的鸳鸯板响起：

闲言碎语不要讲，表一表好汉武二郎。那武松学拳到过少林寺，功夫练到八年上。回家时大闹了东岳庙，李家的恶霸五虎被他伤。打死了李家的恶霸五只虎，这位英雄蹈打官司奔了外乡。到处流浪一年整，他一心想回家去探望。辞别了结识的众好汉，把那包袱背在了肩膀上。手里拿着一条哨棒，顺着个大道走慌张。无非是走了今日盼明日，这一天来到了阳谷县的地界上，正走之间抬头望，眼前例有一村庄。庄头上有一个小酒馆，风刮酒幌乱晃荡。门上倒有一副对，能人提笔写的强——上联写："李白问酒何处好？"下联配："刘伶回答此地香！""闻香下马"四个字，贴在了上边的门横上。那边看立着个大牌子，上写着："三碗不过冈"！

在小时候，我们多是在这样的氛围里和父老的口中接触到了武松武老二。大人说，说武老二的是混饭吃，里面很多的下三烂的荤段子，一般集市上见了说武老二的那些大闺女小媳妇都骂。

就是在这样的文化传承里，武松被大家塑造成了：慷慨重义，神武好胜，快意恩仇，重人伦，轻女色的形象。其实，历史上，《水浒传》还未成型时的武松却是另外的模样。龚开的《宋江三十六人赞》已有"行者武松"，并称道："汝优婆塞，五戒在身，酒色财气，更要杀人。"此时的武松，是一个不守戒律、贪财使气的酒色行者，后来的武松成了道德的乖孩子，酒便成了女人的替代品。那些好汉没有不嗜酒的，武松对施恩说："你怕我醉了没本事，我却是没酒没本事。带一分酒，便有一分本事；五分酒，五分本事。我若吃了十分酒，这力气不知从何而来。若不是酒醉后了胆大，景阳冈上如何打得这只大虫？我须烂醉了，好下手，又有力，又有势。"鲁智深大闹桃花村，也说："洒家有一分酒，只有一分本事；十分酒，便有十分的气力！"潘金莲置下美酒，"只顾把眼来睃武松"，可是武松"只顾吃酒"，并无言语。民谚说"男追女，一重山；女追男，一层纸"，男人对性诱惑的抵抗力是较弱的，最易"酒后乱性"，通过男人的酒态，最能看出人的本质。英雄武松醉酒，偏偏能在女色面前坐怀不乱，这样的汉子是经得起考验的在民间认为的真男儿。

武松的义侠形象，是《水浒传》和底层民众共同塑造的，他已变成了神。有些乡间集市的野庙，就供奉着武松武二郎。武松在施耐庵的心中也是最重的，他拿出第二十三回到三十二回整整的十回全书最精彩的笔墨写武松，先是著名的武松打虎，再就是斗杀西门庆，醉打蒋门神，大闹飞云浦，血溅鸳鸯楼，夜走蜈蚣岭，……一回一回，刀光剑影，真个是快意恩仇。作为江湖闯荡的人，无妻无子无牵无挂，一人吃饱全家不饿，于是把钱就看得淡。武松打虎下山后，县令赏赐了一千贯钱，武松转手便散给了众猎户；夜走蜈蚣岭格毙王道人后，又把王道人历年劫掠来的二三百两金银让被王道人掳来的女子悉数拿走，但同时，江湖朋友的馈赠和他在张都监府上替人通融公事时别人送的人情钱，他也大方自在地收下。在鸳鸯楼连杀十数人后，更是卷了桌上的银酒器才走路。对财货，一切顺其自然，来的时候就要，该走的时候也不吝啬。

武松在人们心目中动人处，是对哥哥的一往情深。兄弟如手足，女人如衣服。武大郎虽然丑陋，但武大郎毕竟是哥哥，都是一个奶头上吊大的，是血脉相通的温暖，这点武松给了我们一抹感人的亮色。而对于嫂子，我们看武松的金刚不坏之身在女人的攻势下，依然巍然如石。潘金莲的身段如水，一般的筋骨是要被腐蚀塌架了。

我常把潘金莲勾引武松和西门庆勾引潘金莲对着读。我发现潘金莲和西门庆都有勾引人的潜质，那语言的杀伤力非说相声和写作的人可比，第二十四回写武松遇嫂和潘金莲勾引武松等几处，《水浒传》这部充满阳刚气的小说里不多的婉曲和柔美，如：

那妇人脸上堆下笑来，问武松道："叔叔，来这里几日了？"武松道："到此间十数日了。"妇人道："叔叔在哪里安歇？"武松道："胡乱权在县衙里安歇。"那妇人道："叔叔，恁地时，却不便当。"武松道："独自一身，容易料理。早晚自有土兵伏侍。"妇人道："那等人伏侍叔叔，怎地管顾得到，何不搬来一家里住？早晚要些汤水吃时，奴家亲自安排与叔叔吃，不强似这伙腌脏人。叔叔便吃口清汤，也放心得下。"……"叔叔青春多少？"……"叔叔今番从哪里来？"……那妇人拿起酒来道："叔叔休怪，没甚管待，请酒一杯。"……那妇人笑容可掬，满口儿叫："叔叔，怎地鱼和肉也不吃一块儿？"拣好的递将过来。……

这里潘金莲一共甜蜜蜜地喊了武松32个叔叔，真是不喊叔叔不开口，语中含笑，绮思荡漾，妖娆在身，春上嘴角，状潘金莲难状之情如在目前，写声声"叔叔"甜腻娇唤，如在耳畔。但潘金莲不是省油的灯，当勾引武松不成，武松临上京前到兄嫂家辞行，用话点了潘金莲几句，潘金莲如川剧的变脸，再一开口便是"你这个腌臢混沌"、"你胡言乱语"、"你既是聪明伶俐，却不道'长嫂为母'"，辈分也有"奴家"攀生为"老娘"。但潘金莲对武松心存幻想，当过后数日，武松取出一匹彩色缎子与嫂嫂做衣裳。潘金莲笑嘻嘻道："叔叔，如何使得！既然叔叔把与奴家，不敢推辞，只得接了。"这一次又喊了2次叔叔，但即使潘金莲喊大爷，好汉武松依然英雄作派。

我们爱武松，还有就是那骨子里的快意恩仇。我们都是俗人，学不会武松的那种洒脱。也许在武松身上，有我们的幻想，我们不敢也无法快意恩仇。我们有妻儿，有工作，有亲戚同学，即使被人打一巴掌揣两脚，有泪往肚里咽，也不敢出手，而在武松那里，没有像我们的斤斤计较，掂三掂四，前怕狼后怕虎。在武松那里，就是有恩报恩，有仇报仇，只管快意，不计其他，什么法律了伦理啊道德了，统统是抹布，丢在一边。先说报仇，哥哥无辜被害死，作为在江湖行走的武松绝不会善罢甘休，于是痛下辣手诛杀潘金莲、西门庆；再说报恩，在武松被押往东平府申请发落的上路前，取了十二三两银子送给郓哥的老爹，因为此前他叫郓哥帮助打官司时，曾许下给郓哥十几两银子做本钱，但此时武松的经济状况并不宽裕，在他投案前，曾委托四邻变卖家中一应物件（武大郎的炊饼炉子一类）作随衙用度之资，现在要上府城听候最终发落，更是处处需要用钱，在这种自顾不暇的情况下，武二郎还能不忘对一个小孩子的承诺，这点连宋江都作不到。

但武松的快意，有时像个没脑子的孩子，像是给吃一块糖，叫干啥就干啥，不问青红，何管皂白，肠子饱了，何问脑子。比如发配到孟州城安平寨，吃了施恩几顿酒肉，就去替他平了蒋门神；其实施恩父子也不算什么好鸟，武松这种只管眼前，不问是非，这说明我们的武松二郎，还处在被蒙骗的阶段，如果蒋门神先厚待了武松，那武松的拳头就会砸向施恩。

《水浒传》里说施恩他爹乃孟州城监狱的管营，武松作为犯人初来乍到，因为没有"孝敬"，管营大人差点照常规赏给武松一顿"杀威棒"，好歹在旁边的儿子施恩另有谋算，才免却皮肉之苦。大宋的牢狱之黑不独孟州，江州也复如是。宋江刚见戴宗的时候，如不是递上话也差点挨揍。而施恩呢，也是孟州地面的坐地虎，在孟州的黄金地段开的快活林酒店，他向武松是如此介绍："但有过路妓女之人，到那里来时，先要来参见小弟，然后许他去趁食。那许多去处，每朝每日，都有闲钱，月终也有三二百两银子寻觅，如此赚钱。"说白了，就是黑道保护费。施恩靠的是他老子与自己"学得些小枪棒在手"，并且还有他老子管的八九十个拼命囚徒护场子，但"如此赚钱"的买卖却活生生被蒋门神夺了。这其实是黑吃黑，但武松全没有虑此，就是被施恩父的天天好酒好肉，几顶"大丈夫"、"义士"、"神人"的高帽，弄得迷迷糊糊，心甘情愿为施恩父子做牛马使。

而二郎武松在张都监两声"大丈夫"、"男子汉"、"英雄无敌"，要收他做亲随体己人时，也跪下称谢道："小人是个牢城营囚徒，若蒙恩相抬举，小人当以随鞭执镫，伏侍恩相。"武松是真心感激张都监的"抬举"的。张都监设下圈套，使人诈喊"有贼"时，武松立即做出反应："都监相公如此爱我，他后堂内里有贼，我如何不去救护！"于是武松栽进圈套，我们为没有脑子的二郎一哭，但武松岂能随便侮辱和欺骗的？于是武松一旦出手也就血腥四布：大闹飞云浦，一举诛杀两个公人、两个杀手，而后折返鸳鸯楼，杀马夫、杀丫鬟、杀张都监、杀张团练、杀蒋门神、杀亲随、杀张都监夫人、杀张都监儿女、杀张都监媳……，月光里，烛影中，刀光霍霍，腰刀砍缺了口，再换朴刀，杀，杀，杀，走出中堂，拴了前门，折返回来，再寻着了——不是撞着了——两三个妇女，都搠死在房中。

在杀杀杀中，武松的杀戮美学体系建立了。金圣叹说："'武松，天人也。'武松天人者，固具有鲁达之阔，林冲之毒，杨志之正，柴进之良，阮七之快，李逵之真，吴用之捷，花荣之雅，卢俊义之大，石秀之警者也。"

即使在最后，武松天真地还不忘为自己做广告，在白粉墙上用血写道："杀人者，打虎武松也。"这也是快意的表现，就像诗人登高必赋，这时如果不表现就心里痒痒。但这种快意很少引起我们的警惕和心理的痉挛，有时我们也感到解气，这说明我们中水浒的毒也太甚，到了不自觉的地步。

金圣叹在批点血溅鸳鸯楼时，在旁一再批上"杀第一个"，"杀第二个"，"杀第三个"，"杀第七个"，"杀第八个"，"杀第十一、十二个"，"杀十三个，十四个，十五个"，通过这些批语，似乎可以看到他好象一直在得意洋洋地替武松扳着手指头数着，直到最后，在"武松道：'我方才心满意足，走了罢休'"句中"我方心满意足"旁，又批上："六字绝妙好辞！"看到如此批语，有时静下来，我就倒抽一口冷气，我们的社会和民族的"唳气"，有着多么广泛的基础，这也许是鲁迅批评水浒和水浒气的根苗吧。

武松是个匆匆的赶路者。但行者的名号，是出自孙二娘的杰作。第三十一回与张青夫妻相会之前，他完全没有绰号。当时在外面混的人，哪怕是初级泼皮，谁没有个把绰号呢？武松少年时就吃酒惹事，横行街市，竟然没有。"母夜叉"孙二娘因考虑到武松投奔二龙山路上的安全，才建议："叔叔既要逃难，只除非把头发剪了，做个行者。"于是替他打扮成戴发修行的行者模样，喝声采，"果然好个行者。"

后来，武松真正成为一名"行者"。不愿随宋江进京受封，在杭州六和寺里出家。经历了繁华，也经历了荒凉，在路上什么样的景致没有？但武松没有留恋，最后真的回归了佛性，绰号成了真的身份。但依然是行者，走在证道的路上。一个伏虎的罗汉，是否能忘情于人间，我想世间如果有西门庆，如果哥哥还在受欺辱，武松还是不能忘情吧！

怎样笼络江湖

——说及时雨宋江

宋江

出身籍贯：郓城县宋家庄

职业：公务员，押司

基本经历：先为山东郓城县押司，是个科级干部，晁盖等七个好汉智取生辰纲事发，被官府缉拿，宋江违背职业道德事先告知。晁盖派刘唐送金子和书信给宋江，宋江的二奶阎婆惜发现宋江私通梁山，趁机要胁，宋江怒杀阎婆惜，逃往沧州。后被挟裹上梁山，做了梁山泊CEO。

招安后，被宋徽宗封为武德大夫、楚州安抚使兼兵马都总管（地方小军区司令员），末了被高俅用毒酒害死。

身高：身高六尺，宋代一尺相当于现在的7.5寸，也就是1.50米。是矬子。

相貌：黑

星座：水浒说他是天魁星，按照星座学来分应为金牛座，有领导魅力。

性格：女人气，有点懦弱，然江湖好汉大家离不开的娘娘味，宋江骨子里很固执，非得扑在体制的怀里，但体制的奶是有毒的，虽不是三聚氰胺，但也要命。

爱好：武术棍棒，文字功底厚实，写漂亮公文，有时也写半吊子诗。

喜欢花钱，遇事好用钱摆平，好磕头。宋江没气质，但有心计，早年唤作"及时雨",把江湖的好汉看成秧苗,等哥哥的浇灌。其实江湖是把沙子,宋江是把沙子造成塔的人。对女色爱好一般。

社会关系：父亲,人称宋太公,名讳不详。母亲,早丧,原因不明。行三,有兄弟一名唤宋清。

基本评价：把"义"字做招牌,做好事也留名,是老天的服务员,整日替天行道,在江湖上名头大,有很好的广告效应。

我母亲常说,别作,这是鲁西方言。我家离郓城30里,郓城的人也这样说,作吧,作吧,总有一天作死你！如果你不理解"作"的意思,那就让我举个例子：在农村当时很少有白面馒头。在吃白面馒头的时候,如果吃的剩下一块,你扔掉了,大人就会说：你作吧；再比如坟头冒青烟你娶个队长的闺女当媳妇,但不好好过日子,对媳妇横挑鼻子竖挑眼,你爹娘或者街坊邻居就说：你作吧,早晚头上作个疙瘩。"作"有点不安现状的意思,跟折腾离得不远,是邻居。

我当时是不理解老母亲的苦心。作吧,是奋斗,还是奋斗中的道德问题？后来我琢磨,作吧,是远离传统？还是道德的溃败？作,是超越,一直作,一条道走到黑,最后就作成了疯子。是自作自受？是咎由自取？是罪有应得？

但我对宋江的看法,作吧,作吧,不是错！但,最终他还是辜负了郓城父老的期望。作的不很到位,是小作,最后还是乖孩子,回到了政府的怀抱。而没有如老乡黄巢,把唐朝闹得稀吧烂。宋江醉后写的诗："敢笑黄巢不丈夫"就如现在的愤青诗人,满嘴里跑火车而已。黄巢不是随便做的,黄巢敢以人肉作军粮,这点作为以孝义标榜的宋江只能自愧弗如,望"巢"兴叹。

宋江是个小吏,能干聪慧,狡诈憨厚,是个做派大王,要黑有黑,呼白是白。他熟知官场和黑道的种种权变,能圆润得像泥鳅游动在其间,获得最大的利益。但他还是缺少一股心劲,只能是小作而已。先说他的作秀,有这样一幕：宋江被发配江州时路过梁山泊。他早就料到梁山泊好汉会在山下劫他，就建议押送他的公人绕道而行；却仍然被刘唐截住，挥刀欲杀公人并抢宋江到山上坐把交椅，弟兄快活逍遥。宋江骗过刀后说，要杀公人，不如杀我，把刀往喉下自刎。刘唐慌忙夺过刀来。金圣叹在此批注："自刎之假，不如夺刀之真。然真者终为小卒，假者终为大王。世事如此，何可胜叹。"是的，宋江不可能为押送的公人而殒命，这是宋江的作秀，给公人看，也给刘唐看，更给读水浒的人看。历史就是如此，作假作得要像真的一样，没有假话办不成事，这在历史上是一百试不爽的潜规则。作秀文化，是我们的传统，宋江也像历史上一切犯上作乱的人一样，利用鬼神，利用舆论，来替自己造势。孩子是无辜的，童言无忌，但童谣却并不是那么单纯，水浒上写"耗国因家木，刀兵点水工。纵横三十六，播乱在山东。"这很可能就是宋江的御用写作班子黑箱操作写成，然后走村串户，给孩子一把糖，说把童谣唱开，变成流行，就能得更多的糖。于是村村唱，一直唱过山，唱过湖，唱到大家的心里发毛，大家感到这是上苍的旨意，非宋江作我们的带头人不可。

这是宋江为自己找造反的合法性。我们看宋江更玄的一招，梁山排定座次不久，宋江就称挂念老父，要回家搬老父上山，途中差点自投罗网。惊慌失措之际，得到了九天玄女娘娘的保佑。宋江作了一个梦，这梦是真是假只有宋江一人知道。玄女娘娘称宋江为星主，并授天书三卷和四句天言："遇宿重重喜，逢高不是凶。外夷及内寇，几处见奇功。"借助鬼神迷惑人心，是我们民族的秘籍法宝。秦汉之际，陈胜吴广为树威于众人，篝火狐鸣，丹书鱼腹，着实蒙蔽了不少人，成功地竖起了老大的大旗；自后的黄巾起义的"苍天已死，黄天当立"；白莲教韩山童、刘福通起义的"弥勒下生"、"明王出世"、"石人一只眼，挑动黄河天下反"；用得最好的就算太平天国的诸位领袖了。象洪天王宣扬自己见到了上帝，在天国里，人家用轿子抬他，"两旁无数娇娥美女迎接，主目不邪视"。这些伎俩，"自幼曾攻经史，长大亦有权谋"的宋江焉能不会？那天书只有天机星吴用可以同观，"其他皆不可见"，晁天王也不例外。宋江使用这一手成功拉拢吴用。搞定了吴用，有无天书，是真是假，反正最终解释权在宋江吴用手中。于是二人的私下的交易就把晁盖驾到了半空,梁山上的诸位弟兄都知道自己的大老板是宋江,而不是晁盖。我们在水浒里还看到,梁山人劫法场,救出宋江、戴宗二人。宋江上山,这时宋江的实力已经远胜过晁盖,晁盖想把第一把交椅让给宋江,但宋江扭捏婉拒:"仁兄,论年龄,兄长也大十岁,宋江若坐了,岂不自羞。"金圣叹斥之为"权诈之极"。所谓的"权诈",其实是一时,此时宋江虽然实力超过晁盖,但刚上梁山就谋了第一把交椅,众人难以心服,于是就慢慢来以自己的行动来谋取最大的利益。

宋江的绰号"及时雨",是最能表现宋江作秀的功夫。"好雨知时节,当春乃发生。"雨什么时候下,什么时候不下,下多少,下给谁,是大有讲究。施耐庵在宋江一出场时,是这样的文字:"平生只好结识江湖上好汉;但有人来投奔他的,若高若低,无有不纳,便留在庄上馆谷,终日追陪,并无厌倦;若要起身,尽力资助,端的是挥金似土。人问他求钱物,亦不推托;且好做方便,每每排难解纷,只是周全人性命。时常散施棺材药饵,济人贫苦,赒人之急,扶人之困,以此,山东、河北闻名,都称他做及时雨,却把他比做天上下的及时雨一般,能救万物。"

及时雨的好事太多了,出门一二里,好事一箩筐。比如卖糟腌的唐牛儿"如常在街上只是帮闲,常常得宋江赍助他",因此被唐牛儿称为是自己的"孤老"(即经常来买东西的主顾);又如送阎公一口棺材,给其家人十两银子安身;答应给卖汤药的王公一口棺材及送终之资;雨,其实就是钱,钱要用到刀刃上。用10两银子,买得好汉的一条命和忠心耿耿,这生意划算。我们看宋江与武松的结拜,最能看出宋江的为人的奸诈,但表面却春风满面,柴进和宋江远不处在同一档次。《水浒传》第二十一、二十二回中说道,宋江杀了阎婆惜后,逃官司投奔到横海郡柴进庄园,柴进设宴款待。饮至傍晚时分,宋江起身去净手,不料下面却风云骤起:

宋江已有八分酒,脚步趄了,只顾踏去。那廊下有一个大汉,因害疟疾,当不住那寒冷,把一锨火在那里向。宋江仰着脸,只顾踏将去,正趾在火锨柄上,把那火锨里炭火,都掀在那汉脸上。那汉吃了一惊,惊出一身汗来。那汉气将起来,把宋江劈胸揪住,大喝道:"你是甚么鸟人,敢来消遣我?"

宋江也吃一惊。正分说不得,那个提灯笼的庄客,慌忙叫道:"不得无礼!这位是大官人最相待的客官。"那汉道:"'客官'!'客官'!我初来时,也是'客官',也曾相待得厚,如今却听庄客搬口,便疏慢了我,正是'人无千日好,花无百日红'。"却待要打宋江,那庄客撇了灯笼,便向前来劝。正劝不开,只见两三碗灯笼飞也似来。柴大官人亲赶到说:"我接不着押司,如何却在这里闹?"

那庄客便把趿了火锹的事说一遍。柴进笑道:"大汉你不认得这位奢遮(奢遮:了不起,出色)的押司么?"那汉道:"奢遮,奢遮!他敢比不得郓城宋押司少些儿!"柴进大笑道:"大汉,你认得宋押司不?"那汉道:"我虽不曾认的,江湖上久闻他是个及时雨宋公明。且又仗义疏财,扶危济困,是个天下闻名的好汉。"柴进问道:"如何见得他是天下闻名的好汉?"那汉道:"却才说不了,他便是真大丈夫,有头有尾,有始有终。我如今只等病好时,便去投奔他。"柴进道:"你要见他么?"那汉道:"我可知要见他哩!"

柴进道:"大汉,远便十万八千里,近便只在目前。"柴进指着宋江便道:"此位便是及时雨宋公明。"那汉道:"真个也不是?"宋江道:"小可便是宋江。"那汉定睛看了看,纳头便拜,说道:"我不是梦里么?与兄长相见!"宋江道:"何故如此错爱?"那汉道:"却才甚是无礼,万望恕罪,有眼不识泰山!"跪在地下,那里肯起来。宋江慌忙扶住道:"足下高姓大名?"

水浒里的第一条好汉是如此的落魄出场。每读此处,就想落泪。同是柴家园,一面是尊客新到,觥筹交错,开怀畅饮;一面却是害了疟疾的武松,因挡不住夜寒,凄凉冷落地一人于廊下烤火。真是咫尺之隔,光看新人笑,不闻旧人哭。这是柴进的眼界的胸襟的问题。人们说孟尝君鸡鸣狗盗之徒出其门,所以豪杰之士就退避。而武松投奔柴进,柴进却不能对好汉有始终,真令人气闷:"原来武松初来投奔柴进时,也一般接纳管待;次后在庄上,但吃醉了酒,性气刚,庄客有些顾管不到处,他便要下拳打他们。因此满庄里庄客,没一个道他好。众人只是嫌他,都去柴进面前告诉他许多不是处,柴进虽然不赶他,只是相待得他慢了。"好酒使性,草莽人物本就难免,柴进本当容忍，但奈何却听庄客搬口？武松何等人物，却"相待得慢了"，这自尊受到的伤害，只有靠打虎来发泄了。而宋江呢，抓住武松的心理落差，最需要抚慰，该出手就出手，把温暖的怀抱敞开，拥抱落魄的英雄武二郎。

这夜宋江拉上武松同坐一席饮酒，"酒罢，宋江就留武松在西轩下做一处安歇。""过了数日，宋江将出些银两来与武松做衣裳。柴进知道，那里肯要他坏钱，自取出一箱缎匹绸绢，门下自有针工，便教做三日的称体衣裳。"柴进的银子让宋江送了人情。此后，宋江每日都带武松一处饮酒相陪，如温厚的兄长般熨贴武松那受伤的自尊，武松便不再使酒任性。

接下来，武松思乡，要回清河县探望哥哥，向柴进辞行。柴进赠了金银，置酒送行。饮毕，武松启程。这时宋江道："贤弟少等一等。"回到自己房内，取了些银两，赶出到庄门前来说道："我送兄弟一程。"宋江和宋清两个送武松。待他辞了柴大官人，宋江也道："大官人，暂别了便来。"按说，宋江与武松一样，也是客，他陪主人柴进一同送客则可，却并没有主人回返后他再送一程的道理，但小旋风柴进脑子不转圈，自己回去了。接下来：

三个离了柴进东庄，行了五七里路，武松作别道："尊兄远了，请回。柴大官人必然专望。"宋江道："何妨再送几步。"路上说些闲话，不觉又过了三二里。武松挽住宋江说道："尊兄不必远送。常言道：'送君千里，终须一别。'宋江指着道：'容我再行几步。兀那官道上有个小酒店，我们吃三钟了作别。'三个来到酒店里，宋江上首坐了，武松倚了哨棒，下席坐了，宋清横头坐定。便叫酒保打酒来，且买些盘馔、果品、菜蔬之类，都搬来摆在桌子上。三人饮了几杯，看看红日平西，武松便道：'天色将晚，哥哥不弃武二时，就此受武二四拜，拜为义兄。'宋江大喜。武松纳头拜了四拜，宋江叫宋清身边取出一锭十两银子，送与武松。武松那里肯受，说道：'哥哥客中自用盘费。'宋江道：'贤弟不必多虑。你若推却，我便不认你做兄弟。'武松只得拜受了，收放缠袋里。宋江取些碎银子，还了酒钱。武松拿了哨棒，三个出酒店前来作别。武松堕泪，拜辞了自去。

宋江和宋清立在酒店门前，望武松不见了，方才转身回来。

我想，读水浒读到"宋江和宋清立在酒店门前，望武松不见了，方才转身回来"一句，心中都会泛起波澜。武松在宋江温暖的小手的触摸下，浑身没有一个毛孔不熨帖，象吃了人参果。我们看武松的心里流程，由"尊兄远了，请回""尊兄不必远送"到"哥哥不弃武二时，就此受武二四拜，拜为义兄"；由"尊兄"而"哥哥"，在"哥哥"二字叫出口的一刹，我们知道武松被宋江的思想工作搞定了，以后自己的肝了脑了就都是大哥的了。

宋江还有一个绰号——呼保义。在《大宋宣和遗事》中。九天玄女的天书，在列出三十六人的名单后，末尾还写了一行文字："天书付天罡院三十六员猛将，使呼保义宋江为师。广行忠义，殄灭奸邪。"尔后，在龚圣与的三十六人赞中，也冠以"呼保义"这个绰号，并解释到："不假称王，而呼保义。"而到了元代的水浒戏中，"呼保义"这个绰号更是广泛被采用，如《黑旋风双献功》《同乐园燕青博鱼》《大妇小妻还牢末》《鲁智深喜赏黄花峪》等等，都是说："姓宋名江字公明，绰号顺天呼保义。"但与此同时也开始出现了"及时雨"这个绰号，如《都孔目风雨还牢末》杂剧的"楔子"里，宋江登场有段自报家门的道白，开始说自己是"顺天呼保义"，接着又说："知我平日度量宽宏，但有不得已的英雄好汉，见了我时，便助他些钱物，因此天下人都叫我做及时雨宋公明。"

"呼保义"这个绰号是什么含义呢？清人程穆衡的《水浒传注略·呼保义》条中解释："武正八品曰保义校尉，从八品曰保义副将，言吏员未授职，已呼之为保义也，又宋时相呼曰

保义，仍亦通称，如员外之类。"从这个解释我们可知其二：一是"保义"是宋代低级武官的官名；二是宋代人相互之间，不管是不是官，都喜互称或自称"保义"，就好象现在我们称"先生"一样。"呼"是称或自称的意思，就是被人称为保义或自称保义的意思。

  其实宋江的这个"呼保义"的绰号，是宋江作秀的招牌。元代无名氏的杂剧《梁山七虎闹铜台》第五折中，宋江有段道白曰："安邦护国称保义，替天行道显忠良，一朝圣主招安去，永保华夷万载昌。"呼保义，就是保持忠义，而宋江自己称自己忠义，脸皮也够厚的，这是自己为自己的脸贴金。我们知道宋江还有个名：黑三郎，因为脸黑的人常想把自己的脸洗白，宋江那时没有雪花膏之类，他很会化妆，就用"呼保义"这样免费的面膜贴在自己的脸上，不知宋江揽镜自照的时候，是否会脸红？

这也是一个物种

——说没毛大虫牛二

牛二

出身籍贯：河南开封府

职业：收保护费

基本经历：麻烦制造者，专在街上撒泼，行凶，撞闹，连为几头官司，开封府也治他不下，当时不是包青天值班，否则，牛二的下场也不好说。

身高：不详

相貌：脸长横肉

爱好：吃霸王餐，不要脸。

社会关系：单打独斗。

基本评价：江湖上讲：出来混总是要还的，眼见他横着走，眼见他鱼肉人，眼见他骂大街，眼见他打小商贩，最后眼见他血洒地、眼见他头异处。

小时侯在农村的家中总感到一种恐惧，特别是黄昏来临，牛羊入圈，鸡到树上栖息，总有刺耳的骂街的声音传来。一个喝醉酒的人，一手提着裤子，一手指指点点；或者是有女人爬到屋顶，从祖奶奶到少奶奶，一下子骂八辈，不是骡子日的就是蒋介石操的；更有的是站在路口，站在路中央，拿出平常人们不多见的生殖的玩意，碰到谁骂谁。全村的人忍气吞声，不敢放屁。一日，没出五服的二爷，拿着一个琉璃的盆子和一把剔明的刀子，走到那提着裤子骂街的汉子面前，说："今天你说出你骂谁，说出来，我用刀子穿了你，说不出来，你用刀子穿了我。"从此，这骂街的声音才在我的童年消失，但童年的恐惧留给我，这是我写牛二的直接的动因。

水浒里是写了很多流氓和泼皮文化的，这与国人心理是颇通声息的。国人骨髓里还汩汩流淌着许多水浒的精神，历百年而不腐，遇火不焚，遇水不濡，象古怪的精灵。鲁迅序叶紫小说时说："中国也还流行着《三国演义》和《水浒传》，但是这是因为社会还有三国气、水浒气的缘故"。水浒气，三国气说穿了就是拉帮结伙，就是拜把子喝鸡血叩头烧香，就是均贫富、平均主义、大锅饭好吃；水浒气说的响亮点革命点艺术点就是义和团精神，造反有理，说的下三滥离恐怖分子也就三里二里之遥。中国人始终不脱"水浒气"，这是鲁迅先生所忧虑的。泼皮的轻佻和流氓的残忍使我们少有人的自觉。人们相处只是所谓的"义"字当头，而没有最低限度的契约、共识，每一个人都是强占或是投机，不存在私有产权，只要可能，都是我的；你有我有全都有，不把自己当外人。鲁迅说《三国》与《水浒》所以能在中国盛行，是因为中国有接受《三国》与《水浒》的文化心理基础，即国民性的坚厚的基础和繁衍生息的炎黄子孙的众多的人口基数。鲁迅毕竟英雄巨眼，他看到了三国气与水浒气的祸害，但是他在说明《三国》、《水浒》被接受的文化原因之后，尚未说明这两部书如何加剧中国文化中阴暗进程的，即早已蒸腾弥漫的三国气、水浒气如何凝聚成江河巨流成汹涌澎湃之势在中国的大地上泛滥的，鱼鳖虾蟹烂猫死老鼠，以致使中国人的文化心理结构几乎要变成三国式及水浒式的结构。《三国》、《水浒》的文化意识几乎要成为中华民族的集体无意识，而这，真使我们倒抽几口冷气，牙骨打颤，说以后的日子怎么过呢？

于是就想到张择端《清明上河图》没有描绘的一个北宋的物种：泼皮，其中的代表翘楚者当数没毛大虫牛二。流氓泼皮在历史进程中，常常扮演十分重要的角色，象亭长刘邦、和尚朱元璋等流氓人物。其实在战国时代那些朝秦暮楚的纵横家和奔走于权贵门下鼠窃狗偷的所谓的门客，已有流氓游民和泼皮的因子。刘邦拿儒生的冠而撒尿和把老父让项羽烹而要分一杯羹的流氓气是大家所熟知的。如刘宋的开国皇帝刘裕出身也是流氓一类："家本寒微,住在京口,恒以卖履为业。意气楚剌,仅识文字,樗蒲倾产,为时贱薄。……落魄不修廉隅。"前蜀皇帝王建呢"少无赖,以屠牛、盗驴、贩私盐为事,里人谓之'贼王八'";吴越王钱镠"及壮,无赖,不喜事生业,以贩盐为业"。我的同乡黄巢,"以贩私盐为事。巢善骑射,喜任侠,粗涉书传,屡举进士不第,遂为盗"。而跟随黄巢的朱温呢,这个杀人如麻的朱温成人以后,"不事生产,以雄勇自负,里人多厌之。"这个变色龙的家伙,先是侍奉黄巢,然后背叛黄巢投唐,然后又费掉大唐自立为梁,而朱温一生好色,流氓到几乎"逢女必奸"的程度。中国人常说"朋友妻,不可欺",朱温就不管伦理这一套。在他风云几十年中,上起贵族妇女,中到同僚眷属,下至平民妻女,只要他见到了,有了兴趣,那就眼放绿光,那些弱女子就必遭凌辱,难以逃避。张全义追随朱温30年,在朱温称帝后已位列三公,一年朱温到他家中避暑数日,竟让全义家"妇女悉皆进御"。朱温把儿子都派到外边作地方的镇守官吏,却让儿媳妇轮流入宫陪他睡觉。他的次子朱友文的媳妇长得很美,他很喜欢她,常让她陪侍。由于媳妇争宠,造成纠纷,引发动乱,他的次子朱友愤而入宫把他刺死。

欧阳修说"黥髡盗贩,倔起王侯",于是流氓和泼皮就成了我们文化传统中的一个传统,于是牛二这样的人就不会计划生育断子绝孙,而是人烟兴旺,膘肥体壮。

牛二在水浒中的绰号是"没毛大虫"。大虫者,老虎也,没毛大虫,裸体的老虎也,一副我是裸体老虎我怕谁的味道。梁山好汉里也有"母大虫"、"病大虫"的称谓,活阎罗阮小七捉拿玉麒麟卢俊义时,持篙立于船头,唱山歌道:"乾坤生我泼皮身,赋性从来要杀人。"好汉者,似乎是泼皮的大号,泼皮者,好汉的小名也;从此点看来,牛二是梁山的同盟军和预备役。从阶级分析的观点,梁山好汉里也多的是流氓和泼皮,他们对官府说不是省油的灯,对小老百姓也不是南海观音也非送子观音。他们对小老百姓来说,小老百姓的新鞋看他们是不愿踏不敢踏的臭狗粪。

泼皮也是一个物种。小老百姓是吃草的羊,泼皮吃羊,官府是吃羊的狼,从这个方面他与官府是一样祸害羊的食肉者。大泼皮还有一个绝招,他们也会变成虱子,寄生在狼的躯体上。他们也咬狼,但咬狼的力度要看时间地点人物。他们的重点是拿小老百姓开涮。即使官府把他们拿下,这些狗头们都是老江湖滚刀肉,官府有怕他们三分。泼皮的血缘离老百姓远,离官府远,但离所谓的好汉最近,泼皮流氓和好汉是孪生的姐妹和一枝瓜秧上滚着的瓜蛋子。

　　我们看牛二的出场,就可看到这种血缘来。牛二出场先是一个远镜头,然后推近到我们面前"远远地黑凛凛一大汉,吃得半醉,一步一攧撞将来"。看过水浒的会觉得"黑凛凛"三字面熟,在李逵出场时也是这三个字说李逵的长相"一个黑凛凛大汉"。此处金圣叹批云:"黑凛凛三字不惟画出李逵形状,兼画出李逵顾盼、李逵性格、李逵心地来。"象牛二和李逵简直是一个娘胎里托生的。李逵小牢头,在吃酒时,曾一个指头将一个卖唱的弱小的歌女打昏;李逵作为吴用的跟班到大名府设计坑陷卢俊义,住在客店,而店小二烧火稍迟一点,就被李逵这黑凛凛的的大汉一拳打得吐血。

　　泼皮们有能量,他们不怕官府,但他们被官府利诱后招安,或对官府就象一条忠实的狗。对小老百姓更是泼皮到极至能入世界的"吉尼斯"。泼皮在历史长河里畅通无阻的法宝是不要脸面,敢于直接抒情,口吐白沫,用不打磨的最原始的语言不加雕琢不加修饰把父母姐妹姥娘妗子七姑八姨都请出来或是亮出性器官吓退羞退对方,自己得胜还朝,而后拍着象排骨的肋骨或胸脯,摆出舍我其谁的架势。泼皮的制胜法宝就是所谓的水浒气,为了朋友两肋插刀眉头都不皱一下腮帮子鼓都不鼓,说出的是丹田之气,"有种的向大爷这里戳,大爷要寒一下脸,我是你的孙子!"壮哉,好汉,一副生得伟大死得光荣的豪迈。

　　我们还是应该欣赏一下《水浒》里没毛大虫牛二的经典片段。我有个爱好,喜欢搜集奥斯卡获奖的影片。恕我孤陋寡闻,在奥斯卡大片中,我没有欣赏到如此精彩的场面与对白:

　　(故事情节)喝得半醉的牛二问杨志那刀凭什么叫宝刀,杨志说刀有三好，砍铜剁铁口不卷；吹毛得过；杀人不见血。牛二证实了前两项之后要求杨志杀个人求证第三项，杨志不肯。下面是泼皮的原声带，不是转录，也不是假唱：

牛二又问；"第三件是甚么？"

杨志道："杀人刀上没血。"

牛二道："怎地杀人刀上没血？"

杨志道："把人一刀砍了，并无血痕。只是个快。"

牛二道："我不信！你把刀来剁一个人我看。"

杨志道："禁城之中，如何敢杀人。你不信时，取一支狗来杀与你看。"

牛二道："你说杀人，不曾说杀狗！"

杨志道："你不买便罢！只管缠人做什么？"

牛二道："你将来我看！"

杨志道："你只顾没了当！洒家又是你撩拨的！"

牛二道："你敢杀我！"

杨志道："和你往日无冤，昔日无仇，一物不成，两物见在，没来由杀你做甚么。"

牛二紧揪住杨志，说道："我偏要买你这口刀。"

杨志道："你要买，将钱来。"

牛二道："我没钱。"

杨志道："你没钱，揪住洒家怎地？"

牛二道："我要你这口刀。"

杨志道："我不与你。"

牛二道："你好男子，剁我一刀。"

这真是光脚的不怕穿鞋的。我没钱，不假，但我要刀。牛二有一种死缠烂磨的牛劲和无赖气，牛二归结出最经典的话，"你好男子，剁我一刀。"无赖没有别的资源，但他有命和血，他要用命和血来换得生存的资源，这是资源的最大化。是一种博弈也是一种人生的豪赌，他把命和血做筹码。在这个博弈中，只能有三种结局：和局胜局和输局。平局也要三分三解，要麼狗咬狗一嘴毛，兩敗俱伤；要麼握手言和，到小酒馆喝扎啤吃麻辣烫，但牛二失去的只能是手铐，得到的却是整个世界。他输的几率不大，这是一个敢把青春赌明天的人。

牛二是一种存在，也是一种生存策略。我吃你白吃，你给我要钱，我什么时候欠你的钱？要钱没有要命一条，要血一盆。欠债还钱，天经地义，但2003年8月6日中央电视台《焦点访谈》栏目播出的节目竟使我大惊，赖帐的竟然是县一级的党委、政府！

据报道：近年来，辽宁省绥中县县城的退休人员和下岗职工杨德林、吕占余、李新秋等人，通过自己的双手或者开设了汽车修理厂，或者做起了煤炭生意，他们的主要客户都是当地县委、县政府。杨德林经营汽车修理厂的两年期间，县政府、县委欠款合计高达51万元。吕占余经营汽车修理厂，县里拖欠了8万多元。李新秋办煤炭经销点，绥中县委拖欠他家6万多元煤钱，他虽然打赢了官司，但是县委始终不还款。而他们最终的命运也十分相似——都因为这些客户长期拖欠大量款项而被迫倒闭或生活陷入困境。据悉，像杨德林、吕占余这样，因绥中县委、县政府欠款最终破产倒闭的还有好几家。其中，拖欠建都酒店120万元，县招待所30多元。

赖帐是因为有赖帐的能力，谅你也不敢把县政府的门贴上封条。无所怕就无所谓，一副牛二的现代克隆。他们手里有能伤害小老百姓的权利，法院敢封我的门吗？欠帐的是大爷，要帐的是孙子。央视《焦点访谈》"无钱还债有钱买车"的题目真让人知道现代牛二的作为。经过了解，县委县政府长期无钱还债却把大量的钱用于购买高档汽车。仅记者拍摄到的17辆车中，就有本田、奥迪、帕萨特轿车等等。用现在的价格来算，这17辆车价格将近500万元。

还帐，非不能也，是不为也。赖帐只能给大家留下一个吃霸王餐的泼皮的形象。水浒里的泼皮还只是为了温饱，而现代的泼皮简直是戏弄小老百姓于股掌，这物种也进化了。泼皮们要泼的时候也有一种快感，像孔雀开屏一样展示自己的羽毛和华丽，但是也把最丑陋的东西——屁眼留给了世人。我常以为牛二是上不得台面的煮不熟的狗头，但在王毅先生论流氓的文章中，有一节史料让我惊心动魄，牛二竟然混到与孔子相同的地位，可以吃冷猪头受人膜拜：士人张某在江西分宜县县令手下当幕僚时，恰逢倾城之人云集一处，举行迎神庆典，于是张某也跟着去看热闹。他见以浩浩荡荡的队伍为前导，一乘暖轿抬着神像在满街香烟缭绕中进入了神庙。令张某吃惊的是，这尊神像容貌粗鄙不堪、身穿衙门中的听差服装。只见庙中"牲牷盛设，灯烛辉煌"，神像前跪满了身穿听差服、满口说官话的人，他们祈神保佑的事情竟然是："伏愿神灵庇佑，上自督抚，下及州县，管门有权，包儿加重"，原来是一群流氓出身的衙役在祈求这位神明保佑他们能够凭借各级衙门的权势而多受贿赂！士人张某闻此吃惊不小，忙问庙中供奉的是何神明。别人告诉他：这位神明就是眼下正充当本县县衙中衙役班头的牛二大爷（恰与《水浒》中的泼皮"牛二"同名），大家跪拜的神像也是照他的容貌绘塑的。张某听罢大怒道："何物狗奴，公然庙祀？"他踏上神座就欲打这"狗奴"之神像的耳光。众人见此大惊，一起把他拉了下来，并将他痛骂一顿：汝颠耶？穷措大读得两行书，动辄腐气。……且人各有主，秀才家祀文昌（神），不过欲祈福荫，侥幸得科第。屠沽儿日市烛帛、拜祷财神座下，亦欲获什倍利，里党称富翁。今吾侪崇奉牛公，亦犹士子之文昌、服贾辈之财神也！何尤焉？"（沈起凤《谐铎》卷七）

哈，牛二，在权利不能改变他模样的时候，他就能改造权利使权利变变颜色。我知道，牛二是一个生生不息的物种，生命力强大。我也设想牛二的结局，如果不是杨志把他宰了，如果他遇到宋江宋公明哥哥，结局若何？牛二先是把黑三郎暴打一顿，在悲叹宋江英明一世，落得如此下场时候，牛二会马上问道："这位好汉，刚才你说什么？请问大名？"那边宋江有一口没一口地说"小可郓城宋江便是"。牛二于是剪拂下拜"小弟仰慕已久，拜见哥哥。"这下可好，于是两人找东京最好的酒店，有包间带卡拉 OK，然后喝酒结交，互相交换生辰八字父母姓名，最后就一起上了梁山，成了一百单八将的候补，岂不乐傻我们也？

装点门面大架子卢俊义

——说玉麒麟

卢俊义

出身籍贯：北京大名府（今河北省大名县）

职业：员外、大地主

基本经历：与岳飞、林冲师出同门，是周侗的徒弟；守法小心，家世清白，为人谨慎，非理不为，非财不取。

宋江为壮大梁山声势，命吴用与李逵假扮算命先生与哑童子，前往卢府为其算命。言其"不出百日之内，必有血光之灾，劝其前往东南千里之外避灾，并在墙上题下藏头反诗。

卢俊义中计，途经梁山时中埋伏，不愿落草为寇，被宋江放回。待回家中，其妻已与管家做了米面夫妻，诬陷其勾结叛匪下到死牢。幸得梁山众好汉搭救，后到梁山，坐上了第二把交椅。忠义堂前亦竖起了"山东呼保义，河北玉麒麟"的大旗。

身高：身高九尺，按现在换算：2.25米，和姚明差不多。

相貌：皮肤白皙，如银。

星座：天罡星

性格：单纯，忍让与无争，有点懦弱耳根子软，吴用用算命先生的一番话就能把卢俊义骗得抛家离妻，跋涉千里去避祸就可看出；眼皮底下妻子与管家上床，绿帽子压头竟没有察觉，就知道卢俊义待人失之于宽，太大度，好脾气的人可以做朋友，但做老大就有点不给力，江湖上要的不是武功，要的是心计，是歪点子。

爱好：棍、棒

社会关系：上山前夫妻关系很好；铁杆心腹燕青，曾与石秀共坐黑牢。

基本评价：卢俊义日子本过得舒舒服服，不幸被黑老大宋江等人看上惦记着，眨眼就弄得家破人亡，落草做强盗。结果强盗没做几天，被招安，转了一圈子，才弄了个小官，官椅子没暖热，后因同高俅、杨戬（非二郎神）有矛盾，被二人设计在皇帝的御酒里放入水银，卢喝后在泗州淮河失足落水而死。卢俊义皮肤如水银，又喝掉水银，里面都是白的，卢俊义是个没有政治觉悟的人，从被动拉上马，到最后被动死掉，都是环境惹的祸。

水浒里有一节文字，写得悲凉又幽默，说悲凉，是宋江说出英雄不遇，空老江湖的悲慨，说幽默是猛地蹦出的一个词汇：胡敲。这是一种玩具，提在人的手上才发出声响，但我想说的是敲字前着一胡字，那就有乱来的意味在，人生多的是偶在，黄钟毁弃瓦釜雷鸣的多了去，说不定有些人一不小心被历史的机遇砸着脑袋，就成龙成虎人模狗样了。

胡敲现在也存在，春节晚会就表演过这玩艺，是曰空竹，大家在街头巷尾，常见有人用绳子挑起来一个"竹筒"，玩出各种花样，而高速转动的"竹筒"发出一种清脆的响声。这就是空竹。

空竹，也叫舞铃，即用一根长绳舞耍一个哑铃形状的滚轴，相传，三国时期曹植就曾作过一首《空竹赋》，如果这算是有关空竹最早的记录，那么它的历史至少也有1700年了，据考证，空竹最早是由陀螺演变而来的一种民间儿童玩具。明清以前，人们叫它"空钟"、在南方有人叫"嗡子"、天津人叫它"风葫芦"或者"闷葫芦"、四川人叫它"响簧"、上海人叫它"哑铃"、山西人叫它"胡敲"、长沙人叫它"天雷公"、台湾人叫它"扯铃"、北方人大多叫它"空竹"。

但我们看在水浒成书的年代，胡敲就很流行了，书里写到：

宋江、卢俊义两个并马而行。出得城来，只见街市上一个汉子，手里拿着一件东西，两条巧棒，中穿小索，以手牵动，那物便响。宋江见了，却不识的，使军士唤那汉子问道："此是何物？"那汉子答道："此是胡敲也。用手牵动，自然有声。"……宋江在马上与卢俊义笑道："这胡敲正比着我和你，空有冲天的本事，无人提挈，何能振响！"卢俊义道："兄长何故发此言？据我等胸中学识，不在古今名将之下。如无本事，枉自有人提挈，亦作何用？"

并且宋江随口吟诵出了《胡敲》诗来：

一声低了一声高，
嘹亮声音透碧霄。
空有许多雄气力，
无人提处谩徒劳。

其实这诗还真有点宋诗的味道，唐诗尚韵，宋诗尚理，好在文字里讲道理，是宋诗区别唐诗的显著处，其实我们对照卢俊义，他就象一个胡敲，被人提着，如木偶，命运在别人的手里攥着，卢俊义上梁山是非常偶然的，其实他就是装点梁山门面的门脸儿，原因人怕出名猪怕壮，猪要胖了，难免被绑起宰杀，卢俊义也因为出名，就被人惦记了，宋江、吴用听了大园和尚提起玉麒麟卢俊义之名，"猛然省起……北京城里是有个卢大员外，双名俊义，绰号玉麒麟；是河北三绝；祖居北京人氏；一身好武艺，棍棒天下无对"，于是宋江就想勾得此人上山。这时卢俊义的命运到了拐点，开始触起了霉头。

于是我们看到吴用化装成算命先生下山了，身边带了个凶神恶煞、又聋又哑的假道童李逵，下山忽悠卢俊义了，而且是组团忽悠，吴用还打出了"讲命谈天，卦金一两"的高价，这下卢俊义中招了，卢俊义认为"既出大言，必有广学"。于是便把吴用请进家门，为自己算上一命。算卦是中国文化的特色，自然界和人类社会都存在很多未知因素，面对不可预料的未来，人类感觉到了自身的渺小、命运的无常，于是对自己生活的世界就有了一种敬畏感和无力感。在这种情绪的作用下，很多人就忍不住也像卢俊义那样去占卜一下。

吴用是有备而来，装神弄鬼最有一套，问了卢俊义生辰八字后，就假模假势地算将起来。铁算子原本是放在桌子上的，万籁俱静。突然间，只见他拿起算子，往桌子上一拍，一声大叫，一声"怪哉"。这一咋呼，就是使用的圈套。卢俊义听此，一惊一乍的，就急切地想知道算命的结果如何。这结果当然是凶卦："员外这命，目下不出百日之内必有血光之灾；家私不能保守，死于刀剑之下。"卢俊义起初当然不信，这也是吴用早就料到之事，吴用忽悠的本事就在这里，于是吴用面容变色，退还算命银两，起身便走。而且边走边叹曰："天下原来都要人阿谀诡佞！罢！罢！分明指与平川路，却把忠言当恶言"。这样一折腾卢俊义不由不信，表示"愿当指教"。于是吴用三家村教授的口上功夫来了，把卢俊义云山雾罩一番，临行前还把所谓命中的四句卦歌留在了卢俊义家的白粉墙上，卦歌曰："芦花丛里一扁舟，俊杰俄从此地游。义士若能知此理，反躬逃难可无忧。"然后是扬长而去。

出了家门的卢俊义，很快就面临李逵、智深、武松、刘唐、穆弘等人拳脚、棍棒、刀鎗的轮番挑战，若非他们手下留情，卢早就先一步被擒梁山了。后来走投无路的卢是由浪里白跳张顺在水底下收拾了，正式请上梁山的，算是为他保足了面子。

当初卢俊义要外出躲灾时，管家李固与心腹燕青均认为吴用假扮的算命术士说法不足为信，可惜刚愎自用的卢俊义完全听不进二人所劝，非但视梁山贼伙如草芥，还希望借机显扬武艺于天下。

金圣叹评卢俊义说："卢俊义传，也算极力将英雄员外写出来了，然终不免带些呆气。譬如画骆驼，虽是庞然大物，却到底看来觉道不俊。"老金的话在理，卢俊义在梁山寨子里，的确只是一个架子，来装点此关山，今朝更好看而已。

卢俊义生擒史文恭后，宋江在众好汉面前表示要请卢来做寨主，并陈述自己有三不及卢："第一件，宋江身材黑矮，貌拙才疏；员外堂堂一表，凛凛一躯，有贵人之相；第二件，宋江出身小吏，犯罪在逃……；员外生于富贵之家，长有豪杰之誉……；第三件，宋江文不能安邦，武不能附众，手无缚鸡之力，身无寸箭之功；员外力敌万人，通今博古，天下谁不望风而服。尊兄有如此才德，正当为山寨之主。"

其实这三点，只是好看面子话，当不得真，回过头来说卢俊义的绰号，麒麟本是瑞兽，形状像鹿，头上有角，全身有鳞甲，尾像牛尾。古人以为仁兽、瑞兽，拿它象征祥瑞。《史记·孔子世家》记载："鲁哀公十四年春，狩大野，叔孙氏车子鉏商获兽，以为不祥。仲尼观之，曰：'麟也'取之"。大野，就是今天的山东省巨野县。《孔子家语》也有类似的描述，也更详细："孔子曰：'麟也，胡为来哉？胡为来哉？'反袂拭面，涕泣沾衿。子贡问曰：'夫子何泣尔？'孔子曰：'麟之至，为明王也，出非其时而害，吾是以伤焉。'"孔子认为，麒麟是灵兽，只有君王贤明，太平盛世才会出现。现在周王室衰微，天下大乱，群雄并起，麒麟怎么会出现呢？它的出现又死去，不是好征兆，恐怕国之将亡，自己的生命也到头了。于是命令弟子就地掩埋，堆了个大坟堆，就是现在的麒麟冢。麒麟冢位于巨野县城东十二里麒麟镇获麟集村西北3里处，1979年被公布为县级重点文物保护单位。《东周列国志》记述，七十一岁的孔子埋葬麒麟之后感情难以控制，抚琴悲歌："唐虞世兮麟凤游，今非其时兮来何求，麟兮麟兮我心忧！"他编修的《春秋》正是止于这一年。《春秋》的最后一句话即是"（鲁）哀公十有四年，春，西狩获麟"。从此孔子无心著述。终因伤心所致，两年后就去世了。

麒麟在不该出现的时候出现，是不祥的，北宋末年，河北出了玉麒麟，那也不是好兆头，其实对卢俊义来说，玉麒麟他是担当不起的。

初唐四杰的杨炯曾经把那些峨冠博带、人五人六的大臣们称为"麒麟楦"。楦是啥玩意儿？就是鞋店那种用来做鞋的模型。别人不解，问"麒麟楦"是什么意思。杨炯曰："今假弄麒麟者，必修饰其形，覆之驴上，宛然异物。及去其皮，还是驴耳。无德而朱紫，何以异是？"

卢俊义也只是梁山上的麒麟楦耳，为梁山装点门面啊。

做官的捷径先做贼

——说混江龙与滚海蛟

李俊

出身籍贯：庐州（今安徽合肥市）

职业：

基本经历：浔阳江上的好汉。宋江被发配江州，在催命判官李立的店中喝酒时被麻倒，幸亏李俊相救。后被穆弘兄弟追杀，宋江逃到江上，又被"船火儿"张横江中抢劫财物，危急时刻，又是李俊赶来相救。浔阳楼宋江写反诗，被绑押刑场，梁山好汉劫了法场，李俊、李立等众英雄来迟一步，二十九名英雄"白龙庙小聚会"，上了梁山。李俊一身水中好功夫，宋江攻打方腊得胜回京，兵马到苏州城外时，李俊假装中风，要求把童威、童猛二人留下照顾自己。随后打造船只，与征方腊时所识兄弟费保等到暹罗国去了。

身高：不详

相貌：

星座：天寿星

性格：容貌粗鲁，内心小心。

爱好：饮酒

社会关系：

基本评价：李俊是看破宋江头顶光环的大师，李俊是成大事的人，不与一般竖子谋，李俊的到海外寻找出路，是独立人格的外显，不像燕青的隐居，燕青的法子和当年范蠡一样，作陶朱公那样的暴发户。而李俊则特立独行，眼高于顶，是独立的一棵树，在暹罗实现了人生的理想。这是吓死做宋江也不敢做的梦。

做贼与做官的道路有时是相通的，两点之间直线的距离最近，贼和官看似水火不容，互不搭界，但内里的弯曲多了去，看水浒就能悟道，做官的终南捷径是做贼，想做官杀人放火受招安。

水浒里，混江龙李俊是个知进退的江湖李大哥，在催命判官李立酒店和浔阳江张横的船头两救宋江，特别是不怕官司不怕天的张横见了李俊也是一口一个李大哥，但李俊介绍张横的时候，我们有了黑色幽默的感觉，蛮横不讲理，劫掠了财货，还要人选择是吃板刀面或馄饨的家伙，居然做的是稳善的生意："这个好汉却是小弟结义的兄弟，姓张，是小孤山下人氏，单名淇字，绰号船火儿，专在此浔阳江做这件稳善的道路。"宋江和两个公人都笑起来。

这生意确实稳善，不留痕迹，尸骨归于鱼鳖。

我们说李俊，我以为李俊的绰号可能来源于滚海蛟，有人请教沙河先生"滚龙"一词。流沙河先生解曰："《水浒》里有一个'混江龙'李俊。宋代笔记《桯史》里有一个郑姓海盗叫'滚海蛟'，后来受皇帝的招安，让他做了官。他当了朝廷命官后，如果把'混江龙'来对'滚海蛟'，真是绝对。其实'混'与'滚'应是一个意思，《孟子》上说：'源泉混混，不舍昼夜。'这里的'混混'就是'滚滚'，表示泉水源源不断的流出来，属通假。'滚'字也同'辊'，表示圆的滚筒，如辊子、辊轴；纺纱厂还有一种'皮辊花'；古代戏服有一种叫'衮袍'，也念GUN。所以'滚龙'就是'混龙'。"

有人说，"混江龙"本是一种治河沙的工具，宋代为清理黄河泥沙，发明了一种巨大的铁耙，搅动水底泥沙，使之随水流入海。这种铁耙叫"辊江龙",又叫"混江龙"。李俊绰号"混江龙",有翻动江河之意。

　　但我以为,流沙河先生的话了逗出了一做官捷径,做贼和做官,自古官匪一家,贼越大官越大,流沙河先生说的郑姓海盗,名郑广,这故事来源与岳飞的孙子岳珂在其编撰的《桯史》:海盗郑广,在莆田和福州一带啸聚亡命之徒,能以一当百,官军不能战胜。自号滚海蛟。皇帝老儿下诏招安,赏给他一个不大不小的武职,容他效命朝廷。由于郑广做过海盗,同僚们对他无不侧目而视,没有谁愿意搭理他,这令郑广大为窝火。有一天早上,郑广进衙办公,见同僚们聚在一起谈诗论句,便主动搭讪道:"我郑广是个粗人,作了首歪诗,想献个丑,念给诸位听听,不知可否?"这些官僚们总把郑广看成异类,想出他的丑,听他要做事,以为是耳朵出了毛病,都伸长了脖子如长颈鹿和向日葵一般,都转向郑广,郑广便用官话朗诵道:"郑广有诗上众官,文武看来总一般。众官做官却做贼,郑广做贼却做官!"听到这里,众官吏又惭愧又说不出话。最妙的是故事结尾,借一官人之口说道:"今天下士大夫愧郑广者多矣。吾侪可不知自警乎。"

　　是啊,做官的底气还没有做贼的壮,做贼的敢说自己强似做官的,做官的不敢说自己清白,宋代的官场的潜规则都到了什么货色了,难怪梁山的好汉也占山为王,排有座次,一号宋江,二号卢俊义,三号吴用……受招安时,当局依旧要按原定座次来授官,一点也不含糊,一号还是宋江,官拜武德大夫,楚州安抚使兼兵马都总管。二号卢俊义,官拜武功大夫,庐州安抚使兼兵马副总管。三号军师吴用,授武胜关承宣使……。

　　其实做贼和做官都是为了自己利益的最大化,只要你进了班子,那就意味着票子轿子妻子金子银子马子儿子妮子宅子,一切都会长腿似地往你家里跑,否则,只有受穷的命,挨饿的命,抬轿的命,挨揍的命,被砍杀的命。官做的越大,回报越丰厚,拥有的资源也就越多,做贼是获取血酬,做官也是获得报酬,做贼在水里血里捞钱,在刀口上捞钱,当官的却可以看着邸报,喝着茶水,听着酸曲,看着下属,看着小老百姓颠颠地送所需要的一切,可以说当官的凶险比做贼小多了。所以,做贼之后摇身一变,放下屠刀,立地成官,也就成了捷径了。

陶宗仪在他的《辍耕录》记录了一首《太平小令》:"堂堂大元,奸佞当权,开河变钞祸根源,惹红巾万千。官法滥,刑法重,黎民怨。人吃人,钞买钞,何曾见?贼做官,官做贼,混贤愚,哀哉可怜!"官与贼,是分币的两面,白天为官,夜晚为贼,或者也官也贼,但苦的是百姓,贼惦记的是老百姓,是百姓的财物。

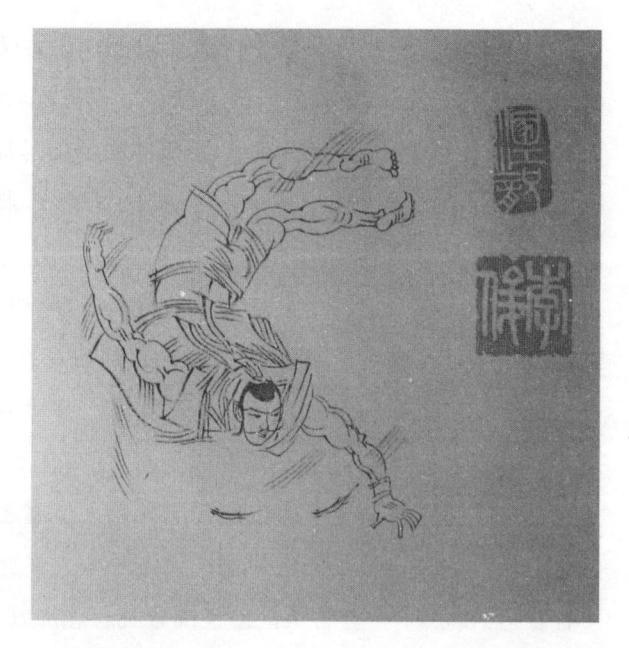

但我们知道,盗亦有道,记得朱学勤曾写过他参加高考的经历,当时他住在巩县,考场设开封,相距三百里,头一天半夜起早,去赶现代化三等火车。车厢里空气恶浊,熏得人头昏脑涨,一下车,就已失去考前最佳状态。那一天他是在开封车站广场上了一辆公共汽车,坐下后,头朝外,口中念念有词背外语,神智已经不太清醒。车开不久,突听一句开封口音:"老哥,看看丢啥不丢?"不看犹罢,一看大惊失色:朱学勤那时穿的是蓝色的卡中山装,上衣口袋已经解开;口袋里放着的一个信封,已拆开;里面的准考证露出半截,显然是被人看过,再插了进去,居然扔在了他的膝盖上!他抬头看去,三个小伙子大概是随他一起下火车,再上公共汽车的,此时围着朱学勤,也穿着那种军大衣,大衣撑开,以挡住周围人的视线;为首者朝朱学勤得意地笑着,以目示意,正在催朱学勤看看信封里"丢啥不丢"。这一下朱学勤完全清醒了过来!这是"贼",在火车上就锚上了朱学勤,到汽车上才得手;得手后发现是一张准考证,本可以下车一揉一扔,却不忍心坏了书生前程,而是掷还失主,甚至不怕他高喊"抓贼",还要提醒这个失主看看,要当场"验明正身"!这一幕太有戏剧性了,他们是怎样得手的呢？得手后又是怎样交换眼色，在无言中达成默契，朱学勤抬头抱以同样微笑："没丢，啥都不缺！"双方配合默契，共同完成了一出颇有古风的现代小品。演出结束，窃贼体面下场，为首者打一个清脆的响指，三人鱼贯下车，军大衣一飘，一会就没了踪影，朱学勤最后感慨道那才是真正的身姿飘逸！

是啊，盗亦有道，一直是为盗的最高境界，但官场的贪腐却没有最低的底线，看看那些包二奶、养情人、到处沾花惹草，早已突破道德底线，并由此而大肆贪腐的失德官员们骄奢淫逸、寡廉鲜耻的丑态，我们就可发现，这些官人差盗贼远矣；看看那些面对群众疾苦和危难无动于衷，甚至连自己一手导致的交通事故也能扔下死伤人员逃之夭夭的官员，看看那些无论是统计数据，还是先进典型，无论是个人文凭，还是社会履历，无一不存在造假现象，一些官员甚至连国务院总理都敢欺骗，"村骗乡，乡骗县，一直骗到国务院"。

看看媒体披露的挥拳打折交警鼻梁的广西合浦某副县长、叫嚣"我就是法院"的天津南开某法官、与人争执叫来打手活活把人打死并扬言"摆平公安局"的甘肃省嘉峪关市政协委员何某、醉酒后驾驶无牌车公然冲撞高速公路收费站的四川南充市高坪区副镇长姚某、在酒楼将幼女拖入男洗手间猥亵的深圳海事局党组书记林某，这些官人差盗贼远矣。

齐白石老人晚年的一幅名作，画的是一位身穿白袍的清官，年纪大了，醉态可掬地伏在酒瓮上，酒勺柄上挂着一串铜子儿，题记为："宰相归田，囊底无钱，宁可为盗，也不伤廉。"强盗确实胜过贪官，这怎不让人深思之、明辨之。痛骂之，鄙夷之。